流年似河

杨永基书

崔吉明 著

天津出版传媒集团
百花文艺出版社

图书在版编目（CIP）数据

流年似河 / 崔吉明著. -- 天津 : 百花文艺出版社,
2024. 8. -- ISBN 978-7-5306-8880-9
Ⅰ. I267

中国国家版本馆CIP数据核字第2024KD2737号

流年似河
LIU NIAN SI HE
崔吉明　著

出 版 人：薛印胜　　　　责任编辑：张　雪
封面设计：于晨虹　　　　特约编辑：孟柯男
出版发行：百花文艺出版社
地址：天津市和平区西康路35号　　邮编：300051
电话传真：+86-22-23332651（发行部）
+86-22-23332656（总编室）
+86-22-23332478（邮购部）
网址：http:/www.baihuawenyi.com
印刷：济南精致印务有限公司
开本：710毫米×1000毫米 1/16
字数：260千字
印张：17.25
版次：2024年8月第1版
印次：2024年8月第1次印刷
定价：69.00元

如有印装质量问题，请与济南精致印务有限公司联系调换
地址：山东省济南市历城区王舍人街道沙河三村
电话：（0531）88024369
邮编：250100

序

李建华

崔吉明先生告诉我，他有一些散文要结集出版，让我写一篇序言。我且惊且喜。在我诸多友人中，文朋诗友不少，我却从未闻知吉明有翰墨雅好，且一下子将数十篇散文作品呈现在我的面前，让人如何不感意外！与吉明相熟，也有几十年的时光了。在我的印象中，这是一位典型的山东大汉，身材高大，体魄壮硕，走起路来，昂首阔步，给人山摇地动之感。吉明工作是一把好手，虽起步很晚，但短短数年就干到乡镇党委书记。他喝酒也是条好汉，大杯倾来，开怀豪饮，无论何等对手，一应不在话下，大有梁山好汉气概。他给人的感觉：大块头，粗线条，风风火火冲锋陷阵的角色，和绣花文章怎么也对不上茬。一部散文作品集，彻底颠覆了我对吉明的认知，让我不得不重新认识这位老友，果然是三日不见当刮目相看。屈指算来，我离开故乡利津也已四十年了。这些年来，我们虽时有相聚，却鲜有交流。尤其退休之后，各自居家养闲，更是难得相逢。原来吉明这些作品，多是退休之后，不甘寂寞，倾心而为，如此勤奋刻苦，实是难能可贵，令人感佩。

散文，是最为自由宽泛的一种文体。可记叙，可抒情，可议论，最容易上手却又最不容易写好。凡文人墨客，无不于此有所存心留迹。说它容易，是因作者可以于大千世界人生长河万般事物中，任意掇取点点滴滴，即可穿缀成文；说它不容易，是因散文最“吃功夫”，取材要精当，抒情要得宜，议论要妥帖，文字要纯净。写好散文是一件很不容易的事。

读罢吉明的全部文章，我再次推翻了以往对吉明的印象。原来，这是一个我熟识了几十年的陌生人，其骨子里是文人情怀。从文中所述可知：自幼向往文化，热爱读书，心仪艺事，也便注定了他终有一天会提笔上阵，快意厮杀。退休的闲暇，给了他这个机会。

人之生来，命运千差万别。倘若生在穷乡僻壤、贫寒之家，终日饥寒交迫、生计困窘，自然便在文化教育、文明熏陶上大有缺失，理所当然会有先天不足。要想弥补诸多差距，唯有自我救赎，自觉教化。而读书则是最重要的途径。曾国藩说，读书明理，读书不可不多。人之明理自读书始。吉明自幼喜欢读书。表哥赠他一本小说，他奉为至宝，从儿时珍藏至今。在二十世纪六七十年代，他千方百计搜寻阅读了许多世界名著，诸如雨果、托尔斯泰的作品。这种不断的自觉学习和求知，犹如一株瘠土弱苗在阳光雨露滋养之下，自己逐渐茁壮生发，在先天不足之中慢慢成长起来。这或是吉明晚年走上文学之路且在短时间内创作如许篇什文章的必然因果。

文集通篇读毕，也便阅尽吉明人生。自少及老，其履历行迹依稀可见。每一位作者的作品，尤其是处女作，如一面镜子，必然地照见了他的人生阅历、思想观念、精神追求，当然，也映现了他的文学素养和写作能力。作品的整体基调是健康向上、充满光明的，其可贵之处，是作者找到了那把开启文学之门的钥匙——情。归结起来，所有的文章无非是围绕亲情、友情、乡土之情、爱国之情而落笔成文的。而倾注心血，花费笔墨，写作篇目最多的，还是亲人故旧与乡土家园。这也是所有文学爱好都跳不出的一个基本规律。

一个人，但凡略备情怀，无论事业做得多大，世界游走多远，终有一颗怀乡念旧思亲之心不能释怀。故土，像一块魔力无边的永久性磁石，牵绊每一位乡人一生一世，直到终老。因为那里有生你养你的父母，有同生共长的兄弟姐妹，有掏鸟摸鱼的光腚玩伴，抑或还有青春初萌的纯真恋情，故而终生所系，魂牵梦绕。

吉明的作品篇篇都写得精彩，但给我留有印象并让我有所触动的还是写亲情的篇目，吉明写到了父亲、母亲、姐姐、姑母，所有的情节描述都是真情呈现。如“父亲的自行车”“母亲的韭花酱”，姐姐对自己的关怀爱护、对父母的孝敬侍奉、对家庭的奉献付出，读来让人感同身受，如见其人，如闻其声，虽不似小说那样着意描绘刻画，人物形象却已是呼之欲出。这是作者自己亲身经历有感而发。

而亲情篇目中让我感慨最深、触动最大的是“姑母”一篇。一个老实善良的农家女子，只因嫁了所谓地主成分的婆家，便戴上了难以承受、又不得不披戴于身的枷锁。作者年少时因姑母成分问题大受影响，从而对亲切慈爱的姑母产生了极大的怨恨。最可怜最可悲的则是姑母无颜面对娘家的那份羞愧。直至生命尽头，对着娘家侄儿们，她仍在呢喃忏悔：“是我害了你们啊……”而今日作者的悔意，已是远远弥补不了当初自己记恨姑母所留给双方的伤痛了。

文集的另一个特点，是内容包罗极广。

游记数篇，江南塞北，海岛边疆，凡作者足迹所到之处，他总能抓住独具的特色，站在不同的角度，找到文学的矿脉，并在歌颂祖国大好河山的同时，自然地引发自己的感言与悟语，从而使文章得以深化与升华。

更多的篇目，则是有关乡人村事、故友旧交、年节风习、特色物产等。凡作者自幼所见所闻、所经所历，无论人所曾写还是人所未写，皆罗至笔下，真可算是利津北部乡土小百科了。读后，对作者家乡一带的生活场景、人文情态、风物状况也便有了一个大体的印象。有些人物写得十分鲜活，如六叔、玉兰婶、表哥，少年时代的几位老师同学等。有些活动也写得颇为生动，如烧秋、摸鱼、捉蝉、打囤、赶年集、看庄稼、读书会等，作者从平常的生活中觅到一种独有的感受与别样的情趣。凡有同样生活经历的读者，定会生发同感与共鸣。

综观文章得失，依拙见也有可斟之憾。行文流畅，叙事明白，是其长，亦有其短。文似看山不喜平，当略处，可一带而过；而当详处，则须浓墨重彩，精雕细刻，精到毫厘，细到极尽。犹如一河水流，若无几朵浪花、几处旋涡、一路的跌宕起伏，也便观之索然。亦如书法，须有浓墨淡墨、重笔涩笔，字体大小斜正，方圆兼使，方为佳作。再则，诸文多有点题，有些点得巧妙，有的则过于直白。人贵直，文贵曲。文学作品最忌说教，大道理不可和盘托出。要把大道理化为小道理，小道理化为人情味。把想述之与人的道理掰开揉碎，编织掺和到故事情节、语言对话、人物命运悲欢离合的细节之中，才能动人心怀，惹人啼笑，让人与你同悲同喜。

初试锋芒，便写就洋洋洒洒百余篇文章（此集收录八十二篇），可谓硕果累累，可喜可贺。吉明老有所为，诚然难得，亦大不易，应是付出了许多的心血和汗水。愿有新作不断问世，且百尺竿头更进一步，身姿容貌焕然一新。

目　录

村前有棵大柳树

山西洪洞有一棵大槐树。山东人去了都把大槐树叫“老家”。

黄河边一个村有一棵大柳树。外出回来的人都把大柳树叫“故乡”。

小村在黄河边，大柳树在村前，挺立在黄河大坝边上。

号称水上长城的黄河大坝，拥伴着咆哮而来的黄河。黄河绵延千里，在小村前转了一个大弯，折向东北方向，向大海而去。小村，连同村前那棵传奇的大柳树，紧紧依偎在大坝的臂弯里，就像一个婴儿，静静地躺在母亲温暖的怀抱里。

小村前是大坝，大坝以南是黄河滩地，再往南便是黄河了。乡亲们日出而作、日落而息，去耕种黄河滩地，首先要翻越横亘在村前的大坝。大柳树就矗立在上坝的道口和堤坝的夹角处，所有去种地、外出的乡亲，每天都要和大柳树打几次照面。20 世纪 50 年代末，黄河大坝加宽增高，全省几十万人上阵，一字排开，施工场面蔚为壮观。大坝竣工后，两侧种下了一排排柳树，村前的这棵“大柳树”，就是其中的一棵。不知何故，这棵柳树特别茁壮，不知不觉中长成了一棵遮天蔽日的参天大树，树冠就像一把绿色的巨伞，方圆百余平方米都在她的覆盖之下，粗壮的树干，三个人还合抱不过来。渐渐地，“大柳树”就出了名。

大柳树就像是一位饱经沧桑的老人，见证了几代村民建设家园的奋斗脚步，阅尽了村民生活中的酸甜苦辣，目睹了村庄的历史变迁。

大柳树见证了小村中的大事。村里大多数大型集体活动，都是在大柳树下进行的。

大柳树见证了村民们的喜怒哀乐。20 世纪 60 年代初，儿时的伙伴们放学之后就在大柳树下集合，一起嬉戏打闹，玩儿够了才到黄河滩上去拾草挖菜。说唱西河大鼓的艺人来村里演出，只要不是冬天，场子就安排在大柳树下。一盏明亮的汽灯挂在树干上，说到精彩之处，村民们就站起来拍手叫好，热烈的掌声一阵接着一阵。夏天的夜晚，人们抱着新编的麦草苫子往大树下一铺，海阔天空的拉呱便开场了。有人还带着笛子和二胡到大树下，演奏着不太着调的曲子。大树下面弥漫着旱烟袋、自卷烟的烟草味和点燃了熏蚊子的艾草绳的烟香味，一时间，大树底下的点点星火与天空中一闪一闪的星星相映生辉。村民们海阔天空地拉着家长里短、生活趣事。其中某些段落，大姑娘小媳妇们想听又不敢听，于是都溜到邻近的小树下，去聊她们的世界，聊到热闹处，不时传来一阵阵咯咯的笑声。

大柳树是十里八村的“地标”。二十世纪五六十年代，农村交通不便，黄河大坝成为主要交通道路，十里八乡的乡亲们下洼种地，收庄稼，或是去洼里拾草，都从大坝上走。秋冬季节，下洼拾草运庄稼的车辆接连不断，人们的说话声，赶牲口的吆喝声通宵达旦。长途跋涉的人们在路上走散了，先到的人就在大柳树下小憩，把人等齐了再继续赶路。久而久之，人们就把大柳树这个地方称为“一棵树”。于是，大柳树也就成了方圆几十里的地标。

大柳树是乡亲们的保护神。村里有一位德高望重的车把式，家里排行老六，人们都管他叫六叔。六叔和几个村民在高温天为庄稼喷洒农药的时候，因为天气太热，他和另一位村民因农药中毒而头晕、恶心、呕吐。人们赶紧把他们抬到大柳树下，泼凉水、扇凉风，一边派人去找医生。当医生赶来时，六叔他们已经清醒过来，啥事都没有，大伙觉得是大柳树保佑了他们。那年秋种的时候，六叔赶着一辆装满土杂肥的牛车，即将登上坝顶的时候，迎面开来一辆红色拖拉机，老牛受到惊吓，发了疯地往坝下跑，大板车翻了好几翻，重重地从大坝上摔下来，卡在了大柳树上才停下。一直牢牢抱着牛脖子的六叔，被压在了车底下。现场的人们都吓蒙了，以为出人命啦！可大板车斜卡在大柳树上，六叔从车底下爬了出来，抖了抖身上的泥土，安然无恙。六叔觉得又是大柳树救了他，在场的人们也都觉得大柳树确实神奇。自此以后，人们对大柳树产生了敬畏，暗暗将大柳树奉为他们心中的图腾。所以，村里的人们每逢家里有什么大事，黎明之前就悄悄来到大柳树下祭拜、祈祷，祈求大柳树保佑。不知什么时候，树枝上挂满了各式各样的红色祈福带，微风吹来，飘飘扬扬，精彩而又吉祥。

大柳树见证了小村庄的各个历史时期。也见证了黄河的安危。1976 年的中秋节，黄河发大水，全省滩区被淹，洪水水位超过了有史以来的最高限，如果再上升两米，水面就会淹没大坝。村里所有人都到坝上坚守。一天中午，突然刮起了八九级大风，在风浪的剧烈冲击下，大坝开始塌方，情况万分危急。防护的唯一办法就是打桩挂柳。防汛指挥部一声令下，斧头锯子一起上，瞬间大柳树仅剩下粗壮的树干，孤零零地站在那里。风浪过后，大坝安然无恙。晚上，六叔和几位老人悄悄来到大柳树下，烧纸祈福，感谢大柳树为大坝挡风拒浪的恩德。第二年春天，顽强的大柳树又长出了新的枝条。可是，自此之后，大柳树再也没长成昔日那把遮天蔽日的巨伞。

大柳树见证了小村庄的历史变迁。与大柳树相伴的小村庄历史并不长。中华人民共和国成立前夕，除夕夜发生大凌汛，原来的村庄被洪水淹没，几十户人家在现在的村址上建起了新村。大伙儿铲除了荆条疙瘩，砍掉了芦苇，盖起了土坯房，在这里繁衍生息。立村后，村民们盖的新房子由东向西排列延伸，逐步形成了老、中、青由东向西排列居住的格局。互助组、合作社、人民公社……社会在发展，村庄不断壮大。经过几十年的奋斗，村庄发展到一百多户、五百多口人的规模。

1981 年实行联产承包责任制后，村民们经营土地的积极性空前高涨，村庄内外边边角角的土地全部耕种了起来，村民们垫房台用土都没处去挖。村里村外到处是菜地和庄稼，到处是一片生机勃勃的景象。

随着务工经商大潮的兴起，村里的年轻人逐步走出了村庄，离开了土地，进城去了。黄河滩区的沃土良田，流转给少数种粮大户经营。昔日村庄周围寸土无闲的景象也随之结束，到处是荆条和芦苇，重现了立村前的地貌景象。夏季大雨过后，芦苇丛里蛙声一片，人们仿佛又回到了几十年前。村东头的五十间户老屋，大都人去屋空。有的老人被孩子接到城里去了，有的已仙逝作古。每到做饭的时候，冒出炊烟的也只有稀稀落落的几户人家了。我家祖屋就在村东头，母亲已搬来县城多年，老屋老院由铁将军把门。四邻也没人再住了，隔位前邻有一位本家婶子住在那里，孩子们都在外务工，前几年翻盖了新屋，家用电器应有尽有，吃穿无忧。有一天，附近的邻居发觉老人的房顶上两天没冒烟了，过去一看，孤独的老人躺在床上已经离世而去了。

村庄原有的鸡鸣犬吠、车水马龙、人声鼎沸的热闹场景渐渐消失了。只是春节、清明节、中秋节时，村里的街面上偶尔停下几辆轿车，也不乏宝马、奔驰等豪华车，到了傍晚，就都一溜烟儿开出了村庄。

2023年农历的十月初一，我带孩子们回老家给父亲上坟，返回到大坝顶时，有意去寻觅那棵大柳树，突然发现一位佝偻着身子的老人，一手拄着拐杖，一手深情地抚摸着那棵大柳树。在夕阳西下的背景里，我油然想起马致远的名句："枯藤老树昏鸦，小桥流水人家。"我打开手机，留住了这幅画面。走近一看，是一张多么熟悉的面孔啊！我禁不住脱口而出："六叔！"六叔端详着我，喊出了我的乳名，颤抖的双手紧紧攥住了我的手。六叔说，明年春天大坝的北侧要加宽一百米的副坝，坝顶上全部种上树，这是全省千里绿色长廊的一段，和他相伴大半生的大柳树，再过半年将永远消失。

告别了六叔和大柳树，我们驾车回返。回头张望，六叔和大柳树在夕阳映衬下的影像依稀可见，此情此景让我心头一阵酸楚。时光无法倒流，旧日不会重现。我憧憬着未来千里绿色长廊的壮观场景，期盼着这里的树木更加的郁郁葱葱。

下洼推石油

“麦子黄梢，饿得蹬脚”描述的是在青黄不接的季节里饥寒交迫的窘境。我生在新社会、长在红旗下，自然没有那种体验。可是，当年麦收前烧火做饭柴草短缺的困境，让我终生难忘。

那是1975年的春天。当时是人民公社大集体时期，生产条件薄弱，怕旱更怕涝，人种天收，年年打的粮食不够吃，柴草也很少。一年下来，玉米秸、豆秸能做饲料的都留着喂牲口，剩下的留给五保户一部分，其余的柴草留给生产队冬季上工程用，根本没草可分。

秋冬时节，人们只好到几十里外的东洼去拾草，勉强熬到春天。可到了麦收前，地里庄稼一返青，根本无处去拾草。人们就拔篱笆或是劈掉一些木材和旧家具充当柴火。

一天傍晚，我们出工回家后，看到母亲在灶台前用蒲扇煽风点火，柴草又碎又湿，等月亮升起来了，饭还没有做熟。没办法，我们去邻居家要了一瓶开水，每人分了一碗，就着开水吃没热透的干粮，就算是晚餐了。那天晚上，母亲没吃也没喝，眼里含着泪水，像是在自责和愧疚。看到母亲难过的样子，我作为兄弟中的老大，自然非常难受，暗下决心：一定想办法解决柴草问题，不能再让母亲为难了。

第二天，我和表哥商量这件事怎么办。表哥说：“这个季节无处拾草，咱们再联系几个人去东洼推石油吧。”说干就干，我们一行六人各自准备盛油的工具。我从家里找出两个苇编的草囤，用泥巴、白灰掺上麻刀和在一起，把草囤糊起来，带上干粮和咸菜出发了。在离家20公里处，我们乘船过了黄河，然后一直向东走。傍晚的时候，我们到了一个叫小沙的地方，那儿到处是散落在地上的原油。大家互相帮忙，很快就装满了，乘着夜色踏上了回家的路。大约晚上九点钟，我们走到济南军区马场的一个马厩处，据说这是一个连部。连部周围围着铁丝网，站岗的人不让我们进去，我们只好在马厩的背风处住了下来。到不远处黄河的河汊里打来一些水，支起小铁锅烧开水喝。虽然一天奔波劳累，能喝上一碗热水已经很满足了。我们几个人在附近割了一些软草，铺在地上，盖在身上，酣然入睡。

露宿的地方距离我们家约三十公里，如果顺利的话，第二天傍晚我们就能到家。可天公不作美，第二天上午突然刮起了八九级大风，黄河里掀起三米多高的大浪，渡船停摆了。我们在离渡口不远的地方稍加安顿，等待大风停下来。大风整整刮了一天，傍晚时渐渐小了。表哥叫上我到渡口联系过河，船工中正好有个熟人，他跟我们说："争取前半夜渡一船，但一船只能装下二十辆车子，可等待过河的足足有百十辆，你们悄悄过来吧。"不一会儿，二十辆车子悄悄到了渡口，准备上船。风平浪静的时候，船能靠岸近一些，上下船比较方便。可一天的风吹浪打，岸边塌陷，渡船靠岸困难。抛锚之后，船工系好缆绳，搭起跳板，跳板又湿又滑，大家一看，腿肚子直打哆嗦：一不小心掉下去就会被大浪卷走。此刻，大家望而生畏，犹豫不决。船长大声喊着："不敢上的就走开。"好在表哥是船工出身，身手不凡，他第一个推起车子走上踏板。之后，我们的车子都是表哥推到船上的。我们每个人腰上都拴上安全绳，步履艰难地挪步上船。过了黄河已是后半夜了，我们在岸边待修的船舱里过了一夜。

太阳升起的时候，我们分别从船舱里爬了出来。因大风耽搁，时间延长，带的干粮基本上吃完了。表哥一边安排人烧水，一边大声让大家把剩下的干粮都拿出来，大伙匀着吃。大家谁都明白，昨天夜里如果没有表哥，我们是不会渡过黄河的。于是谁也没有吱声，自动把所有的干粮拿了出来，大家分着吃了。在表哥的带领下，我们高兴地走在返家的路上。

走到下午四点钟的时候，我们离家还有五公里。大家实在走不动了，表哥说歇一会儿吧。此时，我们突然听到一阵熟悉的说话声，走近一看，原来是家里人来接我们了。我把车子交给父亲，长长舒了一口气：终于到家了。母亲为我们蒸了包子，还破例给大家炖了一锅菜。看到我们狼吞虎咽的样子，整整一个春天愁眉不展的母亲，脸上露出了久违的笑容。

20 世纪 90 年代末，我和弟弟都到了县城工作，也把母亲接到了县城。每当我和弟弟搀扶着老人蹒跚散步的时候，母亲看到路边密密麻麻的杂草，还念念不忘："这么多的草，没人要，可惜了。"

姑　母

孩提时代，对姑母的印象是亲切美好的。逢年过节，姑母都来看望爷爷奶奶。姑母每次来我们家的时候，手上总是挎着一个竹编的篮子，篮子的口沿上盖着一块白色的毛巾。中秋节的时候，毛巾下面有成串的葡萄，春节的时候有兔肉。我们吃着姑母带来的美味食品，又盼着下一个节日的到来。

高中二年级的时候，团组织动员我加入共青团，心里别提多高兴了。可是当入选名单公布时，根本没有我的名字。我去找团支书询问，团支书对我说："你社会关系不好，姑妈家是地主成分，政治上不合格。"

这是我人生中受到的第一次沉重打击。

从此，学习成绩优秀的我，成为政治上没有培养前途的人。高中毕业后，征兵、升学、入党的机会接踵而至，可都因为我这个社会关系问题而不能过关。自此，我把一切怨气全撒在姑母身上。当姑母再次挎着篮子到我们家来的时候，我愤怒地把篮子扔出门外，并大声吼道："你害死我们了，以后永远别来我们家！"

我的姑父，人们都叫他薛老五，至今我也不知道他的真实名字。在那个年月里，姑父天天扫大街、挨批斗。一个冬天的晚上，姑父站在凳子上挨批斗后，被人一脚蹬出门外，在冰地上摔断了腰腿。姑父不堪折磨去世了。姑父去世后，姑母一个人孤苦伶仃地生活着。姑母天天早上去扫大街，嘴里不停地念叨："我有罪，我有罪……"

因为这件事儿，我的前途受到影响，父母看在眼里，急在心里。每逢春节，父母都悄悄安排弟妹们去给姑母拜年，从来没有让我去过一次。党的十一届三中全会的召开，犹如一股春风，吹散了套在人们身上唯成分论的枷锁，给了每个乐于进取的人发展的机会。1984 年，我光荣地加入了中国共产党，开始了新的人生。入党、转干、提拔，几年之后我担任了乡镇党委书记。此时，姑母已是八十多岁的老人了，回忆起过去对姑母的态度，我总为自己的冲动而愧疚。得知姑母生活困难，我向县民政部门反映了情况，村里为她减轻了集资负担。不知何种原因，姑母的户口被注销，经村委会多方协调，补办了户口，并落实了老年人待遇。村委会还协调民政部门为她盖了两间住房，姑母终于享受到了与其他老人同样的待遇。

2012 年初夏的一天，弟弟接到表姐的电话，说姑母病重，已经不能进食，生命垂危。姑母最大的愿望就是见一见娘家人，特别是娘家侄子们。第二天早晨，在县农行工作的五弟开车接我去看望姑母。姑母当时已经奄奄一息了，当我们大声喊她的时候，她慢慢睁开混浊的眼睛，挣扎着要坐起来。此刻她的眼睛已经什么都看不见了，双手在炕上摸索着什么。表姐说，她想摸摸你们的手。我赶紧伸出双手，紧紧攥住姑母的双手。姑母流下来两行热泪，嘴里发出微弱的喃喃声："是我害了你们啊！"我哽咽着说："我们不怪您，当初是侄子的不对，您能原谅我们吗？"姑母点点头，露出欣慰的笑容。

第二天上午，我们接到表姐的电话：姑母去世了。出殡的时候，天下起了雨，或许是苍天为一个善良的老人哭泣吧。泪水和着雨水顺着我们的脸颊流了下来。

离开墓地的那一刻，我突然想到戴高乐将军为女儿题写的墓志铭："现在的她已经和别人一样了。"

我想，这句话作为姑母的碑文再合适不过了。

姐 姐

当你在人生道路上迷茫无助的时候，背后有人伸出温暖之手给你关怀和指点；当你手头拮据，为钱所困的时候，有人慷慨解囊解你燃眉之急；当你失去前进方向，在人生十字路口徘徊不前的时候，有人给你勇气和力量……毫无疑问，你就是一个幸福的人。

我的背后就站着这么一个人。她，就是长我两岁的姐姐。

我和姐姐共同拥有快乐的童年和美好的少年时代。父亲在国有林场工作，经常不在家。我十三岁那年就和姐姐到土井旁抬水吃。姐姐怕压坏我的身子，把水桶的绳扣系到靠近她的那一头。两年之后，姐姐自己去挑水，我也学着姐姐的样子去挑水，只能挑两个半桶。在那个大集体生产队的年代，缺柴少草是常事。我十四岁那年和姐姐推上小车，跟着大人们去东洼拾草。所谓东洼，那是县境最东边的两个村庄，一个叫东方红，另一个叫太阳升。

这两个村子四周都是柳树林子，我们就在树林子里拾草。下午，我们装好车子准备返回时，突然有人大喊："快走啊，到小河里摸鱼去啊。"我们循声一阵狂跑跟去，只见芦苇丛里白花花一片，遍地是鱼，弯下腰随便拾。原来，这是一条草沟连着一条河汊，上午，九级东北风把小河里的水推涌到草沟里，下午风停了，水慢慢退回去，鱼却落到了草丛里。我们没有盛鱼的工具，包干粮的笼布又盛不下，我就学着大人的样子，把裤子脱下，裤腿绑起来，足足装了一裤子鱼，至少有 30 斤。意外收获，高兴极了。可是我们去摸鱼的时候，放在小推车上的干粮不知被什么叼走了。沿着黄河大堤往家走了几里路，又饿又渴的我就撑不住了，躺在大坝坡上说啥也不走了。姐姐推车子走出半里路，再回来扶着我走。幸亏邻居到家后告诉了父亲，我才被接回了家。多少年后，姐姐还开玩笑地说起我躺在地上耍赖的事儿。这是我第一次下洼拾草，"旱地拾鱼"让我刻骨铭心，一生难以忘怀。

1962 年初夏，大概是小麦齐穗的时候吧。我和姐姐到黄河滩里挖野菜，回返的时候天已经完全黑下来了，天空中繁星闪烁。登上大坝顶抬头一看，一幅美景映入眼帘。西北方向的天空中出现了两座金碧辉煌的楼阁，和小学课本上的彩图一模一样，一座是天安门，一座是天坛，上边还有人走动。我们看了一阵子感到非常惊奇，回过神后赶快跑回家告诉父母出来观看，可是这时楼阁已经消失了，天空中飘过几朵彩云。老师说那叫海市蜃楼，可我至今不明白是怎么回事。

我小时候比较贪玩儿，经常受到父母的责骂。可仗着姐姐的呵护，每次都能顺利过关。上小学的时候我喜欢捕鸟，有一天放学回到家，带上铁夹子跟着同学去捕鸟，刚巧被父亲发现了，看来一顿打骂免不了，我吓得不敢回家。没办法，我只好找到姐姐的一个女友，把姐姐偷偷叫出来，帮我想办法。后来，姐姐把我领回院子，让我悄悄溜进爷爷的屋里。趁父亲不在屋里时，姐姐给我拿来干粮，还端来一碗粥，当晚我就在爷爷屋里睡下。其实，父亲早就知道是怎么回事了，他是故意躲开的。

我有一对双胞胎弟弟，到了晚上母亲就给俺姐弟俩分配任务，每人带一个弟弟，还得手撕二斤棉花，纺线织布用。那天晚上我光顾着打扑克，没完成任务。姐姐把我没撕完的籽棉分放在两个小箩筐的下边，把撕好的皮棉盖在上面，骗过了母亲，我又躲过了一次责骂。

在我成长的道路上，每一步都没离开姐姐的关心呵护。当我上高中的时候，姐姐已经结婚成家。那时候家里兄弟姐妹多，生活困难，家里拿不出钱供我上学。姐姐结婚前，家里多少给一点生活费，周末的时候，我就到条件好的亲戚家里借一点，勉强维持着学业。姐姐成家后，千方百计给我提供学费和生活费，有时候姐夫还会到学校将生活费送到我手里。周末我就跑到姐姐家里，帮着干点儿农活儿，临走时姐姐就塞给我一元或两元。靠着姐姐的支持，我顺利读完了高中。

我买的第一辆自行车、第一台收音机、第一块手表，都有姐姐的赞助。前两年买房子，又从姐姐家借了钱，房子已经住了六年了，到现在还欠着姐姐的钱。

1973 年秋，我参加了“文革”中唯一的那次高考，成绩公布后，全公社我名列第一。就在接到入学通知书的前夕，一场突如其来的打击将我无情击倒。我收到通知：考试成绩被取消，按政治条件录取。我的大学梦破灭，就把自己关在厢房里两天两夜水米未进。每到吃饭的时候，母亲怕我出意外，就敲敲窗户叫我吃饭，直到我答应了一声，母亲才叹口气离开。姐姐知道这件事后，从几十里外赶回来做我的工作。姐姐说：“是金子总会发光，机会总是留给有准备的人，你还年轻，以后一定会有机会的，千万不能放弃呀！”在姐姐的鼓励下，我发奋学习，期盼着机会的到来。

苍天不负有心人。1984 年，我光荣加入中国共产党，次年我参加了招干考试，以优异的成绩考取国家干部。由于我工作努力，取得了一些成绩，几年之后，组织上安排我到一个有三万多人口的乡镇担任党委书记。

退休那年，我约姐姐一块儿参加了夕阳红港澳深粤旅游团。旅游团生活标准低，天天清汤寡水。每逢吃饭的时候，姐姐就靠着我坐下，把自己碗里的鱼片和肉块搛到我的碗里，引来旅友们羡慕的目光。他们悄悄对我说：“你姐对你真好。”

2018 年秋，我和几个同事一块儿报名参加了县老年大学书法班，姐姐在微信里不断支持鼓励我。有一天上课的时候，外甥送来了一套毛笔。他对我说：“舅啊，这是俺妈让我给您送来的。”

贫困和恶劣的生活环境铸就了姐姐坚强的性格。20 世纪 60 年代末，农村是大集体生产队，分配政策是“人七劳三”。分粮食的时候，大都是先分“劳三”的那部分，“人七”的那部分一拖再拖。父亲在外工作，我和姐姐上学，小脚的母亲根本下不了地，家里没有劳动力。每当生产队分粮食，母亲就拿着口袋和几个家庭情况相同的人躲在场院一角，不敢靠前。分粮人快走散了，她们才悄悄去问队长：“今天分人口粮吗？”队长大声说：“今天不分人口粮，干活儿的时候见不着你们，分粮食了咋都腆着脸来了。”母亲夹着空口袋回到家里，坐在炕沿上抹眼泪。看着委屈的母亲，正在上完小的姐姐毅然作出决定：不去上学了，下地干活儿挣工分。

当时村里的女孩儿读到完小的只有姐姐一个人，她也算是村里的文化人了。后来，她当上了村里的记工员，之后又担任了村小学的民办教师。家里有了挣工分的人，母亲再也不为分粮食作难了。姐姐在民办教师的岗位上刻苦认真、兢兢业业，教学成绩在全学区名列前茅，多次受到市县教育部门的表彰奖励。直到结婚成家，姐姐才恋恋不舍地放下教鞭，离开了心爱的讲台。

在家庭和事业上，姐姐始终恪守着知足常乐的理念，处事坦然，淡泊名利。姐夫在一个单位担任科长职务，他的表哥是市里的一位领导，有人就和姐姐说：“你们家有亲戚在市里当领导，去托托关系，提拔一下很容易。”姐姐却不这么看，她说：“我们出身于农民家庭，能干到这个程度已经很满足了，只要干好自己的本职工作，一切顺其自然吧。”她儿子和大女儿都是司机，一干就是几十年，至今仍驾驶车辆奔驰于路上。淡泊也好，坦然也罢，姐姐也并非不求进取的平庸之人，她也有自己远大的志向。她细心地培养着孩子们，教育引导孩子们追求进步。小女儿大学毕业后到韩国留学，学业有成回国参加工作。孙女在青岛海洋大学就读，表现优异。外甥女在青岛一所大学就读，也是班里的佼佼者。

姐姐对父母很孝顺，是我们兄弟姊妹的榜样。1995 年春，父亲被确诊食管癌，在市人民医院住院治疗，刚好姐姐的家就在医院附近。姐姐为了让弟弟们干好各自的工作，主动承担起了照顾老人的重任。在父亲住院的三百多个日日夜夜里，姐姐为父亲送水端饭，陪床服侍，无微不至，直到父亲去世。

几年之后，母亲在老家不小心摔伤了腰，又是姐姐毫不犹豫地把母亲送到医院理疗。治愈后又把母亲接到家里进行康复调养。经过大半年，母亲生活可以自理了。2016 年秋，母亲患了带状疱疹，姐姐一直陪护在身边，天天为母亲喂药，理疗、擦洗身体，来来回回细心伺候了三个多月。母亲住在县城，姐姐每个月都拿出八九天时间从市里赶过来，为老人理发、洗澡、换洗内衣和被褥，让老人天天保持清爽干净。

长期的辛勤劳作让姐姐积劳成疾，她双膝半月板变形、骨质增生，疼痛得下不了楼、走不了路。2018 年秋，姐姐做了双膝置换手术，至今仍在康复中。2024 年春节后，母亲患感冒，头疼咳嗽，浑身散发出一股异味。怕姐姐着急，我们一直没和她说。可母亲在接听姐姐电话时，还是说出了实情。姐姐知道后，着急上火一夜没睡好。第二天，她让儿子向单位请了假，送她到老人身边，做饭、喂药，换洗内衣，晾晒被褥，整整忙活了一天。已经半年多没干家务的姐姐，回去后腿疼得好几天下不了床。

姐姐手术后，腿脚行动不便，不能来到母亲身边，我和弟弟们承担起了照顾母亲的任务。可我们总是没有姐姐那么细心、耐心。我多么盼望姐姐快快好起来，到母亲身边尽孝；也不用您干活儿，陪着母亲说说话就行。活儿，我们干。

沙尘暴

姐姐和姐夫来县城陪护91岁的母亲，一家人高兴地聚在一起，话题自然就多了起来，童年的往事成了酒桌上拉呱的主题。席间，我又回忆起60年前的那场沙尘暴。

1961年农历四月下旬的一天，大人们说正是小满节气，气温飙升到三十多度。姥姥摇着蒲扇，倚在门口看了看天说，怕是要起风了。

午饭后，邻村的表弟表妹来叫我一块儿去挖野菜。我们朝西北方向跑了七八里路，到了一个叫魏家屋子的小村前，各自寻找着可心的野菜。下午五点左右，突然听到有人高声大喊："沙尘暴来了，赶快回家呀！"我猛然抬头朝西北方向看去，只见昏黄的沙尘铺天盖地向我们席卷而来。刹那间，太阳被吞没，天地间一片昏暗。

突如其来的沙尘暴，把我和表弟表妹冲散了。当时心里只有一个信念——回家。奔跑中，我的额头突然被重重地撞击了一下，下意识地摸了一把脸，沾了一手鲜血，仔细一看，自己身处一片枣树林，因为视线模糊，头撞在枣树上了。左裤腿撕开一个大口子，膝盖也划破了。我稍稍定了定神儿，绕过枣树林，借着西北风的风势，朝着家的方向继续奔跑。

风势越来越大，天渐渐黑了下来。忽然，不远处传来了狗叫声，我想，前边一定是个村庄。离村庄越来越近了，已经隐约看到从窗户上透出的微弱光亮。走进一户人家，只见屋里住着两位老人，老头儿坐在炕头上，抽着旱烟，一个劲儿地咳嗽，老太太正在灶台边择一把野菜。老人告诉我："这里是老台子村，离你要去的福寿村还有七八里路呢。记住，不要再往东走了，那是去陈庄的方向。"老太太站起身来，双手颤抖着递给我一碗温水。告别了两位老人，按照他们的指点，我朝南奔去。

离开老台子村大约有二三里路，我又走进了一个村庄。心里没底，还是问问路吧——我走进一户人家，屋里夫妻俩正在烧火做饭。两个不大的孩子倚在炕沿上，手里拿着菜饼子在啃。男主人告诉我，再往南走五六里路就到福寿村了。女主人说:“你在俺家里住下吧，风停了再走。”我摇摇头说，我一定要赶回家去。见我态度坚决，夫妻二人不再强留。告别夫妻二人，刚走了不远，我与一个对面走来的人撞了个满怀。他大声问我:“有没有看到一个十二三岁的小闺女？”我说没看到。仔细一看，才认出他是姥姥村里看果园的“老聋”。

“老聋”在解放锦州的战斗中被大炮震聋了双耳，听力极差，声音小了根本听不见。因为是伤残军人，政府部门照顾他，在沟崖上给他划出了几亩地，开垦了一个小果园。每年秋天，馋嘴的孩子们都想去偷他的苹果，他就在果树下捡几个落果把孩子们打发走。其实他那无人提起的大名是董树昌。有一次战友给他寄来一封信，邮递员问:“谁是董树昌？”问了好多人，都说村里没有这一位。

风大夜黑，走着走着我又走进了庄稼地。连续的几个沟坎绊得我踉跄倒地，趴在地上一看，那是一垄垄的葱地。我实在太饿了，顺手掐了几把葱叶子大口大口地嚼着。在阵风喘息的间隙，忽然发现前方不远处有一束三角形的光亮，我知道那是从瓜园屋子后卡档子里透出来的。我就去了瓜园屋子，一是要口水喝，二是顺便问问路。那是一间土坯砌成的瓜园屋子，屋里一胖一瘦两个老人坐在土炕上。瘦老人含着旱烟袋，大口吐着烟雾，胖老人侧坐在炕沿上端着碗喝水。深更半夜，当一个满脸血迹，浑身泥土的孩子突然出现在他们面前时，老人惊得老半天没反应过来。当听到我叫爷爷时，胖老人才下了炕说:“孩子啊，没有啥吃的东西了，喝碗热水吧。”我刚吃过葱叶，正辣得不行，接过碗一口气喝下去。我向老人问路，并说出姥姥家是哪个村的，还报上了我四舅的名字。老人似乎听说过我四舅这个人，把我领到去福寿村的路上，一再叮嘱我，千万别再走偏了路，一直朝西南方向走，再有二三里地就到了。

临近半夜，一道利闪劈开了天地间的黑幕，远处的景物被照得一清二楚。雷鸣电闪之下，我突然看到前方一片熟悉的松柏林，那就是福寿村的公墓。我抑制不住内心的激动，一溜儿小跑向村庄奔去。村庄和松柏林之间，有一条东西走向的灌沟，沟宽大约有十米，横搭在沟沿之间的是一棵枯树做成的独木桥。我爬过独木桥，进了村。借着闪电的光亮，我一眼看到了姥姥家大门口那棵大柳树，终于到家了。

当满脸血痕、浑身泥水的我跨进姥姥家家门时，在场的姥姥、母亲还有长我两岁的姐姐都惊呆了。姥姥摸着我的脸问，“是你吗？孩子？”我点了点头。姐姐过来拧着我的耳朵，拽了我个趔趄，验证了我确是她的弟弟。我一头扑到姥姥怀里大哭起来。

第二天清晨，一轮红日从东方冉冉升起，我看到大街上到处都是倒塌的院墙。连根拔起的树木横躺在街道上，家禽、家畜满街乱跑。忽然，村东头传来一阵阵哭声，循声跑去到院子里一看，原来“老聋”昨夜淹死了。据说，他是从村北灌沟上的独木桥掉下去的，我是他生前最后一个见到的人。

午饭前，姥姥在门口与窗户之间的墙壁下摆上香案和贡品，点香焚纸，双手合十，口中念念有词，不知是感谢苍天还是哪路神仙。她一直认为，瓜园屋子里的两位老人是仙人，没有仙人指路，我是回不了家的。

后来我听说，那瓜园屋子里的两位老人在夜里送走我之后，总是感觉此事蹊跷。深更半夜，哪儿来的一米多高的孩子？怎么就突然出现在俺的面前呢？两位老人忧心忡忡，大病一场。后来，两位老人的家人循着名字找到了我四舅，四舅给了他们一个结结实实的回答——那就是俺外甥，迷路了走到那里，没有什么邪魔鬼祟。得知详情后，两位老人哈哈大笑，心病褪去，身体康复。

到北洼割喂草

1967 年，我十五岁，在初中念书。放暑假的时候，为了给家里挣些工分，我到生产队报名加入了下洼割喂草的队伍。黎明前，我们各自在家吃了早饭，东方的天际出现一抹鱼肚白的时候，我们一行八人坐上生产队木轱辘大板车，吱吱扭扭向北洼出发了。下午四点的时候，我们到达离家四十里路的一个叫付家窝屋子的地方住了下来。

我们的任务是每两天割一大车青草，由生产队派车运回村里，晒干储藏，冬春喂牲口用。带队的是生产队的副队长、年龄长我十岁的表哥。表哥既是总指挥，又是做饭的大师傅。见我是个上初中的小孩儿，便给我分配了每天翻晒青草，给伙房帮厨的任务。

白天，大家把割下来的青草背到院子里由我负责翻晒，晚上和下雨天没活儿可干，我就寂寞得打转转。除去说一些笑话外，没有什么可供消遣的项目。表哥是个心细的人，他从河务局借来一盏防风的嘎斯灯，还有一本《水浒传》。每天晚餐后或阴雨天，他就让我给大家读，大家听得入迷，我读得也高兴。不过，我把晁盖读成晃盖，把几斤牛肉读作几片牛肉，大家也不知道对错。

开头的几天里，大家听得蛮高兴，饭前饭后还讨论回味书中的故事情节和人物。有人还是觉得缺少点儿什么。那天，突然有人提出要下象棋，可荒草大洼里哪来的象棋呀？表哥为了满足大家的需求就对我说："明天我替你晒草，你去付窝供销社买一副象棋回来吧。"我带上表哥给我的几块钱，怀里揣上一个窝窝头，就徒步出发了。可是，来回跑了三十多里路也没有买到。回到驻地我又累又沮丧，觉得对不住大伙儿。表哥说："你明天再到渤海农场跑一趟，兴许能买到。"又跑了十五里路，我来到渤海农场一看，还是没有。我想到大家"盼棋心切"的样子，真不知道回去咋说。突然，我灵机一动，花两毛钱买了一个纸箱和一瓶墨汁，回到驻地用纸箱板画了棋盘，又将剩余的纸箱壳用镰刀削成一个个圆形，在上面写上将、士、象、车、马、炮……红棋用空心字，黑棋用实心字。这就是我的象棋启蒙教育。后来我的棋艺水平一直上不去，对手常开玩笑说我是“村级”水平。我心里暗笑：我就是跟村里人学的，还真是“村级”水平。

我在伙房里帮灶，每天扫地、洗菜、烧火，忙得不亦乐乎。表哥怕我累着，时不时让我出来轻松一下，叫我去逮蚂蚱。那是我最喜欢干的活儿，也是我的拿手好戏。在松软的草地上，我不停地追逐着蚂蚱群，把捕获的猎物用䅟草或是蔓蔓子草串起来，表哥还连连夸我能干。表哥将蚂蚱洗干净，在油锅里煎炸，然后撒上盐放在盘子里，大家抢着吃，一会儿盘子就见底了。表哥还把煎好的蚂蚱放到虾酱里蒸着吃，那香味、腥味、辣味扑鼻而来，大家吃得大汗淋漓，直呼过瘾。

利津大北洼里，方圆几百里草木丛生，是野生动物的天堂。出没在草丛里最多的是野兔。一天，大家正在割草，一只野兔突然从草丛中跳出，大伙儿一哄而上，拼命地追赶着。在密不透风的草丛中，兔子根本跑不起来，只是一蹦一跳地逃跑。几分钟后，大家气喘吁吁地停下了脚步，眼看就要放弃了。这时有人提议闹出大动静把兔子吓蒙，也许就好逮了。人们脱下上衣抡得呼呼响，同时每个人都一起大声呼喊。这一招果然奏效，兔子被吓蒙了，一头撞在了一棵小树上，被人们扔出的镰刀击中。大家把战利品带回屋子里。可一只兔子八个人吃有点儿少，看屋子的董大爷说，夜间出去再套一只，明天中午一块儿炖了吃。该着大家有口福，还真套回了一只兔子。表哥把兔子倒吊在门前的小树上，麻利地扒下兔子皮，用水冲了一下就下锅了。有人说没洗干净，表哥说，洗遍数多了就不香了。把野兔肉放锅里炖着，然后再放上白萝卜块儿，丰盛的野兔炖萝卜就出锅了。这是我吃到过的最鲜美的野味了。多年之后，我和朋友买了野兔，如法炮制，虽然也觉得挺香，但再也吃不出当年的味道了。

转眼半个月下来，我们的任务宣告完成。临走的前一天晚上，看屋子的董大爷为我们做晚餐送行。董大爷从家里提来一小桶地瓜干白散酒，就地取材做了几个菜，凉拌萝卜叶、萝卜条、虾酱拌大葱、炒萝卜条，安排了一场萝卜大葱盛宴。洼里的蚊子又多又大，叮人一口像针扎一样。在院子里实在坐不住了，我们就爬上了草垛，秫秸做的锅盖一放，把菜端上去。那是个明月之夜，酒倒在一个大铁碗里，一人一口轮着喝，那种意境，在之后的日子里再也没有体会过。当一小桶酒喝完的时候，每个人都顺势倒在了草垛上，没有人再吭声了。表哥胃疼不喝酒，我是个中学生不会喝酒。只有我们两个人清醒，把他们一个个扶回屋里。

岁月无情，人生易老。五十年后的春节除夕，我回老家给父亲上坟，路过表哥家时，表哥正好站在大门口，他热情地把我们让进家里。说起当年下洼割喂草的事儿，表哥感慨地说，当年一起下洼割喂草的八个人，已有四人仙逝作古，另外两个人都已八十多岁，跟着孩子们在县城养老，在村里住的只有他自己了。当我向表哥告别的时候，他说有礼物送我。他找出一个黄布包裹，小心地打开一层层黄色绸布，原来是五十年前我给大家伙儿读过的那本《水浒传》。表哥郑重地说："送给你保存吧，有生之年还不知道能不能再见到你。"我的眼睛湿润了：表哥保存的不仅仅是一本书，还是一份珍贵的记忆。

烧　秋

秋高气爽，白云悠悠。当凉爽的风把田野吹得五颜六色的时候，秋，这个沉甸甸的丰收季节到来了。沃野里，蓝天下，雪白的棉花、橙红色的高粱、金黄色的谷子，一片片、一方方，或朝天仰望，或低头躬身，用各自的方式欢迎着秋天。过往秋的记忆已依稀远去，铭刻在心底的，是儿时在庄稼地里烧烤的滋味和大自然赐予的欢乐的回忆。

烧秋，就是把已经或即将成熟的大颗粒的庄稼，在田野里弄些柴草烧熟了吃。这样的野餐，一少半是为了充饥，一大半是为了解馋，因为庄稼的香味和烧烤的乐趣太诱人了。

烧毛豆是一种取材容易，操作起来比较简单的烧烤。小伙伴们到豆子地里拔几株豆粒饱满的豆子棵，挑一处平坦而又干净的地面，先把豆棵放在一边。到豆子地里收拢一些干豆叶，在平地上铺开，把豆子棵放在豆叶上。火苗燃起，火光中发出一阵阵噼里啪啦的脆响，声音慢慢小了下来，豆棵在火堆里稍焖一会儿，豆子便熟了。小伙伴儿们每人托起一棵烧熟的大豆，扒开豆荚把豆子放进嘴里，一个个烫得龇牙咧嘴。因为贪玩烧毛豆，我们还惹了一次祸。生产队里有一块离村较远的土地种了小麦，但因为天气干旱，播种的小麦出苗困难。生产队长安排我们六个放秋假的学生去砘地，两人一组，一人驾辕，一人拉边套。每天上午和下午，我们大约只砘三四个来回，就急不可耐地停下来烧毛豆，结果二十多亩地，七八天还没砘完。一场小雨过后，生产队长检查小麦出苗情况。到我们砘过的小麦地一看，先砘的麦苗全部出齐，后砘的出了一半的苗，没砘的稀稀拉拉出了几棵苗。队长气得暴跳如雷，找了我们的家长。我们白干了七八天，一个工分也没挣到，还差一点儿挨一顿胖揍。

烧玉米是野地烧烤的重头戏。小伙伴儿们用打草的镰刀在地上挖出一条一米多长、三十厘米左右深的沟，再分头去拾些干柴，钻进玉米地里掰几个大个儿的玉米;把玉米剥去外衣，留下几片嫩皮，然后把玉米横放在挖好的沟上。干柴烧起来了，不一会儿玉米就熟了。饥肠辘辘的小伙伴儿们麻利地剥下玉米的外衣，一阵狼吞虎咽。后来，还发明了一些新的烧烤方法。找一些细树枝和干芦苇秆，折成10厘米左右一段，插进玉米的棒芯里，然后再插进松软的土地里。新鲜的玉米头朝上，屁股朝下，整齐地立在地上。点火之后，火苗便均匀地烧烤着玉米。这样既省柴火，烤出的玉米也特别香。一顿美味的烧烤下肚，小伙伴儿们的笑声，和着庄稼地里秋虫的轻唱，久久地回荡在一望无际的田野里。

烧地瓜最不容易。因为地瓜个头儿大，含水量高，如果直接用火烧，会烧得“皮焦骨头硬”。为此，小伙伴儿们便用“窑烘”的方法——在烧地瓜之前，先挖一个浅坑，再捡些土坷垃，沿坑边往上垒，像垒窑洞似的，只留一处续柴草的门。垒成后，像烧火做饭那样，把柴草点燃，直烧得土坷垃发红。这时止火，把地瓜一块块续进去，然后用脚将土坷垃踩塌，将地瓜严严实实地捂在里面。秋高气爽，白云飘飘，凉爽的秋风拂过，金色的田野如波浪般起伏，但小伙伴儿们哪里顾得上欣赏秋的美景，两眼直勾勾地盯着即将出炉的烤地瓜。激动人心的时刻终于到来，大家争先恐后从火堆里掏出烤熟的地瓜一饱口福。这样烤出的地瓜又面又甜，远比蒸的或者煮的好吃得多。

最过瘾的莫过于“烤肉”大餐。所谓“烤肉”其实就是烤蚂蚱。蚂蚱的种类很多，各有各的名称。到了立秋季节，母的都怀了籽，老家的田野里大飞舫最多，全身呈绿色，两只大眼睛黑黑的，双腿粗壮，飞得又高又远。那些肚子大的，就像怀孕七八个月的女人，行动迟缓。有的已将尾巴扎进土缝中，准备产卵，捉起来非常容易。被捉住的蚂蚱，用一根长长的蔓蔓子草把它穿起来，然后就地取材，捡些干柴烧了吃。聪明过人的二蛋，在地上挖一个坑，做起了烧烤蚂蚱的生意，当起了“大掌柜”。每3个活蚂蚱换一个熟蚂蚱。一抱草可以换3个熟蚂蚱。到了收摊儿的时候，他把赚来的蚂蚱穿成一串提回家里，让他母亲在锅里煎一遍。然后邀我们几个特别要好的伙伴儿去他家里品尝美味大餐，大家陶醉在又香又脆的美味中。

饭后一袋烟，胜似活神仙。饱餐之后，大家分头儿去拾草或是挖野菜。载着满满的收获回家之前，免不了还得美美地抽上一阵“地烟”。大家捡来一些风干的蓖麻叶和茄子叶，放在新挖的小坑里，然后点火，待冒出火苗时，采一片新鲜的蓖麻叶，将火苗捂灭，再往蓖麻叶上撇一些土压实，一锅地烟就算告成。小伙伴儿们每人掐一段蓖麻叶的茎管，在地窝烟周围围成一圈儿，趴在地上，双脚朝天翘起，将茎管插进烟锅里，美美地过上一把烟瘾。

烧秋比较时兴的年代，主要是以“三级所有队”为基础的时期。那时，生产队的庄稼有专人看护，但对孩子们偷着去烧一点儿也睁一眼闭一眼，没人去较真。光阴荏苒，时过境迁，农村推行联产承包责任制后，农田归各户经营，很少有人再去损坏别人的庄稼了，烧秋的活动也随之慢慢消失。但每当想起烧秋的那些事儿，那味儿、那趣儿依然记忆犹新。

收秋趣事

引子：谨以此文献给当年赴北洼帮助军马场秋收的老师和同学们。愿当年活力四射的激情岁月，成为永存于师生心间的美好回忆。

1971年，我们在利津二中读高二。中秋节前夕，原济南军区军马场领导到学校求援，请求组织师生帮助他们到北洼收割大豆。学校立即组织了一百多名师生，挎上背包，带上镰刀，徒步向北洼进发。

我们从陈庄利津二中出发，一路经过罗家、六合、薄家嘴、老爷庙等村庄，在太阳快要落山的时候，终于走进了广袤无垠的黄河冲积平原，成块连片的豆田映入眼帘。

兵马未动，粮草先行。三名带队的老师和两名炊事员早学生们一天到达目的地收拾出伙房——荒原上没有房屋，只有两间前几年军马场的牧马人在草地上建起的"干打垒"土房子。土房子早就没人住了，房顶和前面的墙都已塌掉，只有后墙和东西两面还有两米多高的半截墙，伙房就安在半截墙内的一角。

1976年之前，黄河从利津入海，支流的形状呈扇形，活像一条伸展开触角的八带鱼。除主流外，那些次于主流的小河流，人们便依次称她们为二河、三河、四河等。军马场的大豆地，就是顺着这些黄河支流之间的新淤地播种的。我们来收割的这片大豆，就在二河边上。军马场的豆田全部是机播，行距比较宽，行间生长着杂草，大豆就在密密匝匝的草丛里生长、成熟。这样的豆田，收割机无法收割，只能人工收割才行。与其说是割豆子，还不如说是在草丛里捡豆子。热情高涨的师生们，在这里大干了十余天，辛苦劳累之余，留下了一个个有趣的故事。

露 宿

刚来的那天，最后一批师生到达目的地时已是满天星斗。简单吃过晚餐，来不及搭窝棚，只好在草地上就地露宿。二河的岸边都是成片的芦苇，是挡风的天然屏障。同学们三个一伙、五个一群挨着芦苇边露宿。天当被、地当床，仰望天空数星星。十八九岁的少男少女们，在草地上露宿，大都是第一次。一天步行虽然劳累，但还是兴奋得难以入眠。不远处有一片防护林，几个同学跑进树林里捡回好多干树枝，在露宿处点起了堆堆篝火，大家围拢在篝火旁，取暖，聊天。有同学提议："咱们唱支歌吧。"一呼百应，大家放开喉咙一起唱起了《毕业歌》。篝火堆不时发出噼里啪啦的爆响，像是在为歌唱者们伴奏。"同学们大家起来，担负起天下的兴亡……"雄壮有力的歌声在空旷的原野上飘荡。黄河水里不时有大鱼跃起，惊得在河边栖息的大雁群呱呱起飞，同学们在星星的注视下进入了梦乡。

摸 鱼

我被安排在伙房里帮灶，协助司务长做饭。一天，负责拉生活用水的三个同学拉回了一车浑水。司务长问他们是咋回事，他们说水里有蛇，不敢蹚进深水里打水。一位教生物的老师说，蛇在水下不能呼吸，蛇头一般是露在水面上的。当天下午，老师让我到现场看看，到底是咋回事。到现场一看，水位比前几天下降了不少，水面上不停地翻花冒泡。我小心蹚进水里，水下的确是有游动的东西在拱腿。从小爱好摸鱼的我，一下子意识到，那不是蛇，是鱼。我笑着不紧不慢地上了岸，大家一脸惊诧地看着我，异口同声地问我："是有蛇吧？"我故意卖关子一声没吭，装满一车水，拉回了驻地。我悄悄告诉老师，那洼水里有好多的鱼。第二天，老师安排了几名同学，带上盛鱼的家伙什赶到了水塘边。我在水塘的进水口筑起一条泥坝，阻断水源来路，然后，用水桶往外舀水，水越来越浅了，有些大鱼已露出脊背。我们捞了几百斤的鱼，满载而归。晚上炖了两大锅鱼汤，师生们过了一把鲜鱼汤瘾。

求 援

一场秋雨瓢泼而下，我们挖的半地上半地下的地屋子、师生们的临时住所全部进了水，被子都湿透了，我们一个个成了落汤鸡。天放晴了，草丛上晒着一片片花花绿绿的被子。这还不算啥，最闹心的是没有干柴火，师生们吃不上饭。几位老师商量了一下，决定让教导处的殷主任带几名同学到附近的军马场连队去求援柴草。军马场有堆得又高又大的豆秸垛，都用雨布遮盖，下面是上好的干柴火。跟着殷主任到了连队大门口，说明来意，可值班人员就是不让进大门。殷主任来到我身边，悄悄跟我说："你据理相争，跟他大吵，声音越大越好。"我按照老师的嘱咐跟值班员大吵起来，"给你们帮忙秋收，保证让我们吃上饭，是你们当初的承诺……"这一招儿还真灵，一转眼从院子里走出一位穿四个兜军服的领导，问清事由后，当面批评了他们的值班人员。他当即表态，一小时后将柴草送到，外加两百个馒头。我心中暗自窃喜：又跟老师学了一招。

撵兔子

捉野兔的方法很多，或套兔子，拉网赶兔子，或灯光诱兔子，土枪打兔子。也有撵兔子一说，但之前总觉得那是夸大其辞，不可能的事。耳听为虚，眼见为实。在为军马场割豆子的日子里，还着实过了一把"撵兔子"的瘾，甚至还不是偶尔撵一只，几乎是天天有收获。一天，人们正忙着割豆子，突然"嘭"的一声，一只野兔在面前跳过，径直往前蹿去。豆地里的野草有两米多高且密不透风。在一片呐喊声中，兔子慌了神，晕头转向乱跑乱撞，说是跑吧实际上是在跳，根本就跑不起来。人们一边呐喊，一边脱下衣服大声扇抖，走投无路的野兔不是被衣服捂住，就是被镰刀击中，乖乖就擒。有一次，一只兔子被我们追了一阵子，没劲儿了，眼看就被生擒。可在前边割豆子的一帮民工迎头一拦，不费事就把兔子提走了。追了好一阵子的同学心有不甘，围上去理论，要把兔子要回来。对方就是不撒手，双方争执不下。这时，一位同学说，我有一个解决办法，咱让兔子歇一会儿，人也歇一歇，然后将兔子撒了另逮，谁逮着算谁的。此主意一出，引得人们哄堂大笑。后来，在我们学校就流传出一句歇后语，某某人撵兔子——撒了另逮。

光阴荏苒，岁月如梭，五十年转眼过去。庚子中秋，同学聚会，当年那些充满激情活力的少男少女，如今相聚，已是弯腰驼背，两鬓斑白，成了一支奔七乃至奔八的队伍。一位细心的同学，把当年帮助军马场秋收的照片制作成精美的视频，在聚会现场大屏幕上播放。背景是一望无际的黄河冲积平原，背景音乐是《往事只能回味》。触景生情，回首往事，感慨万千。伴随着优美的旋律，大家情不自禁地一起唱了起来："时光一逝永不回，往事只能回味……"

麦假看坡记

对门的老赵说，外甥从杭州西湖特意带来了上等的龙井，特邀我们一起品尝。

在楼下草坪的石桌旁，撑一把太阳伞，几位老友围坐一圈儿，兴致勃勃地品茗、喝茶、聊天，体验一把慢生活的滋味。老赵打开“听戏机”——“麦浪滚滚，闪金光……”悦耳的音乐，熟悉的歌声，把我带进了少年时代给生产队看坡时，躺在草地上数星星的青葱岁月。夜幕下发生的桩桩件件，就像电影中的那些片段，一幕一幕浮现在我的眼前。

麦假为家里挣工分

20 世纪 60 年代末，我还是一名初中学生，那时候学生每年放麦假、秋假。麦假时我能在家里享受大约两个星期的自由时间。

当时生产队实行“人七劳三”（人口占 70%，劳动力挣工分占 30%）的粮食分配政策，父亲是国有林场的职工，家里只有姐姐一个人劳动，所以“劳三”分配的那部分我家分得的很少。为了多挣些工分，母亲去找队长，给我争取到一个夜间看坡的差事。每值守一夜记二工分，相当于在生产队出工一早上的工分。

每天吃过晚饭，我就把被子裹在草苫子里，用绳子捆结实背在肩上，跟着大人们到麦地里看坡，高高兴兴地为家里挣工分。夜幕下，田野里，那时所发生的一切早已烙在了我心底，并没有因年龄的增长，环境的变迁或时光的流逝而消失。

躺在草地上数星星

每天夜晚，六叔就带着我还有我的一位同学，在麦地里的路边或地头找一块空地，铺上草苫子、伸开铺盖，三个人并排仰面朝天躺下。我看着满天的星斗，默默地数着。

六叔是个很会讲故事的人，“吧嗒吧嗒”地抽着旱烟，什么牛郎星、织女星、大猫、二猫、北斗星，讲得头头是道。有月亮的晚上，六叔就给我们讲月宫里的传说。讲着讲着，远方的天际一颗贼亮的流星，拖着一条长长的尾巴从夜空中坠下。六叔说，地上人一个，天上星一颗。哪颗星星坠落，就是又有一个人离开了人世间。我们半信半疑，也不便打断他。

少年的我们入睡很快，有时候一觉醒来，听到六叔还在喃喃地说着，我们故意咳嗽几声，让六叔知道我们还在倾听。

人蛇大战

那时麦收看坡分两种情况，一是安扎窝棚，日夜值守；二是像我们这样临时增加的岗哨，只在夜间值守。一天夜间，看坡的窝棚里突然传来救命的呼喊声，我们三个人抄起镰刀循声跑去。赶到现场一看，睡在窝棚里的那位街坊，面前和背后各有一条长蛇夹击。蛇头和蛇颈高高立起，“嗞嗞”地吐着信子。我们人多势众，挥舞着镰刀和木棍，终于把两条蛇赶走了。那街坊惊魂未定，气喘吁吁地说，他在窝棚里睡下后，感到脚那头儿凉飕飕的，掀开被子一看，哎呀，两条长蛇盘踞在那里！他慌忙抄起一根木棍想赶走蛇，于是就发生了两条蛇前后攻击他的那一幕。第二天晚上，旧的一幕重现，两条蛇又盘踞在窝棚的一角，那街坊吓得直哆嗦，觉得是自己得罪了蛇神，抱上被子和我们在露天里睡了一宿。

“怪了，这蛇为啥赶不走呢？为啥赶不走呢……”六叔嘟哝着。

“哎，对了！”六叔一拍大腿说，“我觉得赶不走两条蛇的原因，是窝棚搭建在了蛇窝上，占了蛇的地盘，挪挪窝棚就行了。”

果不其然，窝棚搬迁后，两条蛇果然没有再出现。

夜幕下的大合唱

当夜幕降临，浓黑笼罩着大地的时候，侧耳倾听，就能听到各种大大小小、粗粗细细、奇奇怪怪的声音在麦田周围及上空此起彼伏。

离我们最近的，是蟋蟀和蝈蝈的叫声。蟋蟀整夜叫个不停，蝈蝈则是在天气特别闷热的时候才叫。不远的地方，还不时传来悠长的嗡嗡的叫声，问六叔，他也不知道那是啥东西；回家问爷爷，爷爷说那叫蚊母，每当蚊母张开大嘴嗡嗡叫的时候，就会有成千上万只蚊子从它的口中喷出。真的假的？谁也没见过。

夜空中不知是什么鸟，“哇哇”叫着，凄厉的长腔由远而近，划过长空，再由近及远。六叔说，那鸟叫“哇子”，谚语说，“早哇阴，晚哇晴，半夜里哇，等不到明”。就是说，“哇子”早叫就阴天，晚叫就晴天，半夜里叫，不到明天就要下雨了。

我迷迷糊糊睡着的时候，突然传来凄厉的吼叫声。六叔说，那是狐狸和獾为争洞穴在撕咬。

远处大坝底下的那些水湾里，不时传来蛤蟆的叫声。蛤蟆一般在小麦即将抽穗的时候开始叫，就像是报告季节变换的使者。农谚说：“蛤蟆打哇哇，再有四十天吃饽饽。”

当启明星在遥远的天际升起的时候，天空中就传来“吱吅吱吅”晨鸟的叫声，那是勤快的鸭蓝鸟，提醒着人们天亮了，新的一天开始了。

佯装死人的智慧

那个年代没有收割机，都是把人工割下的小麦扎成捆往麦场里运。来不及运走的，就在麦地里过夜。为了防止被人搬走，我们把麦捆集中在一起，然后钻进麦捆堆里睡下。

下半夜的时候，我们突然听到搬麦捆的声音，睁眼一看，有七八个妇女在偷搬麦捆。真不巧，六叔被临时抽调到另一片地去看坡，就我们两个学生在这里。我那个同学悄悄跟我说：“咱们起来大吼一声，把她们赶走吧？”我说不行，她们看到是两个小孩子，根本就不怕。同学问：“那咋办？”我说，这些妇女怕鬼、怕死人，我们躺着不动，装死，就能吓跑她们。

在我的指挥下，我们悄悄把铺盖藏起来，我和同学每人只穿着一只鞋，一个朝东、一个朝南，仰面躺在麦茬上，把舌头伸到嘴外头，屏住呼吸，一动不动……

一个妇女在搬动麦捆时，突然看到了我们俩，惊慌地大喊：“了不得了，有两个死人啊。”其他人一听，抄起绳子，四散逃去。第二天，有好几个人来打听麦捆子堆里的死人是咋回事儿，别人都不知情，只有我们两个偷笑。

夜幕下的孤坟鬼影

那天晚上，我们躺在麦子地里，六叔讲起了鬼故事。我们听得毛骨悚然，翻来覆去睡不着。

突然我看见不远处有一座孤坟，一下子回想起故事里那个被雷劈死的大姑娘，吓得赶紧缩进被窝，用被子蒙起头来。说来也怪，越是不敢看，就越想看。过了一会儿，我悄悄掀开被子，偷偷瞄了一眼，只见坟头上有一个白色的物体随风摇动，一会儿大、一会儿小，一会儿高、一会儿低，真像是穿着白裙子跳舞的女鬼。我越看越害怕，心“咚咚”地跳，大气也不敢出。

就在这时，我尿意上涌，可我一动也不敢动，生怕把鬼引过来。实在憋不住了，我谎称肚子疼，叫醒了六叔。六叔一边按摩着我的后背，一边问我哪儿不舒服。趁此机会，我跑到附近解决了问题。回来躺下，一夜没睡好。早上起来，当我疲惫地路过孤坟时，偷偷瞄了一眼，坟头上那白色的蠕动物还在，原来是挂在草棵上的一个白色塑料袋。

木杈拍来小女婿

俗话说，五月天孩儿脸，说变就变。前半夜还天气晴好，到了后半夜，忽然电闪雷鸣，风雨交加。我们被惊醒，抱起铺盖找地方避雨。

在麦地的不远处是邻村的一个临时打麦场，我们抱起被子奔麦场而去。那个年代没有脱粒机，麦捆先用铡刀拦腰铡断，麦穗和麦根分别垛着，麦子再用牲畜拉碌碡碾压脱粒。风雨之中，慌不择路，我们三个人分别钻进了麦根子垛。天亮了，我们还在呼呼大睡。突然听到嘈杂的说话声，钻出麦根子垛一看，是社员们放垛晒麦子。我们顾不了许多，抱上被子使劲逃跑。回头一看，二蛋还没出来呢，我们边跑边喊着二蛋的名字。我们狼狈不堪的样子，引得干活儿的那帮女人哄堂大笑。二蛋听到喊声，迷迷糊糊撒腿就跑，他的内裤破了一个大洞，半边屁股露了出来，身边一名妇女跟他开玩笑，用木杈拍在了二蛋的屁股上，还大声说：“这小家伙儿的腚还真白嘞！”二蛋一回身，被杈齿扎破了屁股，也顾不上疼了，往家跑吧。

邻村的那妇女把人家孩子屁股扎破了，心中有愧，晚上带着礼品、领着闺女去看望二蛋。到二蛋家一看，房屋整齐，二老通情达理，二蛋长得结实白净，遂出生了结为儿女亲家的想法。媒人出面，一拍即合，先订婚，后结婚，成就了一段姻缘。

四十年后，我回村里给父亲上坟，路过二蛋家门口时，正碰上他媳妇于小兰在大门门洞里看孙子，我一眼认出了她，禁不住冲她怪笑了一下。她马上领会了我的意思，故意叫着我的乳名说："你笑啥？又想起当年那一杈子的事了吧？"我点点头，挥手向这位弯腰驼背的老太婆告别。岁月无情啊，当年青春焕发、亭亭玉立的大姑娘，现已老态龙钟了。

如果哪一天，再到麦田睡一宿，还能看到那么蓝的天、那么明亮的星星吗？还能听到夜幕下自然界的大合唱吗？还能演绎出那些美好的故事吗？

二月二打囤

过了春节，闹罢元宵，就到了二月二。在农家人的节日单上，二月二排在第三位。就隆重程度而言，虽远比不上春节和元宵节，但在农家人的眼里，二月二的地位很高，意义很重。

“二月二，龙抬头”。各地关于二月二的风俗花样繁多，有剃龙头、吃龙饭、炒血豆等。但在我的故乡黄河三角洲上，最主要、最隆重、最必须做好的，就是“打囤”。这是我们这里家家户户的传统习俗。二月二“龙抬头”之说，以及后来“打囤”的习俗均起源于古代。这在明人的《帝京景物略》中有所记载。明清期间，此习俗日趋盛行，世世代代相传，一直沿袭至今。

二月二这天，家家户户天不亮便早早起来打囤。

记得我很小的时候，每到了二月二，天刚蒙蒙亮，便起来跟着爷爷打囤。打囤要用草木灰。初一的晚上，奶奶和母亲便把锅底下的草木灰全部掏出来，放在簸箩或簸箕里备用。初二天不亮，父亲就早早把院子打扫得干干净净，爷爷便把盛满草木灰的簸箕端到院子里，用木锨铲上灰，在天井里像画画一样撒圆圈。为了让圆圈撒得圆，人站在圈中心不动，以木锨为半径，转着圈撒灰，一个圆就是一个撒好的灰圈，也就是一个“粮囤”。一般天井里要打二至三个囤，然后再到大门口外继续打。最后，在囤上画梯子，先画两条长长的竖杠，在两条竖杠中间画上横杠，这就是到高高的“囤”上取粮食的“梯子”。画好了梯子，在每个囤的中心，分别撒上麦子、谷子、大豆、玉米、高粱等各种粮食，这就是“粮囤”。之后，用砖头把粮食压起来，不让鸡、鸟啄食。至此，“打囤”算全部完成，祈盼新的一年里风调雨顺、五谷丰登、粮丰囤满。在我故乡，一直流传着这样的谚语：“二月二，龙抬头，风调雨顺好年头”“年年收，年年有，丰衣足食无忧愁”。

等我爷爷和父亲打完了囤，奶奶和母亲已经把饺子煮好了。父亲拿出鞭炮，让我用一根长竹竿挑着，噼噼啪啪一阵脆响之后，全村人便先后放起了鞭炮，此起彼伏，接连不断，整个村庄沉浸在节日的欢乐里。

用草木灰打的囤，其实就是农村人家代代相传的“囤”的俯视图。囤是盛粮食用的，在我们老家，人们用草木灰打的囤和真的盛粮食的囤大多为圆形。编囤的时候，人们用较粗的圆棍作为骨架，然后就用荆条或绵柳条编成一个圆圆的囤，高 1.5 米以上。先用掺了麦穰的泥巴将囤糊严实，再用石灰和红黏土合成的泥巴从里到外糊一遍，晒干之后便可盛粮食了。如果粮食太多装不下，人们便在囤的上口加上用芦席编的褶子，一圈一圈地将囤口以上的粮食兜着，直到屋顶。是人们期望囤满粮足，这就是二月二打囤都画上梯子的原因。

二月二打囤的珍贵画面，永远珍藏在我的记忆里。在我的脑海里，还有一段真真实实囤粮的记忆。那些圆圆的或是长方体的粮囤，多年来一直萦绕在我的心头。

我们那个乡镇是一个一万多人口的、当地人和潍坊移民混居的乡镇。地名普查资料显示，这些迁移到利津大洼的潍坊移民，大都是在清末民初时期逃荒谋生而来。这些移民吃苦耐劳，特别能干。几年下来，大都成了吃穿无忧的殷实人家。因早期的艰苦经历，他们有个共同的习惯，那就是在自己院子里建粮囤，家家储存粮食。

上小学的时候，我和邻村的一位陈姓同学关系特好，他是寿光迁来的移民，他爷爷那一辈是挑着一根扁担两只筐来到了利津大洼。这位同学经常邀我到他家里吃饭。一进大门，首先看到的是圆柱体、尖尖顶的粮食囤，有时候赶巧了，还会碰上他爷爷开囤晒粮。

我们在堂屋吃饭，看着爷爷在槐树下，守一把茶壶，嘴上叼着旱烟袋，笑眯眯地瞅着他的粮食囤。同学说，收拾粮囤、晒粮食是老人最为惬意的事了。说着说着，我们突然看到小孙子跑到爷爷面前问：“爷爷，你存这么多粮食干啥呀？”老人说：“防灾荒年啊。”小孙子不明白地问：“啥是灾荒年呀？”爷爷说：“就是庄稼没收成，挖草根、吃树皮的灾荒年呀。”小孙子满脸疑惑地说：“你们也太笨了吧，没有粮食吃，不会煮鸡蛋吃、上街买包子吃吗。”老人苦笑了一下：“你还小啊孩子，长大了你就知道了。”

老人寿至九十多岁谢世。临终前，他将粮囤的钥匙交给了我同学的父亲，一再叮嘱：粮囤里什么时候也不能断粮啊！

岁月如梭，流年似水。那一代痴迷于囤粮的老人相继离世。村里农家的房子越盖越高大宽敞，有的还盖起了小楼。但大多数人家还记着老人们的嘱托，保留着院子里的粮食囤，尽管有些已成了装饰。

这些年来，国家不断出台惠农政策，大力支持粮食生产，年年丰收已成为常态。国家也大力建设粮食储备库，时刻绷紧着粮食安全这根弦。但是，我们也面临着大量进口粮食的严酷现实，农家人的粮食储备则越来越少。人们在担心，一旦发生战争或重大自然灾害，粮食安全仍存有隐患，闹粮荒的阴影始终没有远离我们，但愿这不是杞人忧天。抚今追昔，多么怀念那一代代执着于囤粮的农家人啊！

新年伊始，中共中央、国务院重磅推出关于加强“三农”工作的一号文件，对全面推进乡村振兴做出总体部署，推出了一系列惠农政策，投入真金白银支持粮食生产。农家人在“龙抬头”的日子里，尽情地打囤吧，年年收，年年有，丰衣足食无忧愁的日子，已不再是梦想，年年都是五谷丰登，中国人的饭碗一定会牢牢端在中国人自己手中。

又到端午插艾时

每逢端午节，天刚蒙蒙亮的时候，黄河大堤两侧的柳树林里来来往往的人比平时增加了许多。一问，他们是来寻艾草的。这是老辈传下来的习俗，赶早起来，拔一把粗粗壮壮散发着浓香的艾草，插在门楣上或放在门口的角落里驱邪祈福。

一年一度的端午节如期而至。清晨，不远处农业银行楼顶上的大闹钟响过五下我便匆匆起床出门，到护城河的树林里去拔艾草。原以为早上五点钟够早的，可当我看到手持着一把把艾草、满头湿漉漉返回的人群时，心中不由得平添几分愧疚，对父亲的感念油然而生。

在农村老家时，每逢端午节，妻子总催我早早起来去拔艾草，可我就是赖在暖暖的被窝里不爱动。我知道父亲很快会来给我插艾的。果不其然，当我打开房门时，一股浓浓的艾草香味扑鼻而来，是父亲早早地就把那束粗壮的艾草插在了儿子的门楣上，又悄无声息地离去，是怕惊扰了儿子的好梦。每当端午节早上出门，只要回望门楣看到不知何时早就插好了的那束粗壮而又茂盛的艾草。我就知道，这是父亲一大早就来过了。日子一天天过去，散发着浓香的艾草逐渐枯萎，父亲又把艾草搓成粗粗的艾绳，嘱咐我们在天气闷热蚊虫叮咬的晚上，点燃艾绳驱蚊虫。艾绳被点燃后，不起明火，冒出一缕白白的烟雾，在空间里弥漫着。不知道它驱蚊是否灵验，但是，在皎洁的月光下，闻着那股艾草散发出的清香味儿，透过来的意境，却是神秘而又安静。

那年春节刚过，母亲给我打来电话，说父亲吞咽困难，人消瘦得不行了。我心头一惊，赶紧让司机开车跟我赶回老家。面前的父亲眼窝深陷，两腮塌陷了下去，一副病入膏肓的样子。到医院检查的结果是食道癌，且癌细胞已扩散至肝部。经过十个多月的住院治疗仍不见好转，父亲的身体每况愈下。熬到深秋时节，带着对人间的无限眷恋，父亲永远地离开了我们。之后，我一直沉浸在失去父亲的痛楚之中。第二年端午节早上开门的时候，再也没有看见散发着浓香的艾草。触景生情，无限感慨，我面对着门楣久久地呆立着。

此刻，我沿着林间小径寻找着艾草，可能是我起床晚的缘故，粗壮的艾草大都被人拔走了。走到林子深处，我终于拔得一大把艾草。返回的路上，我感到两腿发酸，额头冒汗，我这才知道拔艾草也并非那么容易简单。也许，当年父亲凭经验知道黄河大堤两侧的树林里哪个地方有艾草，不费太多力气就可以拔很多；也许，一年又一年的端午节，他也和这些拔艾草的人一样，浑身冒汗，腰酸腿疼，只是不曾向儿女们提起过，年年坚持着。父亲永远地离开了我们，再也不会为儿女们拔艾草了；我也不能再像往年一样，躺在床上伸着懒腰，享受父亲默默馈赠的那份亲情和安逸了。

父亲离开我们之后，我们把母亲从农村老家接到县城来住。我们细心地照顾着老人的饮食起居，把全部的爱倾注到母亲身上，以此弥补我失去父亲的缺憾。太阳已升起到树梢，在鸟儿叽叽喳喳的鸣叫声中，我们又迎来了新的端午节。我学着当年父亲的样子，手拿一束粗壮的艾草径直向母亲的住处走去，把艾草插到母亲的门楣上，然后悄悄地离开。我要让母亲一开门就知道端午节到了。过了一些时日，插在门楣上的艾草干枯了，现在用不着搓艾绳驱蚊虫了，我们就把艾草用剪刀剪成小段，连同艾叶一并收藏起来。到了冬日，当母亲说腰疼腿疼的时候，就取这些艾草用开水浸泡，为母亲泡脚，据说能舒筋活血，减轻疼痛呢。

又是一年端午节，父亲已离开我们二十多个年头了。这些年来，我学着父亲的样子，一直沿袭着端午节插艾草的习惯，从未中断过。而父亲留给我们端午节的回忆，也作为节日的礼物，此生此世铭记在心，永难忘怀。

地　瓜

20世纪60年代初，饥饿的煎熬让人们刻骨铭心，能填饱肚子是人们唯一的奢望。

后来，自然条件稍有好转，大面积种植地瓜成为村民们一致的选择。地瓜产量高，耐储存，吃法多样，对急于解决温饱的村民们来说，没有比种地瓜更好的选择了。不用宣传，无须发动，大面积种植地瓜的热潮迅速形成。生产队在大田里大面积种植地瓜，农户家庭则在自留地里、房前屋后、沟头崖岭全部种上了地瓜，村里村外，到处是一片地瓜的世界。

我的故乡在黄河岸边，人们管那儿培育出的地瓜苗叫地瓜秧子。生产队的地瓜苗床在村头的场院里，是一处向阳背风的地方。农户则在自己的天井里开一块地，长约五米，宽约两米，打一个地瓜炕。在地瓜炕上摆上地瓜种，瓜蒂朝上摆好之后，用沙子和沙土搅拌的混合土，把地瓜种之间的空隙填实。然后用温水浇透，再在炕面上盖豆叶或麦穰。最后，用草苫子覆盖。地瓜炕的两头，各挖一个能蹲下人的小坑，给地瓜炕烧火增温。大约七天，地瓜开始出苗，待苗子出齐后就停火。有阳光普照的天气里，打开草苫子，让小苗透透风，晒晒太阳，柔弱的黄色小苗苗，便慢慢开始变绿，一天天茁壮成长。

地瓜秧苗长到一拃多高的时候，就开始拔苗了。拔出的苗子放在瓦盆里，用湿布包着根部，因为根系被风吹干了会影响成活率。拔出一批苗子，全家人就开始数棵分把，每五十或一百棵一捆，放进篮筐里去赶集卖苗。

长势好的苗子基本上都卖出去了，最后那批弱苗留给自己种。地瓜喜欢在松软且含水分少的土壤里生长，所以当地人都是起垄栽种。打垄前，顺垄撒上农家底肥，保证地瓜生长需要的肥力。开始插秧了，左手拿一把秧苗，右手拇指和食指捏着一棵秧苗，拨拉一个小坑将苗子放进去，然后为每个苗坑浇水，待水全部渗进泥土里，再用双手把苗坑抚平。麦收后，地瓜蔓子长到一米左右，主蔓之间还长出一些分杈来。

地瓜栽种分春地瓜和秋地瓜。人们把春地瓜的蔓子剪成约二三十厘米左右长的小段，趁着下午太阳偏西的时候，把地瓜蔓子栽种到垄上，浇足水。夏天雨水及时，光照充足，小苗很快便旺长起来。麦收之后，就该种秋地瓜了。不过秋地瓜生长期短，长出的地瓜多是细长的，没有春地瓜那样丰满和硕大，淀粉含量也比春地瓜低得多，多为留地瓜种用。

夏秋之交，雨量充沛，地瓜蔓子进入旺长阶段。与此同时，蔓蔓子草、谷莠子草等杂草也跟着疯长起来。这时，就得用镰刀或锄头为地瓜垄除草，阻止这些杂草与地瓜争夺养分。每场大雨过后，紧贴地面的地瓜蔓子就会生出新芽，深深扎根在泥土里。如果蔓子吸收了过多的肥力，就会影响地瓜的生长。于是，每场大雨过后都要翻一次地瓜蔓子，不让蔓子的新芽扎根到地里去。

过了秋分，也就到了收获地瓜的时节，当地有八月初一开镐之说。八月初秋粮尚未成熟，家里仅存的那点粮食早已吃完，人们就到自留地里刨地瓜充饥。地瓜蔓子用刀切碎，拌上玉米面喂鸡、喂猪，一举两得。下霜前，就到了集中收获地瓜的季节，先用镰刀把蔓子割掉，用大镐刨地瓜。刚从地里刨出的地瓜皮呈淡淡的红色，一棵苗结六七个瓜，少的也有四五个。看着地上一堆堆的果实，人们满怀丰收的喜悦把它们运回家中。

自己家里种的地瓜丰收了，再加上生产队里分配的地瓜，短时间内是吃不完的。人们就谋划着合理处置这些地瓜。一是用小推车推到大集上卖一部分，换点零钱；再就是家里储存一部分。在院子里挖一个两米多深的地瓜窖，窖顶上留有通风孔，白天通风，夜间用苫子覆盖保温。地窖里放不下的，就放在屋里桌子底下，并用沙土覆盖，以保持地瓜的水分；最后剩下的部分，就晒成地瓜干儿。此时，家家户户将地瓜干儿晒到苇箔上、门板上、苫子上。那时的农村，户与户之间没有院墙，白色的地瓜干成块连片，远远望去就像雪的世界。当时的农村，房顶上没有瓦，都是泥顶子。天还没亮大人和孩子们就爬上屋顶，用绳子将一篮篮切好的地瓜干吊到房顶上平摊晾晒。

在那个贫穷落后的年代，人们追求的是不饿肚子。地瓜是高产稳产的作物，自然成了人们耕种的首选。可以说，在那段祈求解决温饱问题的岁月，地瓜的贡献功不可没。随着农业的快速发展，人们的生活水平已有了质的飞跃，实现了全面小康。曾经作为一日三餐主角的地瓜，逐渐从主食中退出。但是，它仍然不失为一种人们生活中不可或缺的副食品。蒸地瓜、烤地瓜等仍然没有离开人们的餐桌，甚至有些宾馆、酒店的餐桌上还摆有地瓜及其制品。老百姓家里也时常做地瓜干粥、地瓜干饭。真空包装的薯条、薯片，也成为大人或孩子们喜欢的食品。人们不仅乐于品尝甜蜜的地瓜产品，从那个年代走过来的人，也不断寻觅回味着地瓜作为主粮的滋味。

榆树情

黄河三角洲的春天，万物萌生，风景如画。黄河岸边吹过来的风，湿润而温暖，吹开了黄河滩区满坡的打碗碗花和野菊花，也一并吹醒了老榆树蜷缩的身躯。老榆树慢慢萌发出细嫩的枝条，不经意间，枝条上挂满了鹅黄色的榆钱。随后，那一串串的榆钱便压弯了枝头，在柔软的春风里悠然摇曳，仿佛是在为谁低吟浅唱。

我爷爷从年轻时就喜欢种树，在院子里外种上了一棵棵榆树。十几年后，房前屋后的榆树长大成林，给我的童年带来了美食和欢乐。印象最深的美食当数榆钱饼了。母亲把采摘回来的榆钱洗净，放上葱花、盐，倒入调好的面糊，往锅里倒一点油，油热后把面糊倒入锅中，摊成圆饼，再用小火慢煎，两三分钟后翻个面，待煎至金黄色便大功告成。小时候，谁家煎榆钱饼，小伙伴儿们便寻着香味赶来。大人把煎好的榆钱饼切成小块儿分给大家，人手一份。在热气腾腾的香气里，心急的小伙伴儿不管三七二十一下嘴就咬，被烫得龇牙咧嘴。饥饿的日子里，不仅榆钱成了救命的食粮，就连榆树皮也被剥下来，晒干后磨成粉，可当作面粉和着野菜蒸菜团子吃，也可当作面糊做菜粥喝。那菜粥看上去没什么特别，味道却让人难以下咽。但是，不管多难吃为了活命也不得不吃下去。可以说，在饥荒年月，榆树就是“救命树”。

我的后邻偏房里住着一家姓于的搬迁户。他们家乡离我们村五十多公里，省里要在那里建一座大型水库，政府动员之下他们才搬迁到我们村。于家有弟兄两个，老大春生比我大两岁，老二秋生和我同岁。他们家更穷，三天两头吃不上饭。吃饭的时候，我经常躲在外边树底下吃，趁大人不注意，悄悄掰块饼子给他们。后来才知道，父母早就看在眼里，只是装作不知道。

离村庄十里外的一条黄河河汊，水流不断，鱼蟹繁多。开春后，我们一群八九岁的孩子带上网具，跟着大人们去捞鱼。吃过早饭，招呼大家出发，可就是不见春生兄弟出来。我到他家里一看，原来他们早上没饭吃，更没有午饭可带。我说，大家都带着干粮呢，匀着吃吧。可他们觉得太拖累大家了，宁愿饿着也不肯去。如此情景，我也不知如何是好。春生红着脸跟我说："我能不能到你家榆树上撸一些榆钱带着呀？"我同意了。他就爬到我家榆树上一口气撸了一大包榆钱，背在身上边走边吃。到了目的地，大家有的撒网，有的徒手摸鱼，收获颇丰。有人问："怎么没见春生兄弟？"大家往岸边一看，兄弟两个正在生火烤鱼，看来是饿得实在撑不住了。

第二年春天，有一天吃早饭的时候，突然听到屋后一阵脚步声和喊叫声。我们出门一问，才知道是春生两天没吃东西饿晕了。我赶紧跑回家拿来半碗榆树皮面煮了几碗粥。两碗粥下肚，春生醒了过来。为了记住榆树的救命之恩，春生父母给兄弟俩改了名，春生改为树生，秋生改为树青。

20 世纪 60 年代末，树生报名参了军，部队驻扎在河北省某地。我收到过他从部队寄来的信和两张照片，一张他身着军装，手握钢枪；另一张则以老榆树林为背景。信中说，部队在太行山区拉练时，他见到了一片他的救命树。

21 世纪初，我随公司到陕北做项目，住在延安南边连绵起伏的群山里。在施工过程中，我们走进了一个叫榆树沟的村庄，抬眼一看，名不虚传，村里村外到处都是榆树。村民讲述的关于榆树的故事，和我老家的几乎一模一样。他们是穷怕了，种上榆树，以应对灾荒的再次到来。我把这壮观的榆树世界拍了照传给树生，让他看看这令人震撼的景象。树生打电话跟我说，老家的榆树几乎已经绝迹，让我带几棵榆树苗，他要种在院子里。

虎年的一个春日，树生邀我回老家，说有美食招待我。走进他家小院儿，两棵挺拔的榆树下面摆放着一小饭桌，桌上有榆钱饼子、榆钱团子，还有榆钱粑拉子。发小相遇，举杯小酌，唠不完的榆树。

夕阳西下，起身道别。树生说："明年春天还来赴榆钱宴啊。"我紧握他的手，忙不迭地点头说："一定一定。"

去昌乐换瓜干

人生第一次出远门，是伴着风雪，驾着小推车负重前行。那些艰难困苦的岁月，深深地刻在我的脑海里，半个世纪过去仍然记忆犹新。

那是 1970 年的春节，我十八岁，是利津二中高一年级的学生，放了寒假以后就在家复习功课。一天晚上，我正在做功课，听到门外父亲和母亲悄声地说着什么，好像是关于一件非常为难的事。我放下手中的笔，悄悄凑近门口仔细听着。

原来，几位邻居合计着搭伙结队上南边（昌潍地区）用大豆换地瓜干。父亲在国有林场工作，是修剪果树的技术员。春节后正是修剪果树的关键时期，所有果园里的果树必须在元宵节前全部完成修剪完，所以春节后半个月之内，场里不准请假。但如果这次换地瓜干去不成，近期内就不会再有结伴出行的机会。父母正为这事儿作难。听到这里，我就走过去和父母说："不用为难了，我去。"父亲看了看我说："你行吗？"我说："我已经十八岁，是成年人了。再说，我从十六岁就推着小车下洼拾草，驾车技术不比谁差。"父母笑着答应了。

从除夕那天起，家里就开始了紧张的准备工作。小推车轴上打了油，轮胎更换了气门芯，重新打足气，又带上点棍和罗杠；揭下炕上的大床单，再从邻居家借一床，缝制成又粗又长的大包袋，备上了被子、口袋、麻袋和绳子。车子怀里是两个半截口袋，一个袋子里装饼子窝头，另一个装大蒜咸菜。诸事具备，只待出发。"待要走，三六九"，正月初三那天，父母亲到大门口为我送行，还塞给我五张一元的路费盘缠。父母亲将我托付给同行的、为人忠厚诚实的六叔和表哥，迎着漫天的雪花，我们出发了。

我们一行八人，浩浩荡荡，从垦利县城北的 1 号渡口过黄河，一路南行。老试采、井下公司、钻井公司、胜利油田基地，一一被我们甩在了身后。太阳落山的时候，我们到了牛庄附近一个叫小宋的村庄，在一家马车店晚餐住宿。马车店简陋的干打垒平房地上铺着厚厚的麦穰，那就是我们的床了。马车店里没有大锅，只有一把炒勺，做一勺饭菜只够两个人吃，我们八个人分成四个组，依次排队等候。六叔年龄最大，我年龄最小，大伙儿照顾我们爷俩吃了第一锅饭。晚饭是烩干粮，即把自带的饼子或是窝头切成薄块，沾上面粉糊糊，放进白菜炝锅的菜汤里，每个人付给店主两毛钱。满满的一炒勺，大概有七八碗的样子，我和六叔吃得干干净净。

快要到寿光县城的时候，我们向村民打听消息：被工商部门查到了，是不是会把大豆没收？有村民告知我们，确实有人在查，但也不是白天黑夜不停地查，最好是趁傍晚的时候迅速通过。太阳落山的时候，大家在路边坐下来吃干粮，为穿过县城做准备。待夜幕降临的时候，我们驾起车子一溜儿小跑，快速通过了县城。每个人头发和脸上汗水止不住地流淌着，内衣也都湿透了。

进了昌乐地界，雪越下越大，我们在一家马车店住了下来。马车店地面上铺着薄薄的一层稻草，地面上到处是泥水。睡在稻草铺上，裹紧被子仍然冻得浑身哆嗦，根本睡不着。后来实在是太困，迷迷糊糊就睡着了。半夜起来方便的时候，我才发现我的被子上搭着六叔和表哥的棉衣。我不忍心他们就这样冻着，把棉衣放回他们的被子上。六叔和表哥又把棉衣搭在了我的被子上。六叔说："孩子啊，你还小，不抗冻，我们大人不怕冷。"我鼻子一酸，两行热泪涌出来。天刚蒙蒙亮，六叔就招呼大家起床，准备出发。起床后我才发现，昨天脱下的鞋子冻成了水晶鞋，穿不到脚上去了。六叔找来木棍，帮我敲打掉鞋上的冰凌，这才勉强穿在脚上。

我们一路前行，一路打听着一斤大豆能换多少地瓜干。循着价格走进了昌乐县的一个村庄，以每斤大豆兑换二斤八两地瓜干达成交易。我推来 200 斤大豆，换到了 560 斤地瓜干。装满两大袋子后，剩余的部分装进口袋和麻袋。整个车子装得像小山一样。那地方多为丘陵和山区，地瓜品质特别好，晒出的地瓜干白白净净，蒸着吃煮着吃都是好的。我们八个人每二人一组，先搭伙装好一辆车子，再装第二辆。到晚上九点多，八辆车子才全部装好，只有在村里住一宿了。我被领到一家人的大门过道里，把车子一放，就啃上了凉窝头。当吃完第一个窝头的时候，好心的房东大娘给我端来一大碗热汤，把汤喝下后浑身顿感暖和。倒在推车旁，仰望着天空时隐时现的星星，我在冬夜里露天度过了一个难忘的夜晚。

当我们返程到达广饶城北的杨家店时，已是晚上八点多了，店里排队等着做饭的人太多，一时半会儿挨不上号。六叔和表哥说："咱们到村里找户人家做饭吧。"村头有户人家亮着灯，我们径直走进去说明来意，户主说啥也不答应。如果晚饭做不成，甭说吃顿热乎饭了，连口热水也喝不上。表哥急了，大声对房主说："这顿饭在你们家做定了。"说做就做，大伙抱来柴火，添水做了大半锅粥。看着我们饥寒交迫的样子，房东心软了。吃完饭出门时，表哥塞给了房东两元钱，算是答谢。

那天黄昏的时候，我们终于回到了垦利县城北黄河岸边，过了黄河就是我们的村庄了。由于持续低温，年前已经开化的黄河，又重新结冰封河。由于晚上看不清冰面情况，我们不敢贸然通过。六叔和表哥对大伙儿说："大伙儿放下车子，交给俺俩看管，你们从冰上跑回家去暖和暖和，明天早上叫上家人来接我们。"

我们六个人踏上冰面，顺着白天人们走出来的印迹小心地过河。大家回头望去，六叔和表哥站在岸边正在目送着我们，不停地向我们挥着手。

广播情缘

每个人的一生都会碰到或多或少的机遇。如果抓住其中的一次机遇，也许就会改变你一生的轨迹。我加入利津县广播站就缘于一次偶然的机会，自此，我的一生被改变了。

那是1976年的夏天，当时我在村小学任民办教师。有一天我正在给学生批改作业，邻村的一位同事突然闯进来告诉我，他参加了县广播站在公社里举办的农民报道员培训班。辅导员打听到我的情况，说跟我是同学。第二天，我把上课的事委托同校老师代理，跟这位同事到了培训班。果不其然，辅导员是我曾经的同班同学。面叙同学情之后，他鼓励我拿起笔写新闻稿。在同学的鼓励下，我写出了第一篇稿件，内容是民兵连组织民兵开展劳动竞赛，利用夏季高温积造绿肥。同学把稿件带回去的第三天，小喇叭就播出了这件事。

初学写稿的情景很美，至今记忆犹新。为了得到老师们的指导，尽快提高写作水平，每逢星期天，我就骑上自行车，带上稿件，到离家四十多公里的县广播站送稿。县广播站是一处平房小院，前后两排平房。前排的平房是办公室、采编室、播音室，后排是员工宿舍。我第一个认识的是宋玉美站长。初学写作的我，稿子就写在横条格的信纸上。宋站长送我两本广播站的方格稿纸，我激动不已。她耐心地教我稿纸的用法：每段开头怎么空格，如何写标点符号。我如获至宝，把写出的稿件反复修改后，再工工整整地抄写到方格纸上去。因为经常有小稿播出，1978年1月，我被调到公社文化站工作。自此，接触面更宽了，写作素材自然也就多了起来，小稿更频繁地被广播站采用，自己也感到很有成就感。可冷嘲热讽也随之而来，每每去广播站送稿，就有人说我不务正业。我带着一肚子委屈去和宋站长诉说，宋站长说："我们干的是堂堂正正的事业，只要你坚持写下去，干出成绩来，人们自然就会转变看法的。"我把宋站长的话记在心里，默默地坚持写稿。在年底公社召开的总结大会上，党委书记点名表扬了我，并说我写的稿件提高了本公社的知名度，也推动了全公社的各项工作。公社党委还给了我五十元的特别奖励。自此之后，同事们大都向我投来支持和羡慕的眼光，我也更加坚定了写稿的信心。

广播站每年举办两期培训班，集中培训通讯员报道员，每期我都坚持参加。培训班结束前，每个学员都要写一篇不同题材的新闻稿，然后由本人宣读，再进行评比，几乎每次我都是第一名或第二名，稿件优先被广播站采用，还能得到一份物质奖励。当时，县里好多比较大的部门和单位，都有完成新闻稿件的任务，也是单位年度评先树优的必备条件。县广播站热心推荐我到县人武部、宣传部等单位帮助完成此项任务。在此期间，我写出的稿件有几十篇先后被《大众日报》、山东人民广播电台、《山东教育》《山东民兵》《胜利报》采用。经广播站引荐，我每年都到县里的重要会议上帮助整理材料，通过这些平台的锻炼，我的写作能力得到了明显提升。

生活上得到的关爱和帮助，更是令我终生难忘。县广播站宋玉美站长及其他老师不仅在写作上给予我悉心指导、百般呵护，在生活上更是给予了我无微不至的关怀。当时稿件一经采用都发给稿费，按照稿件的长短和分量，每篇稿件发稿费五角到两元不等。当时干文化站站长，县文教局每月发给二十一元，其中九元交生产队买工分，两元留作经费，剩余的十元是自己的工资。那时候，每个同事的家庭生活都很困难，每月七八元的稿费收入虽然不多，但对补贴家用那可是弥足珍贵啊！为了提高稿件采用率，宋站长和编辑们一遍又一遍地帮我修改稿件，直到采用为止。

令我难以忘怀的是宋站长及广播站的编辑们帮我渡过生活难关的桩桩件件往事。1986 年，农村老家因重建扬水站，连续两年浇不上地，没能种上小麦，吃饭都成了问题，家里到处借钱到集市上去买小麦和面粉。艰难困苦的日子折磨得我焦躁不安，天天为生活奔波，稿件也写得少了。这时，正好赶上县广播站举办培训班，宋站长得知我的家庭情况后，心里就琢磨着如何帮我渡过难关。培训班结束的那天，宋站长组织学员聚餐，当着大家的面，她递给我 50 斤粮票，让我买袋面粉。宋站长的举动，感动了所有在场的人。广播站的老师及我的同事，纷纷伸出援手，有的给我粮票，有的干脆骑上自行车带上一袋小麦送到我家里。一个姓魏的同事，爱人和孩子是非农业户口，干脆把购粮本塞给我。我的两个孩子也在大家热心帮助下健康成长。老家的邻居们都说，人家吃工资的人条件就是好，可是他们哪里知道，孩子们吃的是百家饭，幸福成长的背后是一双双温暖的手在托举着啊！

坚持不懈地写作，是打开我成功人生路的一把钥匙。经过几年的努力，我在写作上小有成就，先后被《大众日报》、山东人民广播电台、《胜利报》等新闻单位聘为特邀记者，写作的道路越走越宽阔。1979年春，惠民地委宣传部在桓台县召开全地区先进代表会议，我有幸应邀出席了会议，并在会议上做了书面发言，得到地委宣传部的荣誉表彰和物质奖励。

1984年，县委组织部到公社来考察第三梯队后备干部，公社党委推荐我为考察对象。除去面对面谈话外，考察组要求每个人写一篇五千字的思想和工作汇报。晚饭后安排任务，要求第二天早上七点交稿。早上五点，我率先完稿，七点准时提交。考察组看完我的材料后，给予了很高的评价。

1985年，我考取了国家干部，迎来了人生新的起点。我被调入县委办公室秘书科工作。我在完成本职工作的同时继续坚持写作，并努力做到写作与文秘工作有益互补、相得益彰。在此期间，我所写的稿件有百余篇被电台、报刊和内部刊物采用。《龙摆尾处成绿洲——利津》一文被编入《黄河百县》一书，《论欠发达地区个体私营经济的发展》被载入《当代领导的改革观》。

1995年，组织上安排我到一个三万多人口的乡镇担任党委书记，总结、汇报、发展规划等材料的准备基本上都由我一个人完成。通过坚持不懈地写作，我对乡镇的发展思路更加清晰，促进了基层工作的顺利开展。有一次，镇党委事先接到县里的通知，要求我代表镇党委、政府做年度工作总结和个人述职报告。当时我正在积极准备迎接省、市领导来考察验收农业开发项目，把开会的事忘在了脑后。召开大会的前一天晚上，县里领导打来电话询问会议准备情况，我这才记起第二天开会的事情。情急之下，我关掉手机，到镇直部门找了个安静的办公室，连夜完成了讲话稿，第二天顺利召开了会议。

伴随着改革开放的发展步伐，县里的广播电视事业蓬勃发展。县广播站早已从平房小院迁出，发展成广播电视局。巍然矗立的广播电视大楼，高耸入云的电视信号塔，源源不断地向人们传递着方方面面的讯息，成为人们生活中不可或缺的部分。抚今追昔，感慨万千，广播电视事业的发展，凝聚着宋玉美站长等老一代广播电视人大半生的奋斗和心血。几十年来，一批又一批脱颖而出的“笔杆子”，和我一样从这里走向社会，开始了人生新的征程。

宋玉美站长八十岁那年，我们几位文友相邀到广播电视局寻旧回访，去看望宋站长她们。已进入耄耋之年的宋玉美站长满头银发，但提起当年之事，依然还是那么健谈、那么亲切。大家感慨之余，有位文友突然向宋站长提出这样一个问题:“我们这些人与县广播站是个什么关系呢？”宋站长略加思索之后说:“我觉得广播站就像一棵大树,你们是怀揣梦想的一群长途跋涉者。在人生的旅途上,你们苦了，累了，迷茫了，就到大树下这个心灵驿站获取新的力量，然后继续前行。”大家不约而同地点头称是。我们每个人的心里都有一个共同的祈愿，祝广播站这棵心灵之树根深叶茂，永远长青；祝宋玉美站长她们老一辈的广播电视人，身体健康，平安幸福。

青春岁月

端午短假，难得几日赋闲。泡一杯茗茶，打开听戏机，尽情体验一下慢生活的滋味。

听戏机里突然传出一首老歌的旋律："青春啊青春，美丽的时光，比那彩霞，还要鲜艳，比那玫瑰，更加芬芳……"那是著名歌唱家关桂敏演唱的电影《有一个青年》的插曲。优美的旋律、动人的歌词，曾经唱哭了多少伤情人，潸然泪下到心碎。从那个年代走过来的人们，都会随着歌声回到那淳朴的岁月。

我的青春岁月，是在苦涩、迷茫、无奈和奋斗中度过的。

1972 年元月，也就是农历 1971 年的腊月，我从利津二中高中毕业，那年我十九岁。怀揣着高中毕业证，我回到了故乡那个依傍黄河的小村庄。

回村后的第一个春天如期到来。在那个播种希望的季节里，我扛起锄头跟着大人们下地干活儿，成为农民队伍中的一员。一天下来，虽然腰酸背疼，但没有了追求学习成绩的压力，倒也觉得轻松惬意。六叔是村里最有名的庄户把式。他对我疼爱有加，手把手地教我用锄头剜高粱苗，不停地提醒着我剜苗子的要诀："一步留三棵，老鸹大旋窝。"高粱小苗需要晒根，剜过苗的高粱地，小苗东倒西歪斜躺在苗坑里。一场夏雨过后，小苗突然苏醒，纷纷站立起来。转眼间一片绿油油的高粱地便呈现在你的面前。

那是深秋的一天，村里的一位民办教师被胜利油田招走，离开了村庄。我作为村里唯一的一名高中生，便接过教鞭，走上三尺讲台，开始了我的民办教师生涯。

在担任民办教师期间，参军入伍，企业招工、考升大学的，机会接踵而至，但都与我擦肩而过。不是因为我不优秀，而是因为唯成份论的枷锁困住了我：我有一个姑家是地主成分，每次都过不了政审关。

毕业之初的日子里，我时常收到那些有了体面工作的男女同学的来信。看到他们那春风得意的样子，我陷入深深的自卑。随着时间的推移，渐渐收不到同学的来信了，慢慢就断了联系，关系走着走着也就疏远了。

我听过算命先生和相面的半仙常常挂在嘴边的一句话："你命中有贵人相助。"我并不相信。后来发生的一件事，还真让我信了这句话。

那是个春暖花开的日子，村小学突然来了一位公办教师：戴着眼镜，两鬓斑白。没等我认出他是谁，对方却叫出了我的名字。仔细端详，我才认出他是我上完小时的老校长，叫杨志新。"文革"初期，杨校长被作为走资派打倒了，被迫离开教职。可倔犟的老人一直找教育部门要求再为教育事业做点力所能及的工作。一番周折后，他被下派到村小学来任教。

于是，老校长便成了我的同事，他是位令人尊重的长者。他看到我那种迷茫无助、浑浑噩噩的状态，很是心疼，一再鼓励我振作精神，进取奋斗，等待机会。有一天，他提前来到学校，郑重地递给我一个塑料皮的笔记本。我翻开笔记本，第一页上写着几行苍劲洒脱的毛笔字："人最宝贵的东西是生命。生命对于我们只有一次。人的一生应该这样度过：当回忆往事的时候，他不为虚度年华而悔恨，也不为碌碌无为而羞愧。"我知道这几句话是出自苏联名著《钢铁是怎样炼成的》，在二十世纪六七十年代风靡一时，几乎是所有奋斗者的座右铭。我明白了老校长的用意，上前一步紧紧握住了老人的双手。我想，这应该就是上天派到我身边的贵人了。

老校长的鼓励和嘱托，让我重新抖擞精神，迈出了与命运抗争的步伐。我买了一套笔记本，翻出初高中课本，从头复习；同时，积极向县广播站投稿，时有小稿从广播匣子里播出。

当时是大集体生产队，劳动之余的人们无所事事。特别是村里的青年人，经常聚在一起酗酒闹事，打架斗殴也时有发生。于是我和几个青年商量成立一个篮球队。消息传出，有十几名青年到学校报名参加。说干就干，为了尽快做好篮球架，大家从自己家里扛来檩条和木板。几个人一合计，还到大坝一侧刨来一棵枯树。有人将此事告发到了修防段，段长找到学校来了。听了我们自发组织篮球队的想法后，段长很是感动。他说："难得青年们有这么高的积极性。你们就别犯难了，把现有的材料送到修防段去，不够的段上给你们凑齐。木工将篮球架做好后，给你们送到村里来。”篮球架很快安装到位，篮球队的参与人员达到了二十多名。春节期间，我组织篮球队到邻村进行比赛，人家村里还专门招待了我们午饭。二黑是篮球队的骨干，是队里的帅哥，在邻村比赛时，有位姑娘相中了他，成就了一段姻缘。

20世纪70年代初，教育部门及各级妇联组织开展扫盲活动。学校白天给学生上课，晚上开扫盲班。于是，我又担起了扫盲班教师的担子。晚饭过后，天上星光闪烁，人们端着煤油灯，按时到学校上课。起初，来上课的大都是青年人，后来，一些中年人也陆续加入学习的队伍，识字班也随之增加为两个。记得每人发一个薄薄的识字本，第一页的几句内容是：“生产队里有菜园，瓜果蔬菜样样全，黄瓜辣椒西红柿，葱姜萝卜和大蒜……”人们似乎忘记了一天的疲劳，像小学生一样大声地朗读着。一晚上下来，眉毛上，鼻孔里沾满煤油灯散发的烟渍。

在反击右倾翻案风的日子里，一批应时而生的歌曲在社会上广为流传。先后推出的《决裂》和《红雨》等一批电影，且不说其内容如何，那些插曲却是美妙动听。

在那些没有收音机、电视机的年月里，人们的文化生活也仅仅是每半年看一场电影。有一天，团支书和妇女主任找我商量，能不能教学员们学唱电影《红雨》中的一首插曲？我很喜欢这首歌，便欣然答应下来。平时静静的夜晚，突然有歌声飘在村庄的上空；“赤脚医生向阳花，贫下中农人人夸……”两个小时过去，人们还不舍得离开，一定要坚持学会为止。我告诉大家明天晚上继续，大家才哼着歌曲回家了。后来，村里的一些老人也哼唱起这首歌。每天放学回家的路上，婶子大娘们叫住我：“教俺唱两句啊。”

在中学就读的时候，我非常喜欢上音乐课，不但学会了一些歌曲，还学会了识简谱。在小学任教期间，我早上六点半收听广播匣子里的每周一歌，然后把曲谱记下来，再教给学生们唱。记得那是1977年的六一儿童节，学区几个学校联合演出，其他学校也就演唱个《东方红》《学习雷锋好榜样》等人们熟悉的老歌，而我的学生们演唱的都是《毛主席五卷出版啦》《怀念周总理》等一些当下流行的新歌，兄弟学校羡慕不已。后来，邻村学校的校长来请我教他们的学生唱新歌，答谢我的方式，就是留我吃顿饭。炖豆腐、煎豆腐、凉拌豆腐，我尽享一场豆腐盛宴。

按照黄河口一带的风俗，清明节是祭奠先人的日子。兔年的清明节，我回老家为父亲上坟。到坟上烧纸，焚香祭奠之后，我回到了我们家的老院子。忽然一阵脚步声传进院子，七八个女人接踵而至。打头的那位叫妹英，她们齐声喊道："崔老师好。"抬眼一看，那是村里当年的宣传队员，今天是从四面八方赶回来祭奠娘家逝去的老人们。虽然她们一个个穿戴整齐，但满脸的皱纹已经找不到当年的影子了。昔日那群青春焕发、亭亭玉立的姑娘，今天都已近耳顺之年，当上奶奶或姥姥了。迟来的相聚，众人感慨万千。大家回忆起当年登台演出的情景，有一首歌曲记忆最深。我问她们还记得歌词吗，一个叫连娃的小声哼了起来："头戴着鲜红的五星，胸怀着革命的豪情，我们是毛主席的战士，我们是人民的子弟兵。"大家为连娃鼓起掌来。叫兰草的那位，从兜里掏出一张照片，是大家当年身穿军装上台演出的合影照。传看之际，我们仿佛又回到了那些激情燃烧的岁月。连娃说，这是她出嫁前唯一的一张照片。订婚的时候，在照片的背面用铅笔写上"前排左起第二个是我"。我对她们说："今天是祭奠亲人的日子，不能唱歌。我在手机里放一首歌曲为大家送行吧。"歌曲的名字叫《回到那年》："那年是哪年，是一张褪色的照片……回到那年，回到那天，回到回不去的从前。"

三十三岁那年，我考入了国家公务员队伍，离开了父母和村庄，开始了我新的人生旅途。

有一句名言，我记在笔记本的首页上，作为我的座右铭："我可以接受失败，但绝不接受没有奋斗过的自己。"我的青春岁月虽坎坷无奈，但我努力了，奋斗了，想来一生无悔。

三角梅

迎春花开过之后，一树树姹紫嫣红的桃花、莹白似雪的梨花竞相绽放，把大地装扮得生机勃勃。阳台上那棵高大的三角梅也不甘寂寞，不知不觉间竟有花朵挂上枝头。这棵三角梅，与我已相伴十余载。搬来时，才有筷子粗的小枝条。几经换盆，现在主干已有杯口粗，一米半高，树冠也长成了一平方米大的小伞状，每年的花期跨春夏秋三季。每到春天，枝头上粉红色花朵密密麻麻、挤挤挨挨。从楼下经过的人禁不住驻足观望，本楼和邻楼的花卉爱好者纷纷前来剪枝。

三角梅为朋友所赐。那日，同楼道的朋友搬家，为了表达相邻而居期间的情谊，将一盆三角梅送至我家。我触电般后退了一步，不想留下。见我举动异常，这位朋友一脸诧异。我怕朋友误会，随即向朋友讲述了我悲催的养花史。

在老家村里种地时，我非常喜爱养花，常在半荫半凉的葡萄架下，放着一片花盆，种类繁多，有海棠、紫竹、四季梅、一叶兰、月季等。邻居们经常来剪枝或移苗。后来，我到乡镇工作，把大部分花卉也一起带到了新院子里。乡镇的工作千头万绪，终日忙乱不堪，没时间打理花卉。从老家带来的花卉，还有朋友送来的君子兰等比较名贵的花，大都枯萎凋谢了。想想挺伤心，总觉得对不起那些花。搬到城里之后，想起养花的那些事，我仍然有些内疚。

听了我的诉说，朋友笑得前俯后仰；笑罢，安慰我道："没那么严重，这花可皮实呢，你只要稍微给它留点儿心就可以了。"看着我还在犹豫，便笑着威胁我道，"我可不愿交不爱养花的朋友，养花就是养心。花是通人性的，一般人我还不送给他。"这位朋友爱养花，而且对花卉研究颇深。他家客厅里，卧室里，阳台上，都摆着各式各样不同的花卉。他经常陶醉在这花的世界里。每每我去他家，总是看见他在花间拨弄，花儿簇拥着他，他在花中笑，让我好生羡慕。进得他家，他不是用烟茶糖果招待我，而是把我拉进花丛，共同分享"红杏枝头春意闹，且向花间留晚照”的惬意与舒坦。这盆三角梅重新燃起我养花的欲望。

我把三角梅放在了正对着客厅的阳台上。茶余饭后或坐在沙发上看电视的时候，我也学着朋友的样子，不时地瞟它一眼。起初的日子里，我特别精心地照顾它，松土、浇水、施肥，也想找一找在朋友身上的那种倾注心血的逸趣。时间久了，被朋友激发起的三分热情，也就慢慢淡化了。有一次我到外地出差多日，等回家时三角梅的叶子已经有些发蔫。我急忙一盆水浇下去，能不能缓过来就看它的造化了。第二天清晨一起床，先去看一眼我的三角梅，只见叶子立挺伸展，整个花株抬头挺胸，又复现往日的精神。那日早晨，小孙子突然大喊：“爷爷，快来看，三角梅开花了。”我闻声跑到阳台上，只见枝头已有几朵半开的花朵，还有其他挂满枝头的花骨朵含苞欲放。我脱口而出：“没想到，这花还是让我给养活了。”小孙子立马纠正说：“这花是自己活的。”看着满脸认真的小孙子，我脸上热热的。三角梅如此的顽强，我怎能辜负？于是暗下决心要把它照顾好。于是，打开百度，仔细研究养护它的相关知识。

闲暇日子，几置香茗，我斜躺沙发，仔细欣赏着三角梅。它在一个普通的棕红色的陶盆里无规则地伸展着枝杈。因为不能及时地给它转向，背光的枝条长得弱些，但枝条的顶端却倔犟地扭向光，似乎在与不公的命运抗争。阳光照射充足的枝条，突出在枝条之中，花朵最先绽放。当每一个枝头的花朵都徐徐开放的时候，片片美丽的花瓣向外柔柔地伸展着，端庄而又不失灵秀。我外出参观旅游，见过成片成片的三角梅和高大挺拔的三角梅树。那年到西安临潼参观兵马俑，走进大门映入眼帘的就是一丛丛、一簇簇连片的三角梅。赶上花儿盛开的季节，放眼望去，那是一片花的海洋。在广州的越秀山公园，排列着数十棵高大的三角梅树，游人到此，无不驻足欣赏，留下与繁花相伴的倩影。一盆三角梅引我遨游在淡紫色回忆的海洋里。

那天，儿子见我又在品茗赏花，和我开玩笑：“爸爸，你的三角梅有鲜花绿叶的时候，我也觉得挺美。可是到枝枯叶落的时候，你不感觉它挺丑陋吗？”我诧异地看着儿子。儿子又说：“三角梅枯萎的时候，丑陋得像一个人。”我问：“谁？”儿子笑笑说：“像俺秃表叔。”儿子说的秃表叔，是我的表弟。表弟是名小学教师，任教二十多年。天有不测风云，表弟进入天命之年时，突发腰疾，头发也掉光了，经过辗转治疗，腰病虽治好了，可是他的腰再也没有直起来。艰难行走时，他的面部离地面半米都不到。从此，他恋恋不舍地告别了心爱的讲台。虽然不能给学生上课了，但是表弟的心始终没有离开过他心爱的教育事业。他总结了多年的小学基础教育心得，利用三年多的时间，编写出一部《小学基础教育 60 讲》，发表之后，在教育系统引起强烈反响，后来又在教育部门的帮助、修改下连续再版。为了表彰他的先进事迹，上级教育部门授予他“基础教育突出贡献者”荣誉称号。儿子听了后，深有感悟，一副若有所思的样子。我对儿子说：“无论是人，还是花，都有自己的季节轮回。花有花开花落，人有壮年垂暮。人物一理，只要不放弃，哪怕是只有一丝希望，也必然会得到属于自己那个季节的芳菲。”

春日里，三角梅繁花盛开的时刻，我拍照发到朋友圈，一位文友留言：“喜爱养花的人，必定热爱生活。”虽不尽然，但也难掩其中哲理。我愿与爱花的朋友们一起，以真情做瓣，用善良做蕊，培育出自己的心灵之花，让它跨越时空、超越地域，与生命同在。祈愿每个人心中都有一朵希望之花、坚韧奋斗之花，芬芳自己，愉悦他人。

借书那些事儿

十月的北京，繁花似锦，生机勃勃。沿长安街驱车东行，车窗外多姿多彩的立体花坛，一个个笑脸盈盈，热情相迎，令人目不暇接。“‘八王坟’车站到了，大家准备下车。”司机大声地提醒着我们，中巴车缓缓进站。大家匆匆登上开往东营的豪华大巴。上车后，人们归拢着随身行李，安排着孩童们入座。一阵忙乱过后，车内终于安静下来。我前排坐着一男一女，像是一对夫妇。男人从包里掏出两本书，递给了女人一本。我有意无意地瞄了一眼，愣住了。妻子问我：“啥情况啊？”我朝前排两位手中的书努了努嘴，妻子看了一眼惊讶地说：“那不是你的书吗？”的确是我的书，首页的空白处有我的签名，还盖着我的手章。我犹豫了一阵子，然后轻轻拍了一下那位男士的肩膀，客气地说：“您好。”男士微微一笑：“您好。”我小声问他；“您手里的书是借的吗？”“是啊，怎么了？”我说：“你们手里的书是我的，上面有我的签名和章印。”没等对方回话，我从包里拿出有同样签名和章印的书让他看了一下。男士推了推眼镜：“真是您的吗？”这时，女人合上书本发话了：“同名同姓的多了去了，全市和我同名的就有一百多人呢。我们从谁手里借的就还给谁，这没错吧？”看着周围那一双双盯着我们的眼睛，怕影响大家休息，我眯上眼倚在靠背上，没再说话。眼前出现了多年前关于借书形形色色的往事。

20 世纪 70 年代末，我在公社文化站工作。文化站的业务职能是多方面的，但是受环境条件的限制，业务工作很难开展。我常年被领导安排包村，和其他部门的人一样，统称包村干部。业务工作开展不起来，文化站也就空有其名。如何将业务工作开展起来，是我一直思考的问题。在全县文化工作会议上，有位领导讲道：“文化工作大有可为，就看你能不能打开局面。一句话，有作为才有地位。”回到公社后，我向分管领导汇报会议精神，探讨如何有作为的问题。最后确定，先把图书室建起来，开展图书借阅活动。说干就干，在公社领导的支持下，我们到修防段求援，做了两个书橱。然后发动干部职工捐书，又到县图书馆争取到一批下架旧书，公社领导批了五十元购买新书。在一个春日暖暖的日子里，文化站图书室在鞭炮声中正式开张。图书借阅活动的开展，扩大了文化站的影响，也引起了领导的重视，我本人的工作环境和条件也随之有所改善。为了支持我经营好图书借阅活动，我由原来包管的一个边远村被调整到公社驻地村，其他村都是一个包村干部，我们两个人包一个村，而且以对方为主，本人协助。除有急难险重任务外，我很少到村里去了。这样一来，我不仅能管理图书借阅，还有时间读书撰文，迎来了一段理想的日子。

图书室开张之初，每天都有人来借书还书，着实热闹了一阵子。过了一些时日，书架上的书越来越少，借书不还的问题让我烦恼不已。在一个边远村庄里，有位热心读者，隔三岔五来借书。当时我不知道他的名字，只听说他姓袁。村里的人都喊他的乳名“拉虎”，我也随着人们叫他“拉虎”。一来二去，“拉虎”名下已有十几本书没还了。有一天，我应邀到“拉虎”家吃煮熟的猪下水，他出门买酒时，他儿子领我看他爸爸的藏书。里屋的书架上放着几十本书，其中有一半是文化站图书室的。当时，我装没看见，回来向分管领导作了汇报，商量怎么处置这件事。领导说:“干脆将计就计，再拨给他几十本书，在他家建一个‘农家书屋’吧。”书屋开张后，“拉虎”到处宣扬:“咱是文化站的人。”白驹过隙，转眼几十个春秋过去。我一直和“拉虎”保持着来来往往的关系，成了因图书而结缘的朋友。

还有一位热心读者，是税务所的一个年轻人，他是图书室的常客。一来二去，他名下借去不还的书也有数十本了。那年初秋，他调往其他乡镇工作，我也没好意思催他还书。在他临走之前，我组织了几个年轻人聚餐为他送行，还凑钱给他买了件像样的纪念品。年轻人很是感动，在装车离开时，他对我说:“这两个纸箱子里盛的全是书，其中有一部分是文化站图书室的，我自己买的那些书也捐给文化站了。”

借书不还，起码还知道书在谁那儿。趁你不在，顺走几本书的事情也时有发生。一位读者先后两次顺走图书室的书，我让人带话给他:“主人不在时把书拿走，这是小偷行为。”那人听了后，很不以为意地说:“此言差矣，孔乙己老先生早就说了，读书人的事不算偷。”谁也想不到他在这儿等着你。

后来，我离开了文化站，到县城一个部门工作，一直延续着在家中设置书房的习惯。一桌一椅背后是书橱，整整齐齐摆着数百本图书。在静静的夜晚，打开台灯，读书撰文，这是生活中最惬意的时刻。每当有小文发表的时候，我心里就充满成就感。看看书架上那些被人借走不还的书，心里总是挺拧巴。忽有一位文友登门造访，我把借书不还的烦恼向他倾诉。他对我说：“书籍流动是正常的事情，借书不还似乎也是约定俗成的习惯，有时候我也是这样，我不知你做得如何？”当着文友的面，审视着书橱里的书，还真是有些借来没还的：眼前的《明朝那些事儿》《林语堂文集》《林清玄文集》……这才明白，我也没走出借书不还的俗套，也被所谓约定俗成的习惯套住了。

炎炎夏日，突然一夜透地大雨落下，人们在漫长的酷热天气中难得享受雨后清凉的时刻。趁天气凉爽，正在谋划着做点儿什么，突然接到表弟的电话，让我到他办公室，说有要事相商。表弟是市里一个部门的负责人，见面后他说有一件难事有求于我。原来，他在老家的母亲，膝盖出了问题，难以正常行走，但她拒绝做手术。因为我和这位姑姑关系特好，表弟让我去做老人的工作，尽快手术治疗。和表弟热聊之际，有人敲门。那人进门后，表弟对我介绍说，这位是某县某局某局长，他们是一个系统的同事。那人赶忙对表弟说：“您是领导，您是领导。”落座之后，此人不时地瞄我一眼，我觉得他有点儿面熟。他一个向上推眼镜的动作一下子提醒了我，这不是那位在大巴车上借书不还的人吗？对方似乎也认出了我，点点头尴尬地冲我笑笑。中午聚餐时，此人端着杯酒走到我面前向我敬酒，一副欲言又止的样子，我知道他想说什么。没等他开口，我赶忙问他工作是否顺利，家人可否安好的一些客套话。某日刚上班，一楼办公室一位工作人员说，外县的一位司机来给我送东西。我感到莫名其妙，赶紧让这位司机到我办公室。他对我说：“我们局长让我来还您的书，另外，送一套书给您。”打开箱子一看，有数十本签着我的名字并加盖了手章的书。打开那个精美的提包一看，是一套崭新的中国四大名著。书中夹一纸条：“对不起了大哥，您的书那次在车上本应该当面还给您。这些年来这是我一直未解的心结，当时，一车人看着我们，妻子态度又那么不冷静，所以没把书及时还给您，我代表妻子诚心向您道歉。为了表达歉意，赠书一套给您，如果您能原谅我，您就把书收下。我请求加您微信好友，行吗？”两次偶遇，天壤之别。如果没有第二次偶遇，他能还书又赠书于我吗？不想了，好在结局圆满。书籍是人类进步的阶梯，互相传阅借读乃正常之事。

但我总觉得还是有借有还为好。

城市书房

在朋友圈和微信群中，我多次看到同一内容的文章在推荐休闲读书的好去处——“城市书房”。电视里收看本县新闻时，也看到一则关于“城市书房”的报道，其生动的画面映入眼帘：凤栖园中一座白色的小楼，掩映在绿树花草之中，小楼正门的上边，镶悬着四个金光闪闪的大字——“城市书房”。

“城市书房”引起了我极大的好奇。百闻不如一见，我决心走进“城市书房”一探究竟。

初秋的早晨，微风习习。我漫步走进凤栖园，园中的自然美景让我陶醉：绿树、花枝、草坪上挂着晶莹剔透的露珠；林荫小径两旁，高大挺拔的法桐叶子被秋风吹动得哗哗作响；眼前和不远处的花圃里，盛开着五颜六色的花朵，月季、海棠、美人蕉、郁金香编织成一片花的海洋。

走近小楼，抬眼就看到“城市书房”四个大字，在绿树花丛的映衬下，显得格外醒目。按照书房的规定，刷身份证通关进楼。我是白天第一个走进书房的读者，管理员小李热情迎接：“来读书吗？”我回答说：“我想来了解一下书房的情况，宣传推介书房。”我将市作协会员的证件递给小李，亮明自己的身份。

小李微微一笑：“我带你浏览一下书房的设置情况吧。”

“城市书房”是一栋三层小楼。进门一楼的右侧，是党建内容的阅览区；左侧是儿童阅览区；二楼是成人阅览区；三楼是青少年阅览区。每个阅览区都装有乳白色的座椅和案板，给人一种安静舒适的感觉。案板上放置着“禁止吸烟”“请勿喧哗”“阅后书籍放回原处”的提示牌。

小李边领我浏览书房，边向我介绍情况：“在凤栖园规划建设之初就设置了‘城市书房’。2021 年凤栖园开园，‘城市书房’也随即落成。‘城市书房’是由县城建集团和县图书馆联合建成，日常管理和运营由城建集团负责。”

“城市书房”的规模和藏书远不及县图书馆，但图书类别较为齐全，归类清晰。在不同的归类书架之间，均设置有关于读书的名言佳句立牌。在成人浏览区立有“学而时习之，不亦说乎”的立牌，党建知识阅览区有习近平总书记关于读书的教诲：“中国共产党依靠学习走到今天，也必然要依靠学习走向未来。”还有马克思的名句：“与其用华丽的外衣装饰自己，不如用知识武装自己。”书房一楼大厅还立着一块提示大家维护阅览环境的提示牌：“轻针无心，落地有声。君子有意，默而不语。”

在儿童阅览区，我们看到阅览室的一角有一对夫妇带着两个孩子各自读着心仪的书本。我们采访了这对孩子的父母：“你们带孩子一起阅读的初衷是什么？”父亲说：“亲子共读，是为了给孩子树立良好的阅读榜样。和孩子一起读书，并鼓励孩子把书中的故事情节复述出来，有助于孩子提高阅读兴趣。”母亲补充说：“让孩子爱上读书，家长是示范者，更是播种者，亲子共读，会帮助孩子在心中埋下一颗向往书香的种子。孩子为了乐趣而读书，喜欢的是故事，而不是说教。让孩子读什么书，家长可以提示和引导，但不能过多干涉。让孩子们按照自己的兴趣喜好去选书。”告别了这一家人，我跟随小李回到了一楼阅览室，继续倾听着那些关于读书的故事。

小李向我讲述了这样一件事：一家在凤凰城施工的外地建安队伍中有一位酷爱读书的青年人，因为住大通铺的集体宿舍，没有安静的读书环境，每天收工后都到书房来读书。因为他是常客，管理员总是将一杯热水端到他的面前。后来，又有一位和他同样情况的女青年，几乎也是每天晚上到书房看书。共同的兴趣爱好，让两位年轻人相识相熟。去年初夏的一段日子里，那位男青年没到书房来。管理员悄悄询问女青年，才得知他考上了国家公务员，去省城报到上班了。女青年拿出手机，让管理员看了那位书友发给她的微信：“坚持读书，努力拼搏，我在济南等你。”

从小李口中得知，书房的管理运行一改过去图书馆坐等读者的模式，不断创新阅读方式，把阅读活动的触角伸向社会的方方面面，努力把书房打造成具有强大吸引力的阅读平台。

翻开书房阅览活动记录，丰富多彩的阅读活动呈现在眼前：“当清明遇上青团读书活动”“庆六一绘 10 米长卷书名活动”“红色经典诵读活动”“奋进新时代，好书共品读，灯塔书屋读书活动”……活动记录的最后签有活动单位的名称：县人大、政协，审计、农业、财政、卫健委、团委、妇联、工信局、城建集团等等，一长串单位名赫然在目。

小李说：“‘城市书房’主要的服务对象是少年儿童。通过书房的开放式阅读活动，激发孩子们强烈的读书欲望，形成良好的读书习惯，让孩子们爱上阅读。在潜移默化的读书活动中，促使孩子们牢牢树立‘为中华崛起而读书’‘少年强，则中国强’的坚定理念。”

临近中午，我欲起身离开书房。这时，一位头戴安全帽的壮汉推门而入。当他在我面前摘下安全帽时，我一眼认出了他，他是城建集团施工队的徐队长。握手之际，他说：“怎么了，想走吗？”我说：“该回家吃午饭了。”徐队长说：“我听说你在这儿，特地赶过来请你吃午饭的。”我不解地问：“你怎么知道我在‘城市书房’呢？”他向小李努了努嘴，我才明白是小李故意告诉他的。

徐队长说：“听说你这位大作家来推介宣传‘城市书房’，我赶过来和您聊聊书房设置建设情况。你知道吗，‘城市书房’出自我们建筑队之手，也是我的得意之作。”

没等我开口询问，徐队长就打开了话匣子，滔滔不绝地讲了起来：“这些年，我们公司新建了一批居民小区和公园等。原先上报审批建设规划时，硬指标大都是绿化美化、健身场所及器材配套、休闲娱乐等，没有文化设施这项指标。但近年来随着国家对文化传承的重视，报批建设规划时，将文化设施建设也列为硬指标。地处凤栖园中的‘城市书房’是这些年来我们承建的第一处文化设施。”

我打断徐队长的话，问他：“为什么要建城市书房？建设‘城市书房’的目的和意义是什么呢？”没想到这位壮汉还讲出了一套理论：“城市书房契合居民的文化消费需求，可以提升了城市文化品质，创设公共文化交流新空间。随着快节奏生活的新常态，人们渴望有一处轻松、自由，有情怀又便捷的公共阅读空间，‘城市书房’的诞生，也算是应时而生吧。”

对“城市书房”的采访和探究，让我深深感受到“城市书房”的魅力。听说近年来“城市书房”如雨后春笋般在越来越多的城市落地生根，受到大众追捧与点赞。我想，“城市书房”这张名片，随着全民阅读活动的广泛开展，将会越擦越亮。

庄户把式

秋日的一天早晨，空气湿润而清爽，我约上一位文友沐浴着清晨的阳光，走在田埂上，感受一下秋景带来的惬意。文友打开听戏机，《走在乡间的小路上》那首脍炙人口的歌声，在庄稼地里飘散开来："走在乡间的小路上，暮归的老牛是我同伴。蓝天配朵夕阳在胸膛，缤纷的云彩是晚霞的衣裳……。"

正当我们陶醉在秋日的田园风光之中时，我的手机突然响了，是个陌生的电话号码，我犹豫了一下还是接了起来。一个挺苍老的女人的声音传了过来，对方直呼我的名字："是你吗？"我立即回答："是我。您是哪位？"手机里马上说："我是你三嫂。"我问："哪个三嫂？""老家村里你那个三嫂。"我立马知道她是谁了，热情地问了一句："俺三哥还好吗？"三嫂说："算是挺好吧。只是前段时间脑袋被撞了一下，整天很少说话了，隔三岔五到大坝下的那棵大柳树下呆呆地看着庄稼地，还时常念叨你。你能来看看俺们吗？"我不假思索，立即答应下来："一周内我一定到村里看望你们。"

三哥姓徐，在兄弟中排行老三。平辈的人都叫他三哥，叫来叫去，一些长辈和晚辈也都称他三哥。三哥成了他的名号，很少有人叫他的名字。

三哥是村民们公认的庄户把式，是村民眼中偶像级的人物。提耧撒种，扬场拿簸箕，他样样精通；啥时候播种，啥时候该收庄稼了，都等三哥一句话；村里买来第一台马拉播种机，他根据当地的种植习惯，自己设计图纸，到铁匠铺改造；他还发明了木制的扶垄机，改人工拿坎扶垄为马拉扶垄……

三哥不仅是种田能手，还是村里的能工巧匠。下雨的日子，村民们难得拾闲，摔掇着改善生活、睡觉休息，缓解连日劳作的困乏。而雨天里却是三哥最忙的日子。大清早就有人来找他维修喷雾器等农具，三哥背上工具箱就走。这家维修还没完成，又有人在旁边等着，没等完活儿，人们就抢着背上三哥的工具箱，领他到家里去了。谁家的烟囱堵塞不冒烟了，家里要盘新炕了，那也都是三哥的营生。20 世纪 80 年代之前，村里是清一色的土坯房，人们盖新房时，三哥是总技术员，手里提一根吊线，到墙角处提起它，眯上眼睛，仔细观察新垒的墙壁是否端正。

三哥长我十五岁，与我算是忘年交。确切地说，我们两个是从庄稼地里吵出来的朋友。高中毕业后，我回到傍河而居的小村庄，跟生产队的社员们一起参加劳动。三哥是头锄，干到人们前头的时候，把锄头往地上一戳，就绕到人们背后查趟，谁没干好，禾苗周围还有没锄净的杂草，他立马叫他返工重来。对于三哥的严格，时间久了，人们也就习惯了。可我不习惯：每次查趟他都先查我，查出问题不但让我返工，还扣工分。每一次我都不服气地和他吵："那么多人干活儿，你总是盯着我不放，你就是和我过不去。"有一次我跟大家用锄头剜高粱苗子，我心中默念着要领："一步留三棵，老鸹大踅窝。"我一回头看到三哥就站在我身后，手一紧张就把草和苗一起剜掉了，这一次又扣了我半天的工分。从此，我和三哥结了怨，对面碰见也不和他说话：谁让他老是跟我过不去呢！

我一直想找个机会报复一下三哥，出一口闷气。智者千虑必有一失，三哥终于也失手了一次，让我抓住了一次反击的机会。那是实行联产承包责任制的第二年，我和三哥的打麦场离得很近，他喊我到他场院里抽烟休息。我问三哥："今年产量怎么样啊？"三哥说："好着呢，亩产千斤出头儿吧。"我没作声，诡异地冲他笑笑，三哥心里发毛了："咋啦，有啥问题吗？"我直接回答他："问题还不小。你家的小麦产量，不及别人家的一半。"三哥忽地从地上站起来："你咋知道的？"我把他伙同农机手和看渠员，先浇了他们自己的责任田，再从地边开始一户户赶着浇，大家的麦田浇了一遍，他们把三哥自家的地浇了两遍水的事说给他听。他看了看我说："继续说。"我解释道："因为开春气温太低，浇了两遍水的麦田因地温升不起来，迟迟不发苗，接着又重（zhòng）施化肥，麦苗起身太晚了。庄稼生长有它的季节规律，到了天数就成熟。夏至麦芒死，无论前期长势如何，到了夏至就必定收割了。收割前，人家地里的麦穗呈金黄色，你们这三家的麦穗泛着白色；人家的籽粒饱满，你们三家的粒小糠多。"三哥听了我的一番话，愧疚地说："都是私心太重害了自己，吃了哑巴亏，替我保密呀兄弟。"我握着三哥的手，重重地点了点头。

"六月的天孩儿脸，说变就变。"一阵响雷过后，豆大的雨点砸在身上和地上。

我和三哥扛起锄头赶紧往家跑，路过他家门口的时候，三哥拽着我的手，拉我去他家里避雨。他让三嫂炒了两盘菜，我们端起酒杯对饮。两杯酒下肚后，三哥打开了话匣子。他叫着我的名字动情地说："你是念过高中的人，不会在村里种一辈子地，我严格把教你，是想让你懂得农民、懂得种地。你学好了这一课，或许哪一天就用得上。如果你到乡镇工作，你就是懂农业的行家里手，对你的工作会有帮助的。"真是神语言，几年之后，我成了一个乡镇的主要负责人，在基层干部会议上讲起农业、说起种庄稼都有条有理。有位村支部书记说："咱领导讲起种地比咱老百姓都头头是道。"

三哥不仅是庄户把式，也不只是村里的能工巧匠，他还爱学习，爱钻研，对科学种田的追求十分执着。

20 世纪 70 年代初，公社里要选送几名有知识的年轻人到海南去学习杂交高粱等作物的育种，村里推荐的是三哥的弟弟。三哥知道后悄悄找村支书要求派他去。可是名单已经报上去了，再说，按要求三哥已经超龄了。经过一番软磨硬泡，最后，支部书记终于同意他顶着弟弟的名字顺利去了海南。三哥叫徐某祯，弟弟叫徐某祥。打那以后，兄弟俩就互换了名字，他就成了冒名顶替的徐某祥了。

记得那是 1974 年，村里的棉花产量一直上不去，这成了三哥的一块心病。有一天他在报纸上看到一则山东临清棉花高产的消息，遂产生了去临清学习取经的想法。对此，公社领导非常支持，并派一名农技站的技术员与他同行。一个生产季下来，三哥带着一肚子棉花"生产经"回到村里。新的棉花生产季到来了，三哥学来的经验派上了大用场，他手把手教大家如何管理棉花。

有付出就有回报，有耕耘必有收获。几年之后，村里种植的杂交高粱亩产冲到了全县第一的位置。棉花亩产也在全县名列前茅。在全县"四干"会上，村里抱回粮棉生产两面锦旗，三哥还在大会上做了典型发言。

中秋节那天，我约上在县城工作的同村发小，回到老家村庄看望三哥夫妇。三嫂说："我带你们去大柳树下找你三哥吧。"站在大坝顶的道口上，远远看见大柳树下站着一位佝偻着身子，拄着拐棍的老人，像是在眺望着黄河滩上的庄稼地。走到近前，我大喊一声："三哥。"没等老人说话，我快步上前与老人抱在一起。

村支书闻讯得知我们来看望三哥，也赶到大柳树下。三哥说："这一片片庄稼地，就像是我的孩子，我伺候了大半辈子，心里老是舍不下啊。如果我再年轻二十岁，也能评个农民技术员啥的，可惜人老了。”

村支书攥着三哥的手说：“三哥，你是咱村民心中的神。村里正在建博物馆，当年您发明创造的那些物件，都会陈列在博物馆里，并配有文字和图片介绍，您老就放心吧。”

临别之时我对三哥说：“什么荣誉表彰都是过眼云烟。那句话说得好：‘金杯银杯不如老百姓的口碑。’你的口碑在村民的心里，你永远都是咱村的传奇。”

前世今生“东津渡”

位于黄河左岸的利津县，坐落于黄河三角洲的中心地带，与对岸的博兴县、垦利县隔河相望。

利津县傍河临海，其发展史也是千年河海的兴衰史。利津域内主要有两条水系交替引水入海。一条是大清河，另一条是百水之首的黄河。在这两条河的最下游，有一处名噪一时的渡口码头，在利津经济文化发展的历史长河中发挥着重要作用。它就是远近闻名的利津古八景之一的“东津渡”。“东津渡”渡口码头，建有石砌泊岸，长四十丈，码头总长一点五公里，可以同时停泊数百只船。古“东津渡”水运畅通，渡运繁忙，外连诸海，内通大运河。其傍河码头船舶拥挤，三季繁忙。

东津古渡在南北朝时即已有之，至今已有千年历史，是古代乃至现代连接大清河及黄河的交通枢纽。据《利津县志》记载，当年的东津渡东达青莱、北连山海，是连结北京、天津及东北三省的交通要塞。

“东津渡”是近代鲁北地区有名的水旱码头。曾有“北有铁门关，南有东津渡”之说。地方船只在这儿装货出海，外地船只在这儿泊船卸货。抗日战争和解放战争时期，这里是渤海军区与晋冀鲁豫军区联系的军事通道，“东津渡”在抗日战争和解放战争中作出了巨大贡献。

我念小学的时候，老师就曾讲起过“东津渡”，那时脑海里对“东津渡”的记忆仅是一种想象。一次偶然的机会，让我得以亲眼目睹了“东津渡”的兴盛和繁华。

那是20世纪80年代的一个中秋节，我和一位同事到县城参加培训班，傍晚的时候，我们徒步翻过黄河大坝，到“东津渡”看望一位同村的老乡。中秋之夜，一轮明月高挂天空，河面上凉爽的秋风轻轻拂面。老乡带我们沿河岸行走。车水马龙、人山人海的繁忙景象映入眼帘：装满沙石料的拖船顺河岸一字排开，等待卸货；民工们背着石头从跳板上下船；岸边的马车、地排车、拖拉机满载而去；前面的拖船卸完货长鸣汽笛离岸，后面排队的船只鸣笛跟进。如此繁忙有序的劳动场景，我还只在电影里见过。

随着现代化交通设施的建设，加之黄河水流量的不稳定，繁华兴盛了一千余年的“东津渡”终于在20世纪80年代退出黄河漕运的历史舞台。

斗转星移，往事越千年。勤劳智慧的黄河三角洲人，建设美丽幸福新家园的步伐从未停止过。他们不仅创造了独具特色的移民文化和农垦文化，还将“东津渡”治理得重放异彩。

滨河旅游，渐入佳境。黄河岸边，南起张滩险工，北至“东津渡”，现在已是3A级滨河休闲旅游区，浩浩荡荡十里有余。在这里鲜花幽香，佳木秀林繁荫，春来万物萌发，冬至雪落冰封。每逢周末或节假日，开车的、骑行的、徒步行走的人络绎不绝，呼朋引伴。白发苍苍的老人们，手牵孙辈，漫步在绿荫幽径，一张张脸庞洋溢着幸福。

旅游区的景点，宛若一颗颗镶嵌在大河岸边的珍珠，在河水的映衬下熠熠闪光。童乐沙滩、绿荫剧场、傍河酒家、观澜亭台、古渡遗址……每一处景点，都是人们绝佳的去处。

农业观光，引人入胜。风景区的大坝与黄河之间是肥沃的黄河滩地，十里沃野，烁金流银。这里春季麦苗青青，夏季里是玉米和高粱织起的青纱帐，到了入秋多彩的季节，红红的高粱，橙黄的谷穗，金黄色的鸭梨，共同组成一幅田园景色水墨画。

走近青纱帐，一面“皓月农场”的红色大旗矗立在眼前。农场的主人亲自泡了一壶茶招待我们。这位精明强壮的农村汉子，滔滔不绝地向我们讲述着他的规划。他说：“我想把农场建成集生态农业、观光旅游、餐饮休闲于一体的现代综合生态园。在生态园的一角建一些绿色餐厅，来这里休闲餐饮的人们推开窗子就可以看到真正的菊花园、牡丹园和月季园。”

宜居家园、休闲康养。“东津渡”康养度假区涵盖十六个村庄、三千多名村民。整个项目流转土地七千余亩，配套完善道路、水系、桥涵、绿化等基础设施，形成七纵五横十五桥的交通体系和十二公里的观光水系。同时，度假区也开建了高端民宿村、温泉村、康养新村等特色区域，围绕“天下黄河”这一国家旅游品牌，以黄河大坝为轴，以“东津渡”文化为底蕴，倾力打造沿黄文旅走廊，全面叫响“天下黄河东津渡”名号。

特色种植，自助采摘。地处“东津渡”中心地段的綦家夹河村乘了“东津渡”开发建设的东风，顺势而上，充分发挥了多年来培植名优果蔬的传统产业优势，引进优良品种，推广特色种植，并依此推出自助采摘活动。每逢星期天和节假日，家长带上孩子们走进果蔬园体验采摘的乐趣。在葡萄园采摘的孩童们，不仅采摘到了中意的葡萄，还跟大人们学会了辨别葡萄品种，一眼就能认出红宝石、醉金香等名贵品种。綦家嘴果蔬专业合作社，每年都在金秋时节举办一次旅游采摘节。节日期间，千人聚集园中，尽享田园风光之美和采摘之乐。

“黄河落天走东海，万里写入胸怀间”。黄河还是那条黄河，可岸边的风景悄无声息地发生着翻天覆地的巨变。诚然，东津古渡已成为历史记忆，但数百万黄河口人自强不息、开拓奋进的步伐越发坚定有力，“东津渡”的明天定会是一个崭新的境界。

煤油灯下读书会

20 世纪 60 年代中期，我十四五岁，在邻村的完小读书。

在那个年代，农村条件极差。村里不通电，甭说电视机了，连收音机也没有。日头一落，便是大把大把的黑夜了。冬日到来，一家人挤在土炕上，母亲在昏暗的煤油灯旁摇着纺车，往复循环的“嗡嗡”声就像是催眠曲，听来让人昏昏欲睡。

每天晚饭后，父母监督我复习功课。可我总是对小说特别感兴趣，一旦离开父母的视线，就偷着看小说，看到热闹处，竟情不自禁地笑出声来，免不了父母的一顿训斥。

我母亲可不是普通的农村妇女，小时候经常跟着姥爷去私塾上课，姥爷不忙的时候，也教母亲认一些字。到后来，报刊上的字母亲十有八九都认识，这在当时的农村也算得上是“知识妇女”了。母亲很开明，做事很懂得变通，她问我：“小说上的故事真有那么吸引人吗？”我说:“很吸引人。”母亲就和父亲说，让孩子做完作业后给大伙儿读段小说听吧。父亲也就点头了。

每天晚上做完作业，我就在煤油灯下给家人读小说。记得读的第一本小说是《野火春风斗古城》。我尽量用普通话去读，可那时老师教的普通话也不标准，我的普通话顶多算是山东利津版的普通话。普通话混杂着当地土话，大家虽然听着别扭，不过也觉得书中的人物和情节挺有意思，乐意就这么听下去。书中金环、银环的故事，多少年后，家人们还念念不忘。

为了让我把字看得清楚些，母亲不时用针去挑拨灯花。一人在读，众人在听，就在冬夜的土坯房里，传送出琅琅的读书声。我讲述着的是既浪漫又壮烈的革命故事。在那个物资匮乏的年代，如此高雅的“夜生活”，不是“独一”，也算“无二”了。后来，邻居们知道了我家晚上读书的事儿，有的也来听书。她们有的手里拿着还没做完的衣服或鞋袜，边听书边做针线活儿；有的端着一小簸箕棉花，边听书边把棉花撕成皮棉；大老爷们儿干脆啥活儿也不干，两手空空和我的家人一起围坐着听书，其乐融融。我们家里俨然成了一个小书室，场面温馨又热闹。

后来，我又借来《烈火金刚》《敌后武工队》《大刀记》等多部小说，读给大家听。

完小毕业后，我到了二十里以外的中学读书，每天晚上读小说的日子宣告结束。但是，在秋假和寒假的时候，我就从学校图书馆借上几本书，延续着土炕上的“读书会”。

读书破万卷，下笔如有神。在中学期间，我一直延续着阅读课外书籍的习惯，慢慢积累了一些写作知识和作文技巧，每次在班里总是作文得分高的学生之一。有时候，老师安排我在语文课上给同学们阅读自己的作文，之后老师再将我的作文张贴到学校的宣传橱窗里。

高中毕业之后，我在村里任民办教师，后来被安排到公社文化站工作。当时工作不是很忙，有时候被安排下去包村蹲点，平时在单位搞搞宣传，油印一些会议通知和相关资料，业余时间比较充裕。县文教局责成县图书馆给我们办了借书证，去县城开会或办事时，我就去图书馆借上一大摞书，装在化肥袋子里，背回来看。有人看我上下公交车老是背着沉重的袋子，就和我开玩笑说：“人家进出都是夹着漂亮的公文包，你却整天背着个化肥袋子，像个逃荒要饭的。”我淡然一笑，也不作答，心里暗说：我讨的可不是普通的饭，那可是沉甸甸的精神食粮啊。

在文化站工作的那几年，也是我读书最多的几年。我按照报刊上的索引，先后阅读了数百本中外名著。像外国的《悲惨世界》《复活》《安娜卡列尼娜》《老人与海》《红与黑》《神曲》《巴马修道院》《基督山伯爵》《百年孤独》《飘》等，国内的《青春之歌》《红旗谱》《家》《春》《秋》《金光大道》《子夜》《太阳照在桑干河上》等。

机会总是留给有准备的人。在聘干考试时，有一道文学常识题：填写托尔斯泰三部曲的书名，我信手拈来，迅速准确无误地填写上了《安娜·卡列尼娜》《复活》《战争与和平》。另一道题是填写《复活》中的男女主人公，我一看就知道男主角是聂赫留朵夫，女主角是玛丝洛娃。

知识就是力量，知识改变人生。读书的经历给我带来了生活中的乐趣，让我在风雨坎坷的人生道路上得到了一份慰藉和温暖。不仅如此，通过读书，我不知不觉间爱上了写作。从 20 世纪 70 年代末开始，我就为县广播站供稿，后来逐步向山东省人民广播电台、《大众日报》社等新闻单位投稿，同时创作了一些散文、小说。聘干后，由于个人的写作特长，我被调入县里的重要部门从事文秘工作，人生命运从此有了新的转折。

自少年时代到退休赋闲，读书的习惯延续不辍。从煤油灯下读书的日子开始，我就萌生了一个梦想：将来也当个作家。作家梦想虽然没实现，但读书、写作这粒深埋心中的种子，竟踉踉跄跄一直伴随着我，照耀着我，指引我在书山艺海中勇敢前行。

炉火温情

数九寒天，冬风凛冽，屋内外全然是清冷的世界。在那种日子里，如果屋内有一个烧得正旺的小火炉，那该是多么惬意的事情啊。在过去的乡村农家，冬天里拥有一个小火炉那是村民们的期盼，甚至是奢侈的梦想。乡下人守着几亩薄田、一处庭院，家家户户都是灶台铁锅做饭，燃料是秸秆、秋草、落叶、树枝，是舍不得花钱买煤的。

20 世纪 80 年代初，我在公社里干临时工，向生产队交钱买工分，算是个半脱产的高级社员吧。每年入冬后，公社里搞点福利，按指标分给干部职工烤火煤。正式干部职工每人一吨，临时工每人半吨。我把半吨煤拉回家，再顶着人家双职工一个人的指标给父母买上一吨煤。在天寒地冻的日子里，家里点燃小火炉，温暖便填满了全屋。看到邻居们受冻的样子，我就向他们打招呼："来烤火啊。"几天过后就有四五位邻居过来烤火，围着火炉喝茶聊天。又过了一段时间，应我所邀，邻居们每天早上把暖瓶送过来，午饭前将灌满开水的暖瓶提回家去；晚饭后来烤火取暖，再带空暖瓶过来。能为邻居街坊们提供点温暖，自己心里觉得挺有成就感。

熊熊燃烧的炉火，温暖了大家的身体，人们之间的感情也随之升温。后邻是我的本家，一个年龄比我大得多的老侄子。有一天他对我说："叔啊，星期天您不上班的时候，俺几个想在您家里围着炉子喝壶酒。"我说："好啊，周末晚上来吧。"周末晚上，邻居们有的带着酒，有的拎着菜，围坐在火炉旁的小饭桌周围，开始了一场不算丰盛的晚宴。火炉上蹲一口小铁锅，锅里是白菜、豆腐和粉条、大馄饨。火炉暖暖，老酒一杯，海阔天空，无话不谈，其乐融融。此情此景，我想到了白居易的《问刘十九》："绿蚁新醅酒，红泥小火炉。晚来天欲雪，能饮一杯无？"冰天雪地之夜，能有如此闲情逸致，在那时的农村算是一种奢侈，也是一道风景，于是心里也才有了这份诗意，而要紧的却是我们对美好生活的追求。

我考上国家干部后，被调到县里的一个重要部门工作，正常情况下每周回家一趟。第一次从县城回家，我怕冷落了街坊四邻，便邀请大家来我家一起吃了顿晚饭，并嘱咐大伙儿：像往常一样来我家烤火，提开水，每逢周末来我家吃一顿晚饭。从那时开始，每到周末，我就琢磨着回家晚饭怎么吃。当时月工资仅有 40 多元，是买不起鱼和肉的。于是，我就到国营饭店买上几斤油条。小锅里炖着白菜，豆腐，放上几块油条当肉，大家都说香。然后，妻子再把几根油条切碎，拌到白菜馅里包饺子，大伙儿都说好吃。

我到县里工作之后，妻子带着两个孩子在家种着几亩黄河滩地，日子过得又累又艰难。在那些日子里，邻居们倾尽全力帮助我家。地里的庄稼熟了，邻居们争抢着用马车、地排车把我家的庄稼运回来。他们到离家四五里远的水库拉水时要多带几个塑料桶，先把水送到我家。那时，我家里的水缸天天是满的。周末回家时，每当妻子说到这些，我从心底里感激这些好街坊、好邻居，并对“滴水之恩当涌泉相报”这句俗语有了更深刻的理解。

为了工作和生活方便，更为了让孩子们能到更好的学校读书，我搬到了县城居住。搬迁之日，与街坊邻居们一一话别，我把带不走的家具、农具、自行车、小推车分别送给了邻居们。

老家的村庄傍黄河大堤而建，这是个仅有百十户人家的小村子。村东头儿紧靠大堤，新安宅基地就依此向西延伸，整个村庄自东向西形成老中青的排序。我所居住的小院儿邻居多为中年人，父母居住的院子邻居多为老年人。村庄之内，一条东西向中心大街和一条南北向中心大街，以交叉的十字大街为中心点，把村庄切分成四个大角。我家住在西南角，父母住在东南角，我们两家若连在一起，正好覆盖半个村庄。

随着时代的变迁，煤炭市场全面放开。村头路边干煤炭经销的已有多家，再也不用从几十公里外往家里运煤了。我们兄弟姊妹几家商定了为父母买煤的轮值表，轮到哪一家，哪一家就为父母买一吨煤。买煤也很方便，只要跟煤炭经销户打个招呼，人家就包卖包送。煤炭送到家，家里的老人一个暖冬就没有问题了。

父亲上过几年学，又是国有林场的退休职工，胸怀宽广，性情豪爽，在街坊邻居中人缘特好。冬日到来，邻居老友都来家中取暖、喝茶、提开水。我们每次回家看望父母，见到家里如此热闹的场面，心里都特别温暖和踏实。只是记着每次回家时，多带些茶叶放家里。

老家院子大，房屋多，只住着父母两个老人，家里设施条件也比较好。村里街坊们的红白公事，都把最重要的客人安排在父母的上房里，父母则暂时待在厢房里。家里有公事的事主，特意让服务人员多送两份饭菜，这样，父母中午就不用做饭了。

父亲去世后，母亲一个人住在老家偌大的院子里。每逢冬季到来，来家里取暖、打牌、提水的人还是那么多，只不过客人的群体从一群老汉变为一帮老太婆了。记得有一年，送回家的煤是南屯沫，生炉子的时候，母亲费很大工夫就是点不着，有时急得直抹眼泪。知道这个情况后，我赶紧回家教母亲点炉子。南屯沫呈松散的粉状，炉钩子一捅，煤沫就从炉底漏下去。我请教别人后，教母亲将南屯沫用报纸包成团慢慢续入炉膛。南屯沫燃点很低，遇火就着，遇热后就会结成一团，成团之后就不会从炉底漏下去了。有一天早上我去理发，店主烧的也是南屯沫，好长时间点不着炉子。我自告奋勇说："你收拾理发工具，我替你点炉子。"几分钟后就把炉子烧旺了。店主高兴地说："跟你学了一招，你义务点炉子，我义务给你理发。"

每年农历的十月初一，按照当地的风俗，我们回家给父亲上坟。然后，就给母亲安装好炉具，让她老人家安然过一个暖冬。当每天早上烟囱里冒出浓浓白烟时，邻居家的老太太们就开始来到我家，围坐在母亲身边打牌、喝茶、聊天，相依相伴，共同度过温暖的每一天。

钟氏铁匠铺

参加工作以后，我携妻带子恋恋不舍地离开了故乡。故乡那些远去的事情时常在脑海中浮现，难以割舍和忘怀。老家西邻集贤村，有个集市，小时候我经常跟着爷爷和父亲去赶集。记忆最深的是三件事：一是吃五分钱一个的水煎包，二是吃两毛钱一块的肴兔肉，三是到集市一角看打铁。叮叮当当的锤击声，至今深深地印在脑海里。

春日的一天，我接到老家村委会的通知，要求七十岁以上老人回村录指纹、照相，以落实老年人待遇。于是，我开车接上八十多岁的母亲，向故乡的村庄飞驰。当穿过集贤大集时，叮叮当当的锤击声随风飘来。循声赶到铁匠铺前，只见一对夫妻正在你一锤我一锤有节奏地打铁。我弯腰拣了两把钩刀子，准备带回家打理阳台上的花卉。我问打铁的师傅："这钩刀子多少钱一把呀？"师傅放下手中的小锤，拍了一下我的肩膀说："你站了这么久都没看我一眼啊。"我盯着他看了一会儿，一下子叫出了他的乳名。他是我完小的同学，叫钟会江。完小毕业后，我去读中学，他中断了学业，在家务农。十四岁少年分手，四十余载后老年相见，两双手紧紧握在了一起。

钟同学出生在一个铁匠世家。他的爷爷在清末民初年间带着他的家人从外地逃荒到了利津洼，在集贤村安了家。村里设立集市后，他家就重操旧业，在集市上打铁为生。钟家既得以维持了生计，也为十里八村的人们提供了生活便利。

刚刚开业时，钟同学的爷爷兄弟俩和钟同学的一个大伯三人搭伙营业。三个人有明确分工，一个主锤，一个副锤，一个帮手。帮手负责烧火、打杂，有时也兼做副锤的替补。他们用的工具有小锤、大锤，一个大铁砧子，铁砧子放在一个一米来高的三角木墩上，旁边一只风箱、一个临时糊起的泥巴炉子，一只水桶里面盛上半桶水淬火用，一把固定在一条板凳上专门剪裁铁制品用的切刀，还有几把长钳。这就是铁匠铺的全部家当。

钟氏铁匠铺只在大集上开张，平时一般不支炉。如果是农忙时节，比如秋冬农田水利建设或秋收秋种时，锄、镰、锨，镢和耠子犁耧耙等农具用得比较费的时候，生产队就会安排临时支炉，集中修理锄镰锨镢、爪耙、抓钩，生产各种农具、铁索链子等。

铁匠铺最初开张的时候，在集市的一角，选一个避风向阳的地方支起炉子。赶上风雨天就只能提前收摊儿。后来，村委会在街头一角给安排了一块宅基地，钟家盖起了三间房子，并挂起了钟氏铁匠铺的牌子。升火开炉的那一天，三个人腰间都系上了围裙，用长钳夹起烧得通红的铁件，放在砧子上迅速锤打，等稍微一凉就砸不动了。“趁热打铁”这句成语就是说的这么个理儿。

打铁的三个人是一个协作配合的整体，节奏均匀有序，忙而不乱。手握小锤的是主锤。主锤打铁时不用很大力气，主要是掌握方向和力度，小锤点到哪里，副锤就砸到哪里，小锤的作用是点到为止。到了最后的细活儿，也就是技术活儿，由小锤来完成。

打铁的这三个人，实际上是师徒关系。一般是先从帮手开始学活儿，慢慢观察副锤是怎么干的，不忙时就拿起大锤练练，待达到一定熟练程度后，主锤就会让他学着抡大锤去干副锤的活儿。帮手从初学到熟练，再到成为能工巧匠，慢慢成为一个名副其实的副锤。钢梁磨绣针，功到自然成。成为一名合格的副锤后，就开始观察主锤的动作技巧，经过几番苦练，就能成为主锤了。

不管什么行业，都有自己的行规，他们的手艺是不外传的，只能是一代接一代地传给自己的亲人和后代。随着时代的变迁，这些行规也慢慢淡化了。

钟氏铁匠铺在十里八庄远近闻名，靠的是精湛的技术和诚信经营。他们加工制作的重要铁制物件，都要打上自己的“钟氏”印记。就像泸定桥上的铁链、故宫博物院的那些铁环一样，都有制作者的印记，表示对物件质量负责到底。对街坊四邻维修和打制一些小的铁制物件，钟氏铁匠铺一律不收任何费用。每年夏秋两季收割播种，街坊四邻主动到钟家帮忙，以表达对钟家的谢意。

冬去春来，日月如梭。一代代以打铁为生的匠人们有的已驾鹤西去，健在的也已老态龙钟。可钟氏铁匠铺的叮当声，依然在这个有上百年历史集市上传承作响。钟同学从三十多岁跟着父亲抡大锤、学手艺，四十岁那年父亲患病，病愈后身体状况已无法从事打铁这项活计了。钟同学从父亲手中接过了那把小锤，走上了掌管铁匠铺的岗位。每逢大集点火开炉时，村里的老人们就带着水杯，围绕在铁匠铺周围抽烟啦呱。原来那把灰褐色的遮阳伞，已更换成两顶新的遮阳棚。老人们边聊天喝茶，边欣赏着拉风箱和打铁时乱迸的火星，倾听着打铁时发出的清脆且很有节奏的“叮当、叮当”的响声。

钟同学六十岁那年出了一次车祸，铁匠炉停了半年。治疗期间，村里的老人们隔三岔五到家里去看望他，动员他待身体恢复后再把打铁炉支起来。可亲戚和孩子们不支持他再干下去了，一是年龄大身体不行了，二是时代变了，种地很少用到锄镰锨镢了，打铁这个行业已濒临消失。可村里的老人们舍不得打铁这道风景，铁匠铺一停业，他们心里空落落的。老人们跑到村委会恳求村里给予支持，让铁匠铺恢复营业。村委会为了安抚这些老人，尽快让铁匠铺恢复营业，经多方协调，村头油田的一口单井交由钟同学夫妻俩看管，村南黄河大堤一侧的苗圃也由钟同学打理，每年就有了几万元的收入。于是，叮叮当当的打铁声，又在大集上响起。

钟同学的两个子女，一个在南方某省会工作，一个在县城工作。他们夫妻俩在老家打理着铁匠铺。但钟同学知道，也许在不久后的某一天，铁匠铺会在他的手上永远歇业。临别时他告诉我，他舍不得村里这些恋着铁匠铺的老人，只要身体条件尚可，就坚持干下去。一旦到了停业的那一天，他就把铁匠铺的全部家当捐献给村博物馆，让老人们时不时来看看，让后人们知晓那道传承百年的风景。

母亲的韭花酱

在黄河三角洲，这片祖国最年轻的土地上，百里沃野，万物丛生。作为众多植物中的韭菜一族，是当地人生活中不可或缺的当家菜蔬，包饺子、蒸包子、煲汤、炒菜都离不开它。

我刚刚记事的时候，爷爷就在黄河岸边的坝子上种了一大片韭菜。我经常跟着爷爷到韭菜地里拔草，给韭菜浇水。半个多世纪过去，那韭菜地里的风景，依然深深地印在脑海里。

农历七月，是韭菜抽薹的季节。在清凉如水的秋日里，随着一场秋雨对大地的滋润，在干热中煎熬过夏季的韭菜们猛然醒来，像马鬃一样拔地而起，争先恐后从一畦畦青翠欲滴的韭菜叶中，舒展出一根根圆溜溜、直通通的薹秆，那便是人们喜爱的美味佳蔬“韭薹”。

母亲是制作小菜的能手，特别喜欢制作韭花酱。把采摘回来的韭花择洗干净，然后放进石头做的蒜臼子里捣碎，再放进瓷盆里，按比例撒上细盐，搅拌均匀。为使韭花酱腌出鲜美的味道，还要切点儿姜丝或姜片掺进去，再倒入泡好的花椒水，将切碎的梨片加入，韭花酱制作便大功告成。刷一个撮口的瓷坛，将制作好的韭花酱放进去，用碗扣住瓷坛口，再用黄泥把瓷坛口的缝隙抹严实，封好存放。大约月余的时间，可以开坛食用了。经过密封发酵腌制的韭花酱，一打开坛口，一股香气扑鼻而来。

家人聚在一起吃饭时，母亲就将腌制好的韭花酱盛在盘子里，端上餐桌，我们大家纷纷将韭花酱卷在饼里或抹在馒头上。眼见家人吃得如此开心，母亲脸上露出欣慰的笑容。

母亲很得意自己的手艺，常用韭花酱拌豆腐招待客人。她把豆腐切成小方块，把韭花酱浇在豆腐上，再滴上香油。看过去，白嫩的豆腐上鲜翠欲滴，油香伴着酱香、豆腐香，令人食指大动。人们急不可耐地尝上一口，便竖起大拇指，纷纷称赞母亲做的韭花酱清香无比。

我十三岁那年，在邻村完小就读，带着干粮在学校吃午饭。我用玻璃罐头瓶子带上韭花酱，和同学们一起吃午餐。打开瓶盖，大家你一口、我一口，很快就把韭花酱一扫而光。有一次下课后老师问同学们："哪儿来的一股清香味儿啊？"同学们说是我带来的韭花酱的味儿。老师说："这味道好香啊。"我回家告诉了母亲。母亲说："你给老师带一瓶去吧，让老师也尝尝咱们家的韭花酱。"送给别人小礼品，那还是我人生的第一次。多少年后，我们几个耳顺之年的老同学相邀一起去看望耄耋之年的老师。坐在轮椅上的老师，已经记不起多数同学的名字了。可当我走到老师面前时，老师一下子就叫出了我的名字，还问我："你母亲身体还好吗？"我握着老师的手，点点头。老师说："你母亲做的韭花酱，那叫一个香啊，我至今还记得那特别的香味儿。"

上中学的时候，我仍然从家里带些韭花酱，和同学们一起分享。也因为韭花酱的缘故，我和同学们相处得特别融洽。以致在后来的若干年里相邀聚餐时，同学们还念叨起当年韭花酱的事。

时光荏苒，流年似水。我们兄弟姐妹长大成家后，都为各自的工作和事业离开了老家。只有星期天和节假日才能聚集在母亲身边。母亲仍然延续着秋天做韭花酱的习惯，每逢中秋节我们回家看望母亲，临走时母亲都会把早已备好的礼品，一份份装进塑料袋里，每人带走一份。那里面有石榴、红枣，还有玻璃瓶装的韭花酱。每当家人在一起品尝韭花酱时，就会念起年迈的母亲，见物思亲，感恩之情油然涌上心头。

当时光之轮转至虎年的时候，母亲迈进了九十三岁的门槛。老人已经生活不能自理了，但头脑依然清醒。在一个秋雨淅沥的晚上，我和家人陪母亲看电视时，电视上出现了做韭花酱的画面，母亲突然兴奋起来，指着电视画面说："你们看啊，和我年轻时做韭花酱差不多一样，可这样做出来的韭花酱不一定有咱自己做的香。"看着母亲跃跃欲试的样子，知道母亲又想起了亲手做韭花酱的日子。我和家人合计，去菜市场买来韭花，让母亲教我们做韭花酱，让老人再重温一下年轻时做韭花酱的情景，也将做韭花酱的精湛手艺传承给我们。

制作韭花酱的手艺，在我们家中延续着，它就像一位信使，携带着母亲丝丝缕缕的心意，在岁月的长河里，无声无息地传递着家的讯息和母亲的温暖。愿母亲健康长寿，连同她的韭花酱，一直温馨地陪伴着我们。

父亲的自行车

20 世纪 70 年代初，一个夏日的傍晚。村庄里的人们刚刚吃过晚饭，在临街的屋檐下，或坐或躺在新麦秸打成的苫子上，手里轻轻摇着蒲扇，一边乘凉一边闲聊着家长里短。

“叮铃铃——”突然，一阵阵清脆的车铃声从街口传来。人们的目光一下子聚向铃声响起的方向。一个身体健壮的中年人,已经从一辆崭新的自行车上下来，推着自行车往前行走。看新鲜的娃儿们远远地跟在车后面，小声说笑，议论着来人。我听到了外面的动静，就从家里跑到街上看个究竟。我定睛一看，那个人正是我父亲，推着一辆崭新的国防牌自行车，径直走进了我家大门。

父亲进院后，将自行车的车撑一打，“当”的一声，非常悦耳。好几位邻居闻声过来观看，有的摸摸车把，有的转转车轮，有的就问:“这得多少钱啊？”父亲笑笑说:“一百五十三块六。”从大家脸上那惊讶的表情里可以看出,这笔钱不是个小数目。坐在一旁的母亲忽地从座位上站了起来，皱起了眉头，张大了嘴巴，却没有说出话来。待众人散去之后，父亲就问母亲:“你怎么了，新车子不好吗？”母亲说:“好是好，全家一年的花销，就坐在你的腚底下了。”父亲说:“反正买也买了，有自行车的好处多着呢，你就等着瞧吧。”

父亲在国有林场上班，离家五六里路的样子，每天骑着新车子上下班，脸上挂着得意的笑容。很久没见父亲这么高兴了。在此后的很长一段时间里，新自行车让父亲爱不释手。遇着下雨天道路泥泞时，父亲就把车子扛在肩上，宁可沾两脚泥，也不肯让车子溅上一点儿污渍。在场里加班住宿时，父亲就把自行车放在家里，在里间屋的墙壁上楔上两个木橛子，把车子挂在墙上。

林场放假或休班的日子，父亲就带上母亲和我的两个小弟弟去三十里外的姥姥家看望老人。母亲坐在车后座上抱着一个弟弟，另一个弟弟坐在车子前梁上，依偎在父亲的怀里。崭新的自行车往姥姥家院里一放，年幼的表弟表妹们就“呼啦”围过来，绕着车子转来转去，这个摸摸车轮，那个按响铃铛。舅舅和妗子们也都围过来看新鲜。看到此情此景，父亲脸上洋溢着成就感和自豪感。

新自行车买了一年之后，村里又有两家买了新车子，也有几户买了半新的二手车。原先到临淄和临朐用大豆换小麦、玉米和地瓜干都是用小推车，来回一趟七八天时间。后来有自行车的几家就结伴骑自行车去换地瓜干和粮食。每个人带上八十斤左右的大豆，每斤大豆换二斤玉米或一斤半小麦。去的时候，载重轻，骑行顺利。可返程时，增加了一倍多的重量，有的旧车子难以承受其重，不是扭圈就是破胎。我父亲的国防牌自行车，是加重的载重车，最适合载重，一路骑行顺利，只是给别人帮了一路的忙。

父亲性格倔犟，对子女们管教很严，孩子们一旦犯错误，就会受到父亲严厉的管教。可自从拥有了新自行车后，父亲性情大变，对子女们的管教也宽松了许多。买了新自行车后的那段时间，也是父亲心境最好的一段时光，子女们都盼着父亲的心情就这样一直好下去。

新的自行车给父亲带来了自信和愉快，但因自行车带来的烦恼也随之接踵而至。村里民兵连长的弟弟为队上出了工程，民兵连长代他弟弟去送弟媳妇儿回娘家，借去了父亲的自行车，一路顺着黄河大堤朝西南方向骑行。那天正遇上七八级的东北风，在大风助推下，两脚稍加用力，就滑行出挺远的距离。下坡的时候车子一晃，民兵连长弟媳妇的红包袱甩到了地上，便溜下车子去捡，而骑车人却在借助风势狂奔。几里地下来。回头一看后座上没人了。随即折返找人，顶着七八级的风车子根本骑不动，连续摔了几个跟头，后座的支架摔弯了，辐条也断了好几根。车子送回来后，父亲心疼得差点儿掉了眼泪。

后邻的单身汉叫二蛋，已经借过车子去相过亲了（尽管没成），这天又来借车子相亲，父亲想找个理由不借给他。可转念一想，小子大了，说不上媳妇，一家人有多着急呀！于是又借给了他。没想到这次还真的就相成了，二蛋高兴坏了，把车子擦得锃亮送来，对父亲千恩万谢。几天后，有邻居来说：“快去看看吧，你家自留地的谷子该间苗了。”母亲说：“这两天正好没有空儿，再过两天我就去薅薅它。”又过了两天，邻居又来说：“你家自留地的谷子苗间完了，你啥时候薅的呀？”母亲说：“没薅哇，我还没倒出空儿来呢。那是谁给俺薅的呢？”父亲说：

“你去问问二蛋。”母亲过去一问，还真是二蛋给薅的。父亲明白，这都是自行车的功劳。

这些事情对父亲触动很大，打那儿起，不管谁借自行车，父亲都会毫不迟疑地借给人家。

父亲的国防牌自行车旧了，我们兄弟姐妹凑钱给父亲买来一辆崭新的“大金鹿”自行车。父亲的脸上又挂上了昔日那种愉快、得意的神情。

春风又绿黄河岸

我站在黄河岸边，迎着习习的春风，看着东流的黄河，想着童年的往事……

难以忘怀的童年往事，总是离不开故乡那些独特的景物。我童年的记忆，就在黄河岸边的春天里。

大河尾闾、黄河岸边，就是生我养我的村庄。我最早的记忆、也是最深的记忆，就是黄河、黄河大堤、大堤坝两侧郁郁葱葱的柳树林，还有村民们那赖以生存的肥田沃土——黄河滩地。

大堤两侧 100 米内是黄河管理部门的属地，专为植树所用。高大挺拔的是一排排的柳树，柳树林间夹杂着灌木。春风吹来，满目葱郁，这里成了各种鸟类自由栖息的天堂，也是孩童们肆意玩耍的乐园。放学之后，孩子们的心早已飞到林子里去了。有的孩子带上几把铁夹子，连蹦带跳一头隐入林中，去寻找打鸟的乐趣。林中鸟儿各有各的独特生性。山鸡（我们叫它“三棱鸡”）个大、肉肥，而且笨拙憨厚，容易捕捉到手，是大家主要的捕获目标。鹌鹑的窝一般在麦垄里，到麦地里去挖野菜，临近鹌鹑窝四五米的时候，扑棱一声鹌鹑拔地而起，斜刺里飞向天空，走近一看，麦垄中的鸟窝静静地躺着一窝鹌鹑蛋。鹌鹑生性机敏多疑，很少有人捕到它，可鹌鹑蛋时常成为我们的战利品。鸭蓝鸟生性勤快，当东方露出一丝鱼肚白的时候，最先领叫的就是鸭蓝鸟。捕捉鸟类是个技术活儿，根据鸟类的不同习性，安装夹子的方式也不同。捕获麻雀等一些小鸟，要在平地里挖一个小坑，把夹子置于地面以下，只露出诱饵在地面上。否则，鸟儿视突出地面上的土堆为异常现象，马上躲开。山鸡和鸭蓝鸟则相反，它们落地后，专向凸出地面的土堆上跑，所以，下夹子时不用挖坑，把夹子平放在地面上，用一堆土把夹子掩埋起来就可以了。把夹子掩埋伪装好后，大家就分头到周围赶鸟，也叫“趁鸟”。等把鸟“趁”到夹子附近，小伙伴儿们就躲在大树后，或趴在草丛里隐蔽起来，等鸟儿们啄食被夹。

黄河大坝临河的一面，有取土之后留下的大小不等的坑塘，村里的人们通常叫它“方土窝子”。每年雨季过后，雨水就囤满了坑塘，成为村里人捕鱼的好场所。开春之后天气转暖，人们的捕鱼活动便开始了。捕鱼的方式一般有两种，一种是弯下腰在水里摸鱼，一种是用抢网子抢鱼。抢鱼时，人们用双手推着抢网子追着鱼跑，一开始人少水清，鱼比人跑得快，根本抢不到鱼，到后来人越聚越多，把池塘的水搅得混浊不堪，鱼儿们被搅得晕头转向，纷纷撞进网里。人们跑累了，就放下网子弯腰摸鱼。坑塘里有鲫鱼、鲶鱼、黑鱼、嘎鱼等，最好摸的当属鲫鱼，当你的手触摸到鲫鱼时不要慌乱，慢慢捏着它的腮部，用力把它提出水面。人们最怕摸到嘎鱼，嘎鱼身上有毒刺，只要稍微扎到你的手，立马疼痛难忍，你的手会红肿好几天。鲶鱼的习性是“钻窝”，一般蜗居在池塘边淤泥窝子里，一脚踩上去，那种黏滑游动的感觉，像是踩进了蛇窝，吓你一大跳，回过神来才知道是一窝子鱼。突然受到惊吓后，一大窝子鱼便迅速游走，你能抓到其中一条就不错了。一番折腾后，大人、孩子渔获颇丰，带着一身的泥水和被泥糊住的脸蛋，尽兴而归。那一天，整个村子里弥漫着鱼汤鲜美的味道。在那个物质极其匮乏的年代，能喝到一顿鲜美的鱼汤，的确是再解馋不过的事了。

珍贵的黄河刀鱼生长在黄河与渤海的交汇处，每年农历三月，它们便成群结队，在黄河口逆流而上。当游到我们村面对的这段黄河的时候，刀鱼最肥，且鱼群密度最大。每到这个时候，黄河上白帆点点，成筐成篓的刀鱼被捕获上岸，村里的人们尽情享用着刀鱼的美味。家里来了客人，大人就让我叫上几个小伙伴儿，光着脚丫跑到黄河岸边买刀鱼。我们用柳条透过刀鱼的腮，将刀鱼串成一串，然后用一根木棍抬回家里。小伙伴儿们跟着大人去买刀鱼。我们会要得到一块鱼“咸食”的奖励。所谓“咸食”就是把刀鱼头和尾巴用刀剁碎后摊成的咸饼。咸饼出锅了，每个伙伴儿人手一块，高兴地跑开了。之后，煎刀鱼的香味儿在大街上空弥漫，馋得过路人直流口水。

在二十世纪六七十年代，大坝两侧的树林及农家小院里，有着众多不太挺拔的榆树。春日到来，万物复苏，榆钱最先登上枝头，也是春季最早走向餐桌的野菜。榆钱翠绿，清甜脆嫩，味甘爽口，与任何粮食配搭，都可以做成大家喜爱的野菜料理。老家的榆钱饭有两种：一种做法是将榆钱搭配上玉米面，做成菜团子，蒸熟后即可食用;另一种做法则是将榆钱与玉米面拌和后平摊在篦子上蒸,叫“粑拉子”。做榆钱饭的第一道工序是将榆钱淘洗干净，沥干水分，然后放在面盆里，拌上玉米粉和面粉,每片榆钱的外表都裹匀玉米粉和面粉。屉布浸湿铺到蒸锅里，把拌和好的榆钱饭，深度一致地平铺在篦子上，点火升温。水开了，榆钱饭也就熟了。出锅前将已准备好的调料均匀地撒在榆钱饭上面,一碗碗榆钱饭就上桌了。在那段青黄不接的日子里，榆钱饭是人们的救命粮。如今，人们吃榆钱饭，品的是返璞归真的自然风味，唤醒的是回忆。饭店、宾馆的餐桌上，也摆上了榆钱饭，成为别具特色的美食佳肴，唤起人们对那个年代的回忆。

春暖花开时节，在田野，在路边、树林、草丛里，到处是鲜艳的花朵。红的、黄的、紫的、白的拥拥搡搡铺就了一个五颜六色的大花毯。其中，记忆最深的是朴实无华的野菊花。我读小学的启蒙老师姓曹，无棣县人。上二年级的时候，我去曹老师办公室送作业本，进门就有一股清香扑鼻而来，抬头看到老师办公桌上放着一瓶淡紫色野菊花，是新采摘的，很鲜。看来老师很喜欢野菊花，就把它采来放在办公桌的一角。下课后一打听，才知道是高年级同学送给曹老师的。第二天，我也约上几位同学，在大坝两侧的草地上，采来一束束淡紫色的野菊花，插在装了水的玻璃瓶里，上课前送给曹老师。曹老师抚摸着我们的头说:“谢谢同学们。”

有一首歌唱道:“长大后我就成了你。”十几年后，我长大了，高中毕业回到村里当上了民办教师，我的学生们也一直延续着给老师送野菊花的习惯，我的办公桌上也摆着几枝散发着清香的野菊花。当年我们给老师送花的一幕又在我眼前重演。

岁月无情，人生易老。转眼几十年过去了，儿时的那些同学都已是年过六旬的老人。在野菊花盛开的季节里，儿时的同学们会聚在一起，津津乐道地谈起了当年为老师送野菊花的趣事，当年那难忘的情景仿佛就在眼前，让我感慨万千!

大伙约定，待到明年，春风又绿黄河岸之际、野菊花再次盛开之时，每个人带上一束野菊花，带上我们的心愿，带上春天的祝福，一起去看望年过八旬的启蒙老师。

布谷声声

亲戚家在黄河古道边上一个叫小孤岛的村庄。应亲戚之邀，一个春日的早晨，我们驱车带孩子们到村里体验新农村的生活。迎着初升的太阳，我们在亲戚的引领下去看庄稼。漫步在防护林带中的林荫小径上，和煦的春风吹拂着我们的头发和脸颊，空气中弥漫着庄稼和泥土的芬芳。“布谷，布谷”，不远处突然传来布谷鸟的歌声。此情此景，让我的思绪一下子飘到了陕北高原的群山之中。与布谷鸟朝夕相伴的那些日子，仿佛像过电影一样，一幕一幕又浮现在我的眼前。

21 世纪之初的一年，我跟随着采油队来到了陕北甘泉县与志丹县交界处一个叫马头山风景区的大山里打井采油。我们居住的彩钢房就在山坡上一小块临时平整的土地上，大约有四百平方米的样子。住房的周围苍松翠柏，郁郁葱葱。我们刚刚安顿下来的那天傍晚，不远处的森林中不时传来布谷鸟的叫声，让我和工友们感受到了大山的生机和灵动。

在后来的日子里，布谷鸟成了我们在大山里的邻居和朋友。每天早上天刚蒙蒙亮的时候，布谷鸟就在我们房前的杜梨树上“布谷，布谷”叫个不停，唤醒我们快快起床。我们沿着崎岖的山间小路到井台上巡查的时候，布谷鸟为我们一路伴行，在我们的前方飞飞停停。调皮的电工小李，不时地学着布谷鸟布谷几声，布谷鸟马上就应和起来，一唱一和，煞是有趣。

我们在院子里用餐的时候，布谷鸟就在房前的大树上“布谷，布谷”为我们唱歌。布谷鸟非常机灵，我们吃饭的时候，故意撒一些米饭和食物，引布谷鸟来吃，可它从不落到地上来，我们也就无缘近距离观察它的样貌。伙房董师傅说，大家吃饭离去之后，喜鹊和麻雀等一些鸟类下来抢食，可布谷鸟从来没到地上来过。结束一天忙碌的工作，当我们躺在床上休息的时候，就能听到林海松涛声和布谷鸟的叫声，仿佛身处世外桃源之中。

因布谷鸟与我们朝夕相处，我对布谷鸟产生了浓厚的兴趣。记得上中学的时候曾读过一篇课文，题为《布谷鸟的叫声》。文章虽然不长，却把平原上麦收时节人们繁忙的景象与丰收的喜悦描绘得淋漓尽致。上网搜一下关于布谷鸟的介绍，了解到了一些关于布谷鸟的传说和故事，古人描述布谷鸟的诗句便浮现在我的大脑中。布谷鸟是杜鹃的一种，又叫大杜鹃，爱吃毛毛虫，是一种益鸟。王维写过“万壑树参天，千山响杜鹃”，李白写过“蜀国曾闻子规鸟，空城又见杜鹃花。一叫一回肠一断，三春三月忆三巴”，辛弃疾写过“细听春山杜鹃啼，一声声是送行诗”。不管人们按照自己的意愿怎么去诠释，以此表达对美好生活的憧憬与向往都是一致的。

最令人难忘的是布谷鸟在大雾天为我们引路的情景。一天，我们开着越野车去县城采购生活用品。返回途中，当我们的车开到半山腰的时候，一阵惊雷响过，山中下起了瓢泼大雨。上山的路是用推土机沿山坡开出来的，陕北的山大多为土山，大雨一冲沟壑纵横，车辆进退不能。我们只好把车开到路边一块小小的平地上，坐在车里等待大雨停下来。大雨终于停了下来，可蒙蒙细雨又接着下，漫山遍野充满了雾气，上山的大路小路都看不清了。大家合计一下，决定把车放下，徒步返回住处。我们把车上的东西分别背在身上，在细雨和雾霾中，沿着盘山小路艰难地摸索着前行，估摸着住处的方向，凭着感觉走。“布谷，布谷”，远处隐约传来布谷鸟的叫声，是我们住处的布谷鸟，大家欢呼起来。循着布谷鸟的叫声，我们绕过一座小山，依稀看见了我们院子里那座高高的灯塔。到家了，真的是到家了。电工小李学着布谷鸟的叫声，想引来布谷鸟当面说一声：“谢谢！”布谷鸟没有回应。我想，可能是它看到我们安全回来，放心地回巢睡觉去了。

我们完成了合作项目，离开了陕北的群山，告别了与我们朝夕相处的布谷鸟。可我没有忘记布谷鸟，也没有忘记那布谷鸟的叫声。布谷鸟，我的朋友，你还好吗？

“爷爷快走啊，你在想什么呢”，小孙子的叫喊声，让我从回忆中惊醒过来。“来了，来了”，我小跑几步追上大家，沿着林荫小路，向一望无际的庄稼地走去。

乡村夏夜

夏天，当太阳迟迟落山后，在庄稼地里辛勤劳作了一天的人们，才拖着疲惫的脚步踏上回家的路。夜幕降临，天上繁星眨眼，月亮蹑手蹑脚爬上树梢，月光洒满祥和清幽的天地。被炙烤了一天的人们，晚饭后拿上板凳、马扎或新麦秆打成的苫子，聚集在学校的操场上纳凉，享受着夏夜月色的静谧和安详。

20世纪70年代初的农村，不论村庄大小，每个村都有一所小学。我们村的学校在村庄的西南角，有一个大操场，安装有篮球架，操场南侧是两行高大的柳树，柳树与黄河大坝之间有一个常年不枯的水湾。偌大的操场便成了人们夏夜乘凉的好地方。

扎堆坐在一起的男人们，嘴里吞吐着烟雾，说道着哪块地的庄稼长得好，哪天该去锄哪片地，天气为什么这么热，要是下一场大雨就好了。句句话语连着田园，牵着庄稼，接着地气。说罢了庄稼地的事，就开始谈论古今，议论一些国家大事，要是哪一位说得不对，有人就站出来马上纠正，有时候争论得面红耳赤，争吵了半天，也弄不清个子丑寅卯。

操场的一角是故事书场。大家最爱听几位老人说传统历史评书，比如《三国演义》《杨家将》《岳飞传》《狄仁杰》等。那时，村里还没通电，整个村庄只有一家有一台红灯牌收音机。那是一位在抗美援朝战斗中受了重伤的荣誉军人，因故回到村里居住带来的。爱听戏匣子的，就挤在老荣军家里，但多数人还是到操场来听评书。说书最好的是爱增大爷，他模仿着专业说书人的腔调，边说边表演，说到热闹处还故意卖关子："欲知后事如何，下回接着说。"评书一停，那些迷迷糊糊、半睡不睡的人一愣神就清醒了许多，立马点上一支烟，故意咳嗽几声，然后，催着爱增大爷接着说。爱增大爷吧嗒、吧嗒吸完一锅烟，将烟锅往鞋底上一磕，又开始了他的评书表演："上一回咱们说到……"

我高中毕业后，在村里任民办教师，也算是操场的主人了。每到晚上乘凉的时候，我有两个角色。其中一个是国际国内形势的讲解员。我在学校里有条件听广播、看报纸，了解国际国内的一些大事。村里的文书和一些有文化的人，到了晚上就缠着我给他们讲国内外的大事。

村里的文书问我说："崔老师，国家是不是要出大事了？"我问他："你发现有什么异常吗？"他说："喇叭里广播毛主席写的词，说是'谁要割头，重上井冈山'，这不是又要打游击吗？"我解释说："你听讹了，那叫'水调歌头'，是一首词的词牌。"他迷惑地看着我说："不是重上井冈山打游击啊？"我告诉他："国家形势好得很，决不会上山打游击的，放心过日子，好好种你的地吧。"

我的第二个角色，是指导乐器爱好者练习。我在中学就读的时候，跟音乐老师学会了拉二胡，能演奏一些歌曲和较为简单的二胡独奏曲。村里有几位能拉二胡、吹笛子的人，晚上乘凉的时候，经常拉上我指点他们。可他们不识简谱，用的是古式谱法，叫作什么"宫、商、角、徵、羽"，大家多次试着合奏一支简单的曲子，但是一人一个调，根本形不成和谐的旋律。我也不太懂，只是简单地给出意见。几年之后，我被调入县里的一个部门工作，离开村庄时，我把手里的简谱教材和二胡、笛子等乐器每人一件留给了他们。工作后我很少再回村里去了，也不知他们练得如何。

一场透地大雨下过，地里的庄稼发了疯似地长。这般美好的月夜里，当你走近玉米或高粱地的时候，能听见庄稼"咔吧咔吧"的拔节声。夏夜不仅庄稼生长旺盛，还孕育爱情。"月上柳梢头，人约黄昏后。"村外的小河边、树林里、田埂上，走着或坐着一对对相爱的年轻人，这是夏夜常见的情景。相爱之人在夜幕下手牵着手、肩并着肩，诉说着各自的心曲，倾吐着相爱的情话，月光下成双成对的朦胧剪影，给乡村宁静的夜晚平添了一抹甜美。

在操场一侧的柳树下，年轻的姑娘们围坐在一起，说着她们的悄悄话。突然一阵悠扬的歌声传来，"洪湖水浪打浪"的优美旋律打破了夜晚的寂静。

有一天晚上，两位姑娘突然找到我说："崔老师，你能教我们唱首新歌吗？"看到她们诚恳的眼神，我答应了她们。那个年代能唱的歌很少，也就是《东方红》《大海航行靠舵手》，还有几首电影插曲。我教了她们京剧《杜鹃山》选段，记得开头的唱词是："杜鹃山，山深林密回旋有余地。"几天过后，她们还真的学会了。

时光如流水，转眼几十载过去，昔日的少男少女，一晃到了耳顺之年。在一次同事聚餐时，有人从手机里放出京剧《杜鹃山》的旋律。那同事问:“你知道是谁唱的吗?”我摇摇头。同事笑笑说:“她是你的学生，我现在的儿媳妇。”那姑娘当年青春焕发的形象从我脑海里闪出。

乡村的夏夜，像一幅写意的水墨丹青，铺展出灵动之美;又像是丰茂茁壮的庄稼，生长在夏季葱茏的时光里。

曲曲菜

清明刚过，谷雨又至。这是一个万物生长的季节，也是充满希望的季节。那些在地下蛰伏了一个冬天的杂草野菜，在一场春雨过后，争相钻出地面，把春天的大地装点成广袤无垠的绿色。曲曲菜也跟随着绿色大军的步伐，破土而出。

我的家乡坐落在黄河岸边，小小的村庄南面就是黄河大堤。站在大堤顶上，一眼就看到滚滚东流去的黄河水。大堤与黄河之间的开阔地，那便是肥沃的黄河滩地。黄河滩地里不但有一望无际的庄稼，还有各种各样的杂草野菜。略带苦涩的曲曲菜，就是这众多野菜中的“大家闺秀”。

春日的一天，在吃饭时，九十三岁的母亲突然说：“谷雨时节到了，地里的曲曲菜也该拱出来了吧？”家人们知道，老人这是馋曲曲菜了。那天一大早，我们就到滩地里去剜曲曲菜，但刚刚出土的嫩芽芽，实在剜不上手。于是我们又到大集上买了一些叶子大一点儿的带回家。母亲年轻时做曲曲菜粥都是放黄豆，可如今九十多岁的母亲，牙齿几乎全部脱落，没法儿再吃黄豆了。为了让母亲喝上一顿称心的曲曲菜粥，我们在菜粥里放了绿豆。一碗粥下肚，母亲嘴角蠕动着，似乎是在回味着生活困难时期吃曲曲菜的滋味。

中年之前的母亲，是在清贫中度过的。父亲在国有林场工作，工资很低，难以养家糊口。我们兄弟姐妹八个，没有一个是成年劳力，挣不到多少工分。当时农村的分配政策是人七劳三，人家劳动力多的家庭，挣工分多，能分到“劳三”那部分的粮食。像我们家这样的无劳动力家庭，仅仅分到“人七”那一部分。没办法，我们家就只能节衣缩食、艰难度日。

母亲是一把勤俭持家的好手，她把有限的粮食匀到每个月吃，不至于来年春天青黄不接的时候断粮。小脚的母亲领着我们到黄河滩地里剜野菜，教我们认识哪些是能吃的曲曲菜、吐噜酸、蚂蚱菜，扫帚菜等。每天放学后，我们就约上一群伙伴下坡剜菜。待谷雨时节到来时，各种野菜纷纷拱出地面，小伙伴们拿着钩刀子、镰刀，挎着荆条编的篮子，穿着儿时穿过的旧土裤，涌向坡上。

回到家里，母亲把野菜分门别类，把嫩嫩的曲曲菜洗净后，放到盘子里蘸酱吃。然后炝锅添水，把大一点儿的曲曲菜揉一揉放到锅里，再放一把黄豆或绿豆，煮上两三开，再将玉米或高粱面糊糊下到锅里，曲曲菜粥便做好了。一家人围坐在小饭桌旁，吸溜吸溜地喝上几大碗，每个人脸上都洋溢着心满意足。

心灵手巧的母亲，不仅做的曲曲菜粥特别好喝，做的曲曲菜团子、菜包子、扒拉子或咸插饭也别有风味。在困难时期，一家人就是靠着这些野菜维持了生命。说来也怪，在那些艰难困苦的岁月里，黄河滩里那些救命的曲曲菜，割一茬又长一茬，有的地方还能成块连片地生长。到了好年头，那大片大片的曲曲菜却没有了，只是一棵一簇散落在滩地里。我想，也许曲曲菜有灵性，是上天派来拯救生灵的吧！不然，在所有庄稼都难以生长的时候，曲曲菜却那样茂盛并且是那样及时，而在五谷丰登的年份，曲曲菜却变得稀疏难寻。难道这不是有灵性的植物吗？

21世纪初，我们公司与胜利油田合作，在陕北地区做项目。项目部驻扎在一个叫中国桥镇的村庄里，是甘泉县与志丹县交界处的一个村庄。村子三面环山，村南面是一条名叫洛河的小河，常年流水不断，进入河南省境内后流入黄河。这里属于黄土高原，为了保持水土不流失，减少黄河泥沙，国家在这里实行“退耕还林”政策，限耕禁牧。这里的山体大部分是土壤，经过多年坚持不懈地治理，到处呈现出一派绿水青山的勃勃生机。当春风吹绿洛河两岸和连绵群山的时候，我们就到河边或山上踏青，发现山坡和河边上竟然有着成片成片的曲曲菜，与其间艳红的山丹丹相映成趣。不大工夫，我们就剜回了两大塑料袋曲曲菜。焯水后，拌上蒜泥，足足地过了一把曲曲菜瘾。也许是生活习惯的差异吧，当地人对曲曲菜没有山东人那么情有独钟，出去挖野菜的人极少。

房东女主人见我们天天像过节一样吃着曲曲菜，也感兴趣地过来品尝，连声说味道不错。我在网上查了查，曲曲菜竟然是个宝，既含有多种维生素，还有消热利湿、解毒消炎等功效。我们把材料打印出来，也给了房东一份，房东如获至宝，叫上邻居们组成了剜菜的小队伍。菜多了吃不完，她们就把菜洗净，在开水里焯一下，晒成干菜，保存到冬季食用。她们还把曲曲菜根炒成苦味茶，味道似苦丁茶。项目结束后，我们告别了陕北。当年秋后，房东给我们寄来了菜根茶还有几袋干菜。她们发微信说，当地的曲曲菜已经成了热门的特色商品，陕北野菜也登上了大雅之堂，成了西安、银川等大城市宾馆饭店的特色菜。

曲曲菜不怕土地的盐碱贫瘠，不惧酷暑严寒，就这样默默无闻地生长着。它的前世今生始终没有离开过人们的餐桌。品一品曲曲菜会让人回味起那些艰难困苦的岁月，也会让人感恩这个幸福甜蜜的时代。

战凌洪

年年岁岁春节至，岁岁年年节不同。1982 年的春节，让我终生难忘。

1981 年，是我们生产队实行联产承包责任制的第一年，广大农民满怀喜悦的心情，倾注全力投入到自主经营的土地里，迎来了联产承包责任制后的第一个丰收年。腊月二十三进入小年后，人们开始筹备年货，村庄里不时传来零星的鞭炮声和孩子们的嬉闹声，整个村落沉浸在大丰收的欢乐气氛中。

天有不测风云。春节前夕，广播站的喇叭里一遍又一遍播送着寒流来袭、大幅降温的重要天气预报。暴风雪如期而至，气温一下子下降到了零下十几度。一波寒流刚过，另一波寒流接踵而来，气温下降到了零下 17 度。本来已经破冰开河的黄河，一夜之间重新封河。而黄河的中上游已经开河，洪水顺河而下，水面上漂浮着的巨大冰块向下游堆积。起初，洪水拥着冰块向着大海的方向缓缓移动。随着寒流的持续，水流几乎停滞，形成了一道道冰坝。堤内冰坝聚积，堤外大雪封地，到处是一片冰雪世界。

汛情就是命令。公社营部一声令下，基干民兵连一夜之间迅速对号进驻了防汛坝屋子。巡逻查险工作立即铺开。每个民兵连配备两名公社干部，我和种子站的李站长被派驻在 120 号防汛坝屋子，为巡逻人员带班。大堤上的那些日日夜夜，给我留下了难以忘怀的记忆。

冰雪严寒世界近乎恐怖。每天吃过晚饭，人们肚子里有食物，身上还有些热量。可到了后半夜，浑身都冻透了，民兵们打着牙摆子，不停地搓手跺脚。

有个刚满十八岁的民兵冻得大声哭了起来。见此情景，我和李站长与民兵连长商量抵御寒冷的办法。最后决定，我和李站长回家去拿棉被和皮袄，然后拉回一车麦穰打厚厚的地铺。

于是，我们各自回家取回几床被褥，我拿来父亲的羊皮大袄，拉回满满一地排车麦穰。麦穰铺了半米多厚，躺上去既柔软又暖和，被褥覆盖在民兵们的身上，负责巡逻的值班人员穿上厚厚的羊皮大袄，终于抵挡住了严寒的侵袭。

为了给大家驱寒，民兵连长回村带回了一桶瓜干酒。冷得受不了的时候，就让大家喝几口暖暖身子。

经常喝酒的人，不吃酒肴也能喝几口；没怎么喝过酒的年轻人，空口喝酒咽不下去。到处是冰天雪地，到哪儿去弄酒肴啊。李站长突然听到房顶上稀里哗啦响个不停，一拍大腿说："酒肴来了。" 原来是平时栖息在岸边和滩区树上的麻雀，集中飞逃到坝屋子的瓦块下面了。几个民兵拿个袋子爬上房顶捉麻雀，一会儿工夫捉了半袋子。大锅炖熟后，人们吃了几口就再也咽不下去了，因为没有盐，麻雀肉索然无味。

坝屋子不远处就是村庄，我和民兵连长跑到村里的一个小卖部买盐，深更半夜，店主不敢开门，我们反复解释是公社派来防汛的干部，人家才小心翼翼地从窗户上边的空档中递出一包盐来。并隔着窗户说："这深更半夜的，你们也不容易，快拿盐回去吧，不要钱。"

一天晚上，西北风卷着雪花铺天盖地袭来。在我们下一站的坝屋子上，突然燃起一堆大火，这是出现险情的信号。公社指挥部的值班车警笛长鸣，直奔出事地点。

到现场一看，大堤背河一侧出现管涌险情，大堤已经渗水，如果不做及时处置，时刻都有决堤的危险。一旦决堤，下游的村庄将会被凌汛洪水淹没，后果不堪设想。

公社武装部长在喇叭里大声下达命令：全公社十八个民兵连每六个连为一组，两小时轮换一次；每组的六个连队，留三个连负责现场对管涌险情的处置，另外三个连负责运输木桩、铁丝和沙袋等物资。管涌的中心点在坝坡上，如果一味垒压沙袋，势必导致沙袋移位滑动，必须打桩和围栏，在围栏内先把管涌中心点压住，然后再向周围延续镇压……

下达完了命令，武装部长大喊一声："民兵连长和党员跟我上！" 二十几个人毫不犹豫地蹚进泥水里，打桩围栏，很快控制住了管涌中心点。然后，一层层的沙袋越堆越高、越围越远。管涌终于被控制住了。人们从泥水中架出冒险施工的勇士们，把他们送上车开往营部，取暖换衣服。

黄河滩区统称小孤岛的那几个村庄，已被凌汛洪水围困了半个多月，成了真正的“孤岛”。断电多日的村民们，面粉和粗粮面都吃光了。每天只好煮小麦粒，玉米粒、大豆粒充饥，成年人还能坚持，可老人和孩子们撑不住了。

被围困的村民们经过商量，挑选出五名精壮劳力，决定从冰上走过去，到大堤内的村庄去加工面粉。天刚蒙蒙亮，他们趁着早上最冷、冰面结实的时候，拉一地排车粮食，从冰上顺利到达大堤。当天下午，他们从冰上返回时，突然“咔嚓”一声，冰面断裂了，连人带车困在了一块漂浮的孤冰上，几个人不停地挥舞着衣服，大声求救。一直在大堤上目送他们的人们，也摇着红旗示意着。

指挥部决定，立即向省指挥部求援。十几分钟后，省指挥部回复说，省军区正在派直升机前去营救。这时候，县指挥部的值班车赶到现场，大家被告知，上游五公里处正有一道冰坝向下游移动，情况万分危急。人们双手合十，眼巴巴地望着西南方向的天空，期盼听到直升机的轰鸣声。巡逻车又来报告，上游的冰坝离现场只有两公里了。现场每个人的心都提到了嗓子眼儿。

突然，西南方向的天空隐约传来隆隆声音：直升机来了，大堤上一片欢呼。直升机准确滞停在险情上空，营救人员顺着绳索溜到浮冰上，先把村民们一个个救上直升机，再把面粉吊上去……

五十米、三十米、二十米，那条巨大的冰坝正顺势冲来。当最后一名被营救的村民离开冰面时，冰坝将未来得及吊走的地排车碾压吞没了。

直升机向着村庄飞去，被眼前一幕惊呆的人们这才回过神来。突然有人大喊一声：“解放军万岁！”紧接着一呼百应。霎时间，“解放军万岁”的呼喊声响彻在冰地雪天的黄河上空。

玉兰婶

八十九岁高龄的母亲感冒了，在医院挂吊瓶。滴完了一瓶，母亲的烧就退了，面色红润了，精神了。就在这时，她听在医院工作的老乡说，玉兰婶病了。母亲一下子就急了，非要不打针了，立马去老家看望玉兰婶。我好说歹说，母亲这才打完针，立刻往老家赶。

我开着车，母亲坐在后座上，略显激动地对我说："你玉兰婶比我小三岁，从小俺俩就是最好的伴儿。她，可真是个好人啊……"

一

玉兰婶豆蔻年华的时候，长得亭亭玉立，楚楚动人。她的父亲是私塾先生，家境比较富裕，虽谈不上是大户人家，但也不愁吃穿。她还跟着两个哥哥读过几年私塾，在村里所有的女人中，论识文断字，她是第一人。她穿着讲究、得体，人又长得漂亮，不论在乡里还是县上参加什么活动，惹得后生们尾随其后，献媚讨好。

抗日战争时期，在党和地方武装的领导下，鲁北地区的妇女们以极高的革命热情参与到抗日工作中来，为解放区和根据地的建立忘我地工作着。玉兰婶在组织的影响下，积极加入了妇救会。不论是贴标语、搞宣传，还是织布、纺纱、做军鞋，她样样带头；就是下地干农活儿，也是行家里手，扶犁耕地，播种施肥、锄苗收谷，她一点儿也不比男劳力差。一提起玉兰的名字，村里人没有一个不竖大拇指的。

每年县里组织拥军优属活动时，玉兰婶都冲在前面，大显身手。她做的军鞋深受八路军指战员的喜爱。在拥军秧歌队里，她是领队。轻松洒脱的动作、婀娜优美的舞姿，让气势宏大的拥军秧歌增添了艺术魅力。玉兰婶天生一副好嗓子，在拥军活动中，是最受大家欢迎的演员。她演唱的“东方红”“送郎参军”等歌曲，赢来人们一阵阵热烈的掌声。

二

当地有句俗话，一家有女千家问。玉兰婶到了谈婚论嫁的年龄，上门提亲的踏破了门槛。来的有分区干部、部队的军官，还有乡上的干部、教师等等，人品、长相都是没得挑的。可她就是不同意。那些早就想到玉兰婶家提亲的农村年轻后生，本来信心十足，可一看到玉兰婶面对那些吃皇粮的国家干部都不点头，就不情愿地退了回去。全村人，甚至连他爹娘，都不知道她要嫁个什么样的人家。

玉兰婶二十二岁那年，在一个春暖花开的日子，突然宣布要同本村的牛大虎结婚。这在当时真可谓是一大新闻，成了三五两村乡亲们谈话的热点。有人说，牛大虎运气好，是先人们积德修来的福；也有的疑惑不解，摇头叹息，觉得玉兰婶理应选择更好的。

牛大虎家境贫寒，父亲给地主做长工，一干就是大半辈子。直到在渤海边、黄河岸坚持抗战的杨国夫司令员率领八路军和地方武装建立了垦区根据地，牛大虎一家的日子才好起来，他们打心眼儿里感谢共产党八路军。在杨国夫司令员的感召下，老人把大虎和二虎都送进八路军的队伍，成为八路军清河军分区的战士。

大虎和二虎作战非常英勇，多次受到军分区的表彰。有一次，大虎和二虎所在的独立营在村北与敌人的骑兵团相遇，战斗打了一天一夜。第二天黎明的时候，枪炮声终于停了下来，除小部分八路军战士冲出包围圈外，多数战士牺牲或受伤。村里的党组织和妇救会组织村民奔赴战斗现场，掩埋烈士遗体，抢救伤员。七名受伤的八路军战士被抬回村里治疗。牛二虎在战斗中英勇牺牲，玉兰婶背回了身受重伤的牛大虎。组织上安排玉兰婶一家负责牛大虎的生活、治疗和安全。后来，尽管牛大虎治好了伤，但是一条腿不能弯曲，走路一瘸一拐，落下了终身残疾。在为牛大虎疗伤期间，玉兰婶被大虎的胆识、善良所吸引，爱情的火花让两个人的心紧紧贴在了一起。尽管牛大虎落下了残疾，玉兰婶还是毅然决然地嫁给了他。

三

自从玉兰婶过门之后，牛大虎家的光景一年比一年好。牛大虎腿脚不方便，每天在家里操持家务，玉兰婶则主外，天天参加互助组、初级社的生产劳动。因为牛大虎是伤残退伍军人，政府给予特别照顾，允许他家养些畜禽。几年下来，牛大虎家生活大变样，小日子过得滋润又舒心。可牛大虎有一块心病，他挂念着在荣誉军人疗养院里休养的战友徐根生，总是闷闷不乐。

徐根生是从延安过来的战士，负伤前是清河军区司令员的警卫。他母亲去世早，从小就跟着父亲在红军队伍里长大。在长征途中，父亲不幸牺牲，他接过父亲的枪继续战斗。为了支持清河军区和地方武装的发展壮大，徐根生和他的几位战友听从组织安排，从陕北辗转来到清河军区。在同一场战斗中，徐根生和牛大虎一样负了重伤，在村里疗养后，因伤情严重，徐根生的腰只能靠钢板支撑，后来就被送到荣誉军人疗养院疗养。

虽说徐根生的生活全凭国家供给，生活待遇很好，但对这位已经没有任何亲人的战友，牛大虎和玉兰婶总是放心不下。他们决定，每年都要把战友接到家里住上几个月，冬季家中取暖条件不好的时候，就把徐根生送回荣誉军人疗养院，待春暖花开时再把他接回来。为了让战友体验到天伦之乐的感觉，大虎和玉兰婶还把小儿子过继给了徐根生。徐根生从此找到了家的感觉，他逢人就说："我有家了，也有儿子了，国家养着我，战友一家照顾着我，我也享受到了天伦之乐，是战友一家给了我人间真暖。

四

从那时候起，除去寒冷的冬季，徐根生总住在牛大虎家里。在战友家里，他就像在自己家里一样无拘无束，相处得和谐融洽。玉兰婶则总是无微不至地照料着徐根生的生活。虽然是粗茶淡饭，但也做得有滋有味，咸淡可口。徐根生和牛大虎就像亲兄弟一样享受着生活的快乐。乡亲们都说玉兰婶心地好，人善良，有爱心。牛大虎和徐根生的战友情，成为一段佳话在当地广为流传。

冬去春来，花谢花开。突如其来的运动打破了生活的平静。村里有个造反派头头儿，姓张，因为经常在村里制造混乱和事端，人们称他为"老造反"，简称"老造"。一天，老造联络县里的一伙人把牛大虎家围了个水泄不通。他们举着大喇叭，大声宣布玉兰婶的几大罪状，说玉兰婶贪图徐根生的补助金，欺骗残疾军人，罗列了一大堆莫须有的罪名。

在一个秋日里，徐根生得了重感冒，高烧不退，牛大虎嘱咐玉兰婶照顾好战友，自己去乡卫生院请医生给战友看病。平日里为了避嫌，凡是牛大虎出门去，徐根生都会坐在院子里的大桐树下，直到牛大虎回来才到屋里去。可这次感冒发烧，怕被风吹着，徐根生不敢坐在树下，只好破例在屋里等医生来。天天在阴暗角落里窥探情况的老造，瞅准了这个机会，取来一根链条把牛大虎家的大门咔嚓就锁上了。然后到村里边走边喊："不得了了，出大事了，真的是一个老婆两个汉啊！"街坊四邻闻声赶来，要看个究竟。牛大虎领着医生回到大门口一看，村民黑压压一片，不知发生了什么事情。情急之下，牛大虎用斧头劈开链锁，冲进屋里。

牛大虎心中无愧，哪里受得了这般侮辱，他顾不了许多，一瘸一拐架着他的战友出现在屋门口，拖着嗓音大喊："今天，我就让你们看个明白。"他一把扯下战友的上衣，两道黑褐色的伤疤从小腹直通裆部。他大声疾呼："你们知道战友的痛苦吗？他三次负伤，命根子都被炮弹炸飞了，你们还咬个啥，真的是伤天害理呀！"现场的一幕，让在场的人深为震撼，一双双眼睛，愤怒的目光刺向老造。老造见势不妙，瞅个冷子溜了。

自此，村庄又恢复了往日的平静。不久，县里的精神文明建设单位把一块写着"道德模范"的金光闪闪的牌匾挂在了玉兰婶她们家的门口。牛大虎和玉兰婶不论走到哪里，人们都投以敬重的目光。

母亲说完了玉兰婶的身世，我的车也停在了玉兰婶家门前。母亲急匆匆下车走进屋里，扑到炕上，两位年近九十岁的老人，激动地拥在一起。

利津年俗史话

利津县地处黄河三角洲的顶端，全县有500多个村庄、28万居民，大多是从明洪武二年（1369）自山西省洪洞县迁居至此。近千年的农垦活动使黄河三角洲成为美丽富饶的宜居之地，也形成了独具特色的年俗文化。

腊　八

腊八，即每年农历腊月初八。这天又叫腊八节，或称为“法宝节”“佛成道节”“成道会”等，本为佛教纪念释迦牟尼佛成道的节日，后逐渐也成为民间节日。

腊八这天喝“腊八粥”的习俗，是从宋代开始的。徐珂《清稗类钞》即云：“腊八粥始于宋。十二月初八日，东京诸大寺以七宝五味和糯米而熬成粥，相沿至今，人家亦仿行之。”南宋吴自牧《梦粱录》载：“此月八日，寺院谓之腊八。大刹等寺，俱设五味粥，名曰腊八粥。”腊八风俗也受到佛教的影响，相传佛陀释迦牟尼在成佛以前曾经苦修六年，每天只吃极少的食物，变得十分虚弱。尼连河边的两个牧羊女看到以后就拿着牛乳做成的乳糜给佛陀食用，让他恢复了精力。由此佛陀认识到苦修并不能成佛。他走到尼连河中沐浴洗衣，并来到菩提伽耶这个地方的一棵菩提树下，趺坐四十八天之后，正好在腊月八日这一天开悟成佛。因此，腊月八日成为佛教的一个重要节日，信众用浴佛和食用腊八粥这些做法来表达对佛陀的纪念。我国喝腊八粥的历史，已有一千年以上了。每逢腊八这天，不论是朝廷官府、寺院还是黎民百姓家都要做腊八粥。到了清朝，喝腊八粥的风俗更是盛行。

从山西省洪洞县迁居到利津以后，当地的居民一直沿袭着过腊八节（这旦俗称“腊八日”）、喝腊八粥的习俗。

腊八节的早上，天不亮村民们就早早起来，用昨天晚上就泡上的黍米或糯米，还有红枣、花生、豆类，一起放到锅里熬腊八粥。腊八粥熬好后，一家人围着餐桌，捧着热乎乎的饭碗，喝热气腾腾的腊八粥，以庆祝当年丰收，祈愿来年风调雨顺、五谷丰登。旧时，有的人家为行善还愿，还在家门口支上大锅熬腊八粥，免费送给本村的邻居街坊和过路乞讨的人喝，叫作“舍粥”。这天，当地人还会用醋泡制“腊八蒜”，作为过年吃饺子的佐料；这天，新媳妇要回娘家；这天，是一年之中唯一不用风水先生按生辰八字推算的嫁娶黄道吉日；这天，孩子们就开始唱起儿歌：“小孩儿小孩儿你别馋，过了腊八就是年……”

小　年

小年是中国传统节日，也称“交年”“灶神节”“祭灶节”等。小年的民俗活动主要有扫尘、祭灶等。我国幅员辽阔，各地风俗有很大的差异，被称为“小年”的日子也不尽相同。中国南方大多数地区以腊月二十四为“小年”，中国北方大多数地区以腊月二十三为“小年”。

小年通常被视为忙年的开始，意味着人们开始准备年货、扫尘、祭灶等，准备干干净净过个好年，表达了人们一种辞旧迎新、迎祥纳福的美好愿望。祭灶在我国民间有几千年历史，是中国百姓追求的衣食有余梦想反映。

在利津，“祭灶”又称“辞灶”。腊月二十三小年这天，要为灶王爷回西天送行。传说灶王爷是玉皇大帝派往人间的监察神，人们祭灶就是盼望灶王爷“上天多言好事，下界广带吉祥”。祭灶时，在灶前摆放多种供品，并给灶王爷上香、磕头。还用纸剪成马的形状，叫“纸马”，与草料一同放在灶前，祭拜完以后同旧的灶王像一起焚化，叫“发纸马”，让灶王爷骑着马上天去参加玉帝召开的“汇报大会”。辞灶时，家人跪拜，口中念叨：“供糖瓜，甜又甜，请向玉帝尽好言……”

到了除夕，上天“开会”的灶王爷要回家过年了，家家户户就把“请”回来的一帧新的灶王像贴上去，配上崭新的对联“上天去多言好事，下界来普降吉祥”。横批是“一家之主”。

辞灶这一天，出门在外的家人，不论远近都必须赶回家，忌讳被“辞”在外边。

除　夕

除夕是一年之中最后的一天，民间俗称“大年三十”。到这天，打扫屋子、院子、贮水、备菜等等都要完成。万事俱备，开始“过年”。

在利津过年，最有仪式感的莫过于“请家堂”。年三十上午，先在家中正堂摆好供桌，挂起“家堂轴子”，摆上香炉烛台，供上鱼肉、糕点等供品。男主人穿戴整齐，洗净双手，点燃香烛，双手捧香走出家门，来到十字路口，请祖先回家过年，这叫“请家堂”。之后的三日内，家中凡是用餐，必须先给祖先上供；供桌上的灯是长明灯，不可熄灭；供桌上的香火要及时续燃，万万不可“断了香火”。正月初二，有的是在上午，有的是在下午，男主人双手捧香走出家门，到原来“请”的地方再将祖先送回，叫“送家堂”，至此，整个祭祀仪式结束。

年三十下午，则开始张贴年画和对联。对联，有的是家人自写，也有的请人代笔。在农村，上学的不少，但能写对联的不多，那些能拿起毛笔写对联且能挂出去的人，进了腊月就开始给街坊四邻写对联，一直写到大年三十。随着时代的变迁，现在自己动手写对联的已日趋减少，绝大多数农户都换上了从市场上买来的大红烫金对联。

大年三十夜里，吃完年夜饭，一家人围在一起守岁。男人喝酒，女人说话，孩子吃糖、放鞭炮，喜庆欢乐，温馨祥和。人们只说吉祥之语，以祈来年吉祥顺遂。有的地方还要嘱咐孩子们在天明之前不准打喷嚏。到了20世纪80年代，随着《春节联欢晚会》的推出，全家人聚在一起观看电视节目成了“守岁”的主要内容，那些守岁的老规矩也慢慢淡化了。

在我的记忆中，年三十最为庄重热烈、富有节日情趣的活动是“叫明儿”。就是把谷草绑成小捆儿，在街上竖起来点着，然后各家各户的男女老少，在家里拿一把谷草，过去引火；引着火往家走，一边走一边口中念念有词：“大葫芦头、小葫芦头，银子钱，往家流；大葫芦棒、小葫芦棒，银子钱，往家扛。”家里缺孩子的家庭，他就念“白闺女、黑小子，都到俺家穿袄子”。实际就是往家叫钱、叫粮、叫孩子。

初　一

“一夜连双岁，五更分二年”。大年夜因它处在新旧时间交界线上而格外隆重，人们以喜悦、期盼的心情迎接新的一年。年三十守岁，过了午夜就是正月初一。初一黎明前，男人们先开门放鞭炮，家庭主妇们则忙着发“钱粮”，也就是烧纸，祈求一年的平安富足。

然后是煮饺子。饺子煮好后，先盛一碗敬天地，再盛一碗敬灶君，还有一碗敬家堂。开餐之前先到院子里放一阵鞭炮，然后，一家人围坐在一起吃饺子，节日的欢乐气氛洋溢在每个人的脸上。

春节的饺子，还要包上几个馅里有钱、枣、栗子、豆腐的，吃到红枣，意味着一年好运早来到；吃到栗子，意味着新的一年身体健康，气力十足；吃到钱币，象征新的一年财源广进；吃到豆腐，意味着全家人都有福气。不管谁吃到特殊馅的饺子，大家都互相祝贺，一阵阵祝福的笑声弥漫在屋内和院子里。

吃过饺子，大家各自换上崭新的服装，走出家门，融入拜年的人群中。

拜　年

拜年，先从自己家里开始，晚辈要先给长辈拜年，口中问候“过年好”，然后磕头。晚辈给长辈拜完年，一家人开始吃过年饺子。吃过饺子，全家人出门拜年。

农村拜年，有先后之分，叫作“先内后外，先近后远”。这里说的远近，是同宗族关系有关的近远。要先到和自己同宗的长辈家去，然后是宗族关系稍远的长辈，再后才是同辈人。

拜年，是春节庆祝活动的高潮，也是最重要、最讲究的年俗。挚爱亲朋、同事战友，走家串户、登门拜年，互致节日祝贺，是“人情味”极浓的活动，也是全年中社交活动的重要环节。

大年初一，是拜年的高潮。从初二开始，便进入拜年的另一个高潮——回娘家。

按照利津大多数地方的传统风俗，有“闺女不见娘家家堂”的说法，只有等送走“家堂”，才能回娘家拜年。有的地方是初二、有的地方是初三，闺女、女婿和外甥们，带着厚礼，专程前往给父母、岳父岳母、外祖父外祖母拜年。娘家若有侄儿，姑姑必须给压岁钱，外公外婆、舅父舅妈也要给幼小的外孙（女）、外甥（女）压岁钱。

“压岁钱”是每逢春节的时候，老人给孩子们准备的“红包”。因为一年一岁的“岁”与邪魔鬼祟的“祟”谐音，所以“压岁”意在“压祟”。这个事大约是始于汉代，一直到民国的时候兴铜钱，有的是专门制作的一种压岁钱，有的用比较大的铜钱（比如说“当十”比一般的铜钱要大一些），这样给孩子们作为新年的一个小礼物，以期避驱邪魔鬼祟。这以后就演变成了红包。新的一年到了，孩子们都长了一岁，给他们压压岁，也是吉祥祝福的一种表示。

走亲戚拜年，也是过年的重要内容，而且有不少规矩。大年初一走亲戚，只能到外祖家，其他表亲只能在初二以后走动，在利津流传的“初一姥娘初二姑，初三初四拜丈母”的说法，说的就是走亲戚的顺序。

年　集

新年到来之际，我忽地又想起五十多年前赶岁末年集的情景。

年集，顾名思义就是过年的大集，置办过年东西的大集，一般腊月十五以后就有年集了。农历腊月二十八，是我故乡的大集——“集贤集的日子”，也是一年来最后一个年集，是一年中最热闹的一个集。

集贤村是集贤公社驻地，集贤大集是全公社唯一的一处农村大集。十里八乡来赶年集的人，聚集在两条不长的大街上，人挨人、人挤人，从高处俯瞰下去，到处是乌泱泱攒动的人头。有的人来买过年没买全的东西，大部分人是来凑热闹、散散心，赶闲集的。拥挤在大集上的人群以青少年居多。辛勤劳作了一年的年轻人们，把赶年集当成年末最开心的时刻。

年集上最热闹的当属鞭炮市。卖鞭炮的商贩赤膊站在凳子上大声叫卖，有的吼唱着自编的顺口溜和不太押韵的歌谣，内容虽然有点儿俗，但非常有趣可笑，不时引来一阵阵喝彩声，直唱得大姑娘、小媳妇们抿着嘴躲到人群后面去。一阵叫卖声过后，围观的人们便齐声大喊“放两支，放两支”。于是一条街上的鞭炮商贩们纷纷点燃鞭炮，打起了擂台赛。你方响罢我登场，噼里啪啦的鞭炮声此起彼伏。人们一边鼓掌，一边叫好，场面热闹非凡。一阵鞭炮声响过，人们早就瞅准了商贩们取样品的那只箱子，一拥而上，抢购他们认为最响的那家鞭炮。

年画一条街上，悬挂着各式各样的年画，其中有“胖娃娃抱鲤鱼”的传统老式样年画《年年有余》；有展现工农兵英模人物形象的年画；有戏曲演员、奇角名旦；有用布做的，用纸裱糊的，是用来写家谱的，人们叫它“轴子”，悬挂在堂屋的中央，用来祭奠列祖列宗；还有的卖的是赵公元帅，挂在家里，以祈求财源广进；还有卖贴在灶膛处的灶王爷群神图的。

花市一条街，则另有一景象。这里是女人的世界，所展示的各种花样，大都是手工制品。卖花人一大早就把花插在苇席上，然后再将插满各种花的苇席钉在墙上，以便吸引人们的眼球，招揽顾客。一张张插满五颜六色花朵的草席，在土墙上排列起来，就像鲜花盛开的万花丛，花枝招展，吸引着人们流连驻足。各种花朵以红颜色为主色调，也有杏黄、淡紫、浅绿和深蓝等不同颜色的花。这些花朵大都是用绸缎、绢和韧纸制成，最大的缎子花，直径有十多厘米。用各种绸及薄布做成的花，价钱便宜，销路也最好，手上没有几个小钱的女孩子都能买上几朵。

蜡烛也是人们必买的年货。蜡烛中的上品为牛油所熬制，点燃之后不流蜡油。俗话说，牛油的蜡烛——干碗儿的，最适合在龙灯上用。蜡烛多为红色，有的还在其表面用金粉涂上字，看上去极为喜庆。各种花色的蜡烛，大都呈圆柱形，上粗下细。孩子们最感兴趣的是小蜡烛，它是在芦苇秆的一端，裹上一层棉花蘸上蜡油即成，花几毛钱就能买上一大把。

大集上的年货琳琅满目，让人们，特别是孩子们，一饱眼福和口福。我们村邻村的村民大部分是从潍坊那边迁移过来的，他们有贴过门钱的习惯。五颜六色的过门钱，呈竖长方形，是一种刻纸作品。过门钱刻有各种花鸟图案，下边是一些锯齿形状的长穗，贴在门楣上和窗户上边的横木上，微风吹来，飘飘洒洒，非常喜庆。在大集的角落里，还有现场作画的艺人，他们手握一把木尺子，蘸上五颜六色的颜料，在纸上画出花鸟或动物组成的美术字。孩子们跟着大人赶集，一是为了买年货、看热闹，二是为了一饱口福。能吃到两毛钱一块的肴兔肉或是五分钱一个的水煎包，是他们最大的享受。手头太紧的大人，为了满足孩子们的要求，会花五分钱买一个肴兔头，让孩子解解馋。

成群结队的大人和孩子，在年集上逛游了大半天，喜洋洋满载而归。有的即使没买多少东西，也满足于大饱眼福，享受着年集带来的开心和快乐。饱了眼福和口福的孩子们，一路上蹦蹦跳跳跟着大人们回家。

年　画

过了腊八，年味就渐渐浓起来，稀稀落落的鞭炮声此起彼伏。这时，孩子们跟着大人赶年集、购年货，因期盼已久的节日就在眼前而兴奋不已。

年画，是过年不可缺少的。从小时候起我就特别喜爱年画，等到墙上贴满了年画，才觉得真正是过年了。“穿新衣，戴新帽，贴上年画新年到”，这些脍炙人口的童谣深深印在我的脑海里，贴年画的无限乐趣伴随着我一路成长。如今，那些具有时代特色的年画不知不觉地淡出了人们的生活，但年画给我带来的乐趣至今记忆犹新。

20 世纪 50 年代末，我还是六七岁孩童的时候，就爱看爷爷奶奶贴年画。腊月二十五扫完房子之后，知道爷爷奶奶要贴年画了，就起个大早，等着看爷爷奶奶贴年画。爷爷奶奶首先是在土炕周围的墙壁上贴年画，贴的第一张年画叫《年年有余》，依稀记得是一对胖娃娃各自骑着金红色的鲤鱼，手持金元宝，人们叫他“送财童子”。随后，在灶台一侧冲着门口的墙壁上贴上一张画，中间的是一位长胡子老头儿，拥围在他四周的好像是各路仙人，到现在我也不知道他们是谁，可我知道这张画画的是灶王爷。在灶王爷画的下面钉着一块长方形的木质托盘，托盘上蹲着一只香炉，香炉里飘出的带有香味的烟雾，让人感到寂静而又神秘。

20 世纪 60 年代，少年时期的我先后在小学和初中念书，每到放年假就可以帮大人干活儿了。贴年画的那一天，我就给大人们当副手，帮着父母贴年画。年画的内容依稀还记得一些。领袖像是人们过年时的首选年画，如毛主席像、朱德像等。这些领袖像大都为对开，但彩色的并不多见。在那个特殊的岁月，年画具有浓厚的政治色彩和时代印记。如刘春华主笔创作的《毛主席去安源》，还有《孙悟空三打白骨精》《替军属张爷爷扫雪》《董存瑞炸碉堡》等等。记忆最深的是 1969 年珍宝岛事件后出版的那幅年画，叫作《生命不息 冲锋不止》。画中，一名受伤的战士，头裹带血的纱布在雪地里冲锋陷阵的形象，让人感到热血沸腾。

成家立业以后，我就领着孩子们贴年画。20 世纪 70 年代末，父母为我新盖了三间土坯房，墙壁撒气漏风。为了让孩子们暖和一点儿，我就在屋里的内墙上先贴上一层报纸，然后再把年画贴上去。一天下来，孩子们的身上和脸上满是糨糊和灰尘，活像一只只小花狗。看着他们蹦蹦跳跳、兴高采烈的样子，我和妻子的心里也着实高兴了一把。改革开放后的年画多姿多彩、花样繁多，风景画、人物画、山水画应有尽有，给人们的生活平添了不少乐趣。印象比较深的是那些画着影视明星的挂历，可当年那些漂亮的形象已渐渐淡忘了。

参加工作后，我还帮着街坊邻居买年画。20 世纪 70 年代末，我被聘到公社文化站工作。每逢年末，到县里开会或到县图书馆借书或去县广播站送稿件，到县城去的机会较多，我就顺便到市场上或新华书店特意买一些年画，回家贴到墙上，邻居们都说好看。大年初一那天，人们三五成群串门，都会顺道到我家看年画。之后，每逢腊月，邻居们就托我进县城时给他们捎些年画回来。有一年临近春节，我去县城买了几大卷年画，乘公交车返回。一个与我一起返回的同事酒喝高了，不小心吐在了车上，乘客们嫌味儿大，纷纷躲避并发泄着不满。我一边恳求人家谅解，一边抽出一张张年画覆盖在呕吐物上。真可惜，我过年要贴的年画大都撒在车上了。临近春节的时候，我到附近集市上应急买了几张。大年初一来看年画的人们，摇摇头失望地走了。

斗转星移，时代变迁。如今的乡村已经发生了翻天覆地的变化，故乡的乡邻们大都住上了宽敞明亮的大瓦房，年画也渐渐从墙壁上走了下来，被精装的风景画或名人字画所取代。抚今追昔，那些多姿多彩，带有鲜明时代特色的年画，却一直留在我的记忆深处。

对　联

“千门万户曈曈日，总把新桃换旧符。”进了腊月，人们都会从大集上买回几张大红对子纸，请人写对联。春节到了，喜庆的对联一贴，屋内屋外焕然一新，呈现出欢乐喜庆的气氛和浓浓的年味。

20世纪70年代初，我在村里任民办教师，是村里唯一的高中毕业生。村里原来有两位写毛笔字的老先生，自从我着手为街坊们写对联后，他们就很少再动笔了。一是老先生们年龄大了，没啥新词写，老是写那些“生意兴隆通四海，财源茂盛达三江”“福如东海，寿比南山”之类的词句，人们觉得重复絮叨，没有新鲜感；二是老先生们虽然字写得好，但出手太慢，有时候街坊们等好几天才能拿回对联。我当时二十岁刚出头，反应敏捷又精力充沛，且用词都是从报刊上摘下来的。我完成得快，当天送来的红纸，夜间再晚也要写完，第二天清晨街坊们都可以把对联拿走。从小年到腊月二十九，我几乎每天都要写到大半夜，墨汁用了好几瓶。父亲和母亲忙完一天的家务，还要过来给我帮忙晾晒和收拢对联，累是累了点儿，但能给街坊们帮个忙，我心里也有小小的成就感。

对联不仅仅是烘托了节日气氛，也给村民们传递一些文化信息以及党和政府的政策，对于特殊的场合还能临景写意，抒发情怀。“诗书画琴楼台风情，花鸟山水庭院雅韵”让人向往怡然幽静的境界；办婚事的人家贴上“桃花盏上玉台诗，莲子杯中金谷酒”则显得喜气盈门、情深意浓；“和顺一门添百福，平安二字值千金”展现人们追求平安和谐的愿望。农村人家的大门、房门、中柱乃至牛棚、粮囤都要贴对联，还要贴横批、斗方、福字等，大街小巷、家家户户、里里外外全是红纸黑字的新对联，真可谓“一元初复始，万象又更新。”

贴对联的习俗由来已久。据说，这里边还有很多讲究。有的地方，家里有亲人去世，三年之内不贴对联，以示哀悼。而有的地方，年内有亲人去世的家庭，则要贴蓝色或白色的对联，内容是一些寄托哀思或怀念的词句。真是“十里不同风，百里不同俗”。村里有个家庭，年内老人病故，贴了一副蓝色对联，上联是“有心思亲亲不在”，下联是“无意过年年来到”，横批是“无可奈何”。邻村岳姓村民多，他们贴对联的方式很特别：大红对联纸有一头是白边，一般贴对联都是白边在下面，岳姓人家则白边在上面。

随着时代的变迁，现在农村手写的对联已很少见到。过了腊月二十，大集上、大路边，到处摆着卖对联的摊子，印刷的楷体、仿宋、行书、隶书等字体都有，还有的烫金字、框金边，纸质厚实，远远好于用一般红纸手写的对联。印刷的对联虽然流光溢彩、鲜艳漂亮，但缺少了浓浓的乡土生活气息，难免让人们回想起那些手写对联的日子。

好在近年来文化部门和书法艺术协会等组织带领书法志愿者们深入基层，走村串户，送文化下乡，义务为村民们书写对联，使春节写对联的古朴民风得以延续和传承，让人们又闻到了新年写对联的墨香。

年　味

进了腊月的门儿，就有了年味儿。供销社的门市部里，农贸市场的集市上，熙熙攘攘地购买年货的人群里，随处可以闻到过年的味道，随着时间推移，这味道渐渐地浓厚起来。半个世纪过去了，我还时不时回想起老家那充满乡土气息的年味。

年味，源于喷香的杀猪菜。过了腊八后，站在院子里就不时听到猪叫声，那是村里人在杀年猪了。院子里垒起灶台，墩一口大铁锅，熟练的杀猪匠在人们的帮助下把杀死的猪焖淹在开水锅里，用嘴或打气筒把猪吹得鼓圆，再用锋利的刮刀，把猪毛刮净。接下来是开膛破肚，把洗净的猪挂在事先准备好的钩子上，沿着猪的脊背从上往下直线劈开，将一头猪一分为二。男人们在淘洗猪下水，女人们则在有条不紊地张罗着洗肉、切菜，不一会儿，一桌喷香的杀猪菜，飘着诱人的香气，撩拨着人们的味蕾。应邀来吃杀猪菜的亲属们迫不及待地想要一饱口福。一顿狂吃豪饮过后，人们两腮透着微红的惬意和满足。

直到天色渐晚，人们才一个个提上分得的那块鲜肉，领着孩子回家去。喝得微醉的杀猪匠揣上主人给的两元钱，提上早已割好的二斤猪肉高兴而归。杀猪匠把杀猪工具擦洗干净，等待着下一家杀猪人家的邀请。

年味，源于舌尖上的美食。忙完宰年猪，鸡鸭鱼肉便登场了。将买来的活鱼收拾干净，挂在屋檐下或是门洞里。杀过的鸡鸭，有的挂在门洞墙上，有的则放在前邻背阴檐下的废缸里。接下来就是忙活着炸肉炸鱼、炸油条、炸麻花等，放进柳条筐，挂在柴棚或屋檐下。蒸好的大馒头摆在大案板上，就像一片高低排列的丘陵，待凉透了，再放进草编的屯子里。

随着几天的忙活，门洞和屋檐下，就挂满了鱼肉鸡鸭。一袋袋、一串串，在红红的辣椒、白白的大蒜、黄黄的玉米棒子的映衬下，人们顿生丰收喜悦之情，浓浓的年味飘荡在村庄上空。

年味，源于贴出来的风景。窗花是乡村过年喜庆的象征，待将屋子里里外外打扫干净，然后就贴上精巧别致的窗花，一眼望去，既明亮又鲜活，给人一元复始、大地回春的美好感觉。过年贴福字，是必需的。大门上、屋门上、门楣上、灶台角上……贴上大大小小的福字，体现着人们祈盼福运相伴的美好愿望。临近春节时，人们便在屋里用报纸糊墙，然后贴上年画。多少年过去了，我还依稀记得当年那些画的模样。有胖娃娃抱金鱼、花鸟、电影演员、风景画等。年画一贴，整个屋里就显得喜庆亮堂起来。我也迫不及待地跑出家门，约小伙伴们来欣赏自己买的年画。晚上躺在炕上，仰顾墙上的年画，浮想联翩，兴奋得久久不能入睡。

“二十九、贴道友”，即贴对联。我高中毕业后，在村里任民办教师，算是村里的文化人，承担了为村里大部分人家写春联的任务，好在村子不大，也就百十户人家，街坊邻居们拿来大红纸排队写春联。有的送来的是裁好的大红纸，有的放下整张纸就走了，春节前的这几天里，除去吃饭的时间，我一直在写，有时熬到半夜。睡觉前把已晾干的对联用红绳捆好，在对联一角用铅笔写上主人的名字，等人们来拿。

年味，源于拜年的习俗。大年初一天刚蒙蒙亮，放过鞭炮之后，人们便早早走出家门拜年。我们这里还有个“早拜年，抢时气，抢运气”的说法。我十几岁时，会在初一早上就跟着大人们挨家挨户去拜年。上门拜年，问一声“过年好”，虽然看起来只是礼节性的小事，可人们还是很在意和计较的。尤其是那些一年当中闹过小矛盾、有过小争执的家庭，双方都特别关注对方来不来拜年。因为，但凡来拜年了，说明对方不再计较那些不愉快的事了，这一方也赶快回应，去对方家里拜年。双方这么一走动，矛盾也就在不言中化解了。这也是农村约定俗成的解决邻里纠纷、和谐相处的好办法。

有些比较讲究的家庭，过年还得请家堂轴子，把写着已逝去先人名字的家堂轴子挂在堂屋中间的墙上，桌上摆满供品。到这样的人家去拜年，进门后先要对着轴子跪拜磕头，以示对先人的怀念和尊敬。磕完头起身后，主人就热情地给你递烟、端茶，往你兜里塞花生或糖果。

年味，源于街坊邻居之间的人文情怀。过年，不仅让人们大饱眼福和口福，最让人暖心的是浓浓的人文情怀。从大年初一开始，聚在一起喝酒聊天成为生活的主要内容。那时，生活物资匮乏，想弄几瓶酒是相当难的事情。村里的人们大都是带上地瓜干去经销点换酒，大约是三斤地瓜干换一斤白酒，年前稀罕着舍不得动，待春节后这几天才拿出来。20 世纪 70 年代末的一个春节前，我到桓台县参加地区召开的通讯报道表彰会议，与会人员每人领到一张白酒优惠券，我去索镇酒厂提到了一捆十瓶装的乌河大曲。回到县城的当天晚上，一群文友寻味而来，着实过了一把酒瘾。两天过后，我只留住了三瓶，想带回家给我的父亲，让他老人家高兴高兴。准备回老家去的那天早上，一位文化站的同仁到招待所找到我，寒暄一番，欲言又止。我反复问他有什么事情，他红着脸说，家里老父亲爱这一口儿，能不能给他一瓶酒。同仁有此孝心，难能可贵，我苦笑了一下，从包里抽出一瓶，递到他的手里。当时他那感动的表情，多年来我一直记忆犹新。

俺村里有户从外县迁来的徐姓人家，我叫他老徐哥。此人厚道善良，多才多艺。他不仅是村里有名的庄户把式，还是一名能工巧匠。垒灶、盘炕、维修农具他样样精通。下雨天，人们在家里休息睡觉，可这正是老徐哥最忙的一天，东家出西家进忙个不停。每年初一的上午，他都邀我们几个街坊邻居去他家里喝上一壶。我非常敬重这位德高望重的老大哥，每年都如约而至。他家里没有饭桌，将秫秸秆做的锅盖往炕上一放，大家围着锅盖席炕而坐。下酒菜以青菜和豆腐为主，唯一的一盘硬菜是煎鳞刀鱼。孩子们不时跑进来瞄一眼炕上的菜肴，大家心知肚明，会心一笑。孩子们是来看一看煎的鱼吃了没有，这是家里唯一的一盘鱼，是家里大人告诉他们客人吃剩下了他们才能吃。在座的客人心照不宣，酒席散罢，那盘鱼一块未动。那天，我拿去了最后一瓶乌河大曲，大家一直叫好。后来，好几家邀我去喝酒，可我再也没有乌河大曲了。

年，承载了我们太多的希冀和憧憬。年前的准备和年后的热闹，都化作浓浓的年味，让我们终生难忘。现在，人们都感叹年味变淡了，人文关怀少了，电话拜年、微信拜年，都不见面了。其实我觉得，年味没有变，更没变淡，只是更丰富多彩了；人文情怀没有变，只是时代变了、表达形式变了，变得更科学、更文明了。

新年启幕

“小孩小孩你别馋，过了腊八就是年”。这句黄河口一带生动的童谣，传递着浓浓的年味。腊八一到，离年就近了。在农家四季忙碌的岁月里，春节将至，意味着一年的农事已毕。如果将过年比作一场大戏的话，那么腊八节就是开场的第一幕。腊八节的如期而至，开启了跨入新一年的序幕，它告诉人们：“春节来了，新的一年就要开始啦！”

腊八节与古代祭祀有关。据考证，“腊”字含义有三：一说，“腊者，接也”，寓含新旧交替之意；二说“腊者同猎，”指田猎获取禽兽以祭祖祭神；三说“腊者逐疫迎春，”迎接一元复始的新一年到来。

过腊八，要喝腊八粥。关于腊八粥的起源，众说纷纭，版本不一。传说佛祖释迦牟尼出家修行，云游四海。有一天，他因饥饿和劳累昏倒在野外，被一放牧女童发现。女童急忙跑回家寻找食物，可她家境贫寒，缺米少面，她就将每个粮袋所剩无几的粮食搜罗在一起，加上家中的果仁，用清水煮了一大碗粥给佛祖吃。佛祖吃下香喷喷的热粥后，很快苏醒过来，走到附近的河边沐浴，然后坐在菩提树下打坐静思，终于在腊月初八这天悟道成佛。后来，佛教信徒就在每年腊月初八煮粥供佛，供过之后，再施舍给穷人食用。

后来，腊八节便流传开来，成为民间的一种食俗。南宋诗人陆游留下了这样的诗句：“今朝佛粥更相馈，更觉江村节物新。”腊八粥作为民间的特色食品被人们互相馈赠，也是寓意对当年丰收的庆贺，更是对来年风调雨顺、五谷丰登的期盼与希冀。

在我童年的记忆中，每年的腊月初八，奶奶和母亲都会熬一锅香甜可口的腊八粥。那时的生活很清苦，没有太多的粮食用于做粥的原料。可是奶奶和母亲总是想尽办法做一锅热气腾腾的腊八粥。她们把事先煮得半熟的红豆绿豆等和洗净的小米、黏米、红枣一起倒入大锅中。待开锅后，母亲每隔一小会儿就用饭勺在锅里搅动几下，防止粘锅。随着大锅里咕嘟咕嘟冒起泡泡，腊八粥的香味顿时溢满了整个土屋。

手捧着盛满香喷喷腊八粥的大碗，心里感觉幸福极了，急不可耐地吃上一口，从心底里觉得甜蜜和温暖。

腊八粥甜甜的味道尚未散去，人们就开始张罗着腌腊八蒜了。腌制腊八蒜也是黄河三角洲一带传承已久的生活习俗。据说，冬季吃腊八蒜对身体好处多多。它不但是难得的可口调味品，还有杀菌和消毒的功效。腌制好的腊八蒜呈淡绿色，味道酸、甜、辣俱全，吃起来十分爽口。腊八蒜的制作非常简单，将剥了皮的蒜瓣放进密封的容器里面，然后倒入醋，封口后放到一个较冷的地方。两三周之后，泡在醋中的蒜瓣就会慢慢变绿，最后变得通体碧绿。大年初一早晨，当热气腾腾的水饺端上桌后，再配上一盘美味可口的腊八蒜，烘托着浓浓的节日气氛。

腊八节是腊月里的第一个节日。黄河三角洲的村民们把这个节日看得很重，讲究颇多。才过门的新媳妇，这一天必须到婆家一起过节，否则就被视为失礼。所以，新媳妇们或提前一两天到婆家准备过节，最晚也得在腊月初八的早上赶到婆家吃早饭（喝腊八粥）。这种约定俗成的规矩，一直延续至今。

居住在黄河三角洲一带来自胶东和潍坊的居民，还有着“腊八节扫屋”的习俗。据这些人家说，“腊八扫屋”是为了把一年来的灰尘和晦气通通打扫干净。所以，腊八节这一天，这些人家都在忙着大扫除。其实，平时很少有空里里外外彻底打扫，腊八节这天就不得不下大力气。扫屋时，把房内的大小物件一股脑儿搬到院子当中。男人们忙着在屋内打扫，女人们则在院子里擦洗家具，收拾餐具，晾晒衣物等。饭屋的打扫最为费力，那时农村都是烧柴草，满屋都是烟熏火燎的黑色灰土。腊八这天确实没空儿扫屋的人家，只好等到腊月二十三打发灶王爷上天的时候一块清扫了。扫完屋子后，还要刷烟囱、刮锅底、擦门窗。经过一番清扫，里里外外焕然一新，只待春节的如期到来。

腊八节是新年的序幕。从腊八节开始，家家户户就开始忙年了。打豆腐、杀年猪、宰公鸡、蒸馍馍，赶大集置办年货……

过年的序幕，就是在腊八节这一天开启的。

回味过年

岁月悠悠，时光流逝，转眼间离开故乡已经三十多个春秋。每逢春节来临，记忆中故乡过年的情景便涌上心头。

在那些日出而作、日落而息的日子里，村民们把手里的钱一分分掰开数着，舍不得多花一分钱。可进了腊月，便一改往日花钱手把紧的习惯，暂且不去想年后的日子怎么过，出手大方起来。是啊，辛辛苦苦一年，趁着过年过几天舒心痛快的日子吧！从家家户户的人们忙碌的身影和幸福的眼神里，根本看不出贫困和自卑，看到的是发自内心的快乐和满足。

各地过年的习俗差异很大，甚至是方圆几十里之内，习俗也各有不同。故乡的村庄紧紧依偎在黄河大堤的怀抱里，登上堤顶就一眼看到滚滚东流的黄河。小村子过年的习俗也颇有讲究，孩童时过年的那些趣事深深地印在我的脑海里。

黄河三角洲一带流传着一首脍炙人口的童谣，“二十三，祭灶神；二十四，扫房子……三十晚上熬一宿，大年初一街上走。”好像是说，从腊月二十三就进入过年的程序。其实，从腊八日开始就已经拉开了过年的序幕（喝腊八粥，腌腊八蒜，清扫房屋，置办年货），只是到了腊月二十三这一天，过年的准备工作进入冲刺阶段而已。

腊月二十三是辞灶日，也就是小年。家家户户擀杂面、发钱粮，送灶王爷上天多言好事，保佑来年阖家平安。“腊月二十三，灶王爷爷上西天，小糖瓜儿，烂杂面，一家人家保平安。”

到了大年三十那天，家家晚辈们必须到祖坟前放鞭炮、挂灯笼、烧纸钱等。祭奠哀悼逝去的亲人，求得他们在天之灵的护佑。父母则在家中忙着准备除夕的盛宴。很多地方除夕的晚饭是饺子，老家的除夕晚饭是炖肉菜；待猪肉炖得半熟时，将豆腐、粉条、白菜等放进锅里一起炖。也有的人家是猪肉和鸡肉炖在一起。

开宴之前，将炸鱼、炸肉、炸丸子等一众硬菜摆上餐桌，一家人聚在一起喝团圆酒。最后，每人面前端上一碗炖肉菜。

自从中央电视台推出春节联欢晚会以后，原来丰盛的晚宴有的提前到了中午，晚饭就非常简单了，因为赶紧吃完晚饭，一家人要一边包着饺子，一边看“春晚”。

除夕的晚宴过后，还有一项重要活动，俗称“叫棉蛾”。各家各户在自己的大门口外堆起谷草，然后点燃，沿街的一堆堆火光，把整个街道映照得红火通明。孩童们围在火堆旁，学着大人的样子，把手伸向火堆，小脸被烤得通红。嘴里念着：“烤烤手，一年不犯愁；烤烤腚，一年不生病。”最后，大人孩子每人抓一把谷草火把，迅速奔回院里。嘴里念着：“大轱辘头、小轱辘头，金银财宝往家流，小轱辘棒、大轱辘棒，金子银子堆满炕。”

鞭炮的燃放也有约定俗成的规矩。除夕晚饭时燃放第一支整挂鞭炮，半夜12点的时候也要燃放一支，那叫“辞旧迎新一支鞭”。五更早起刚刚开门时，先点燃单个鞭炮顺着开启的门缝扔出去，说是炸走无家可归的孤魂野鬼。然后，再开门到院子里燃放整支成挂的鞭炮。初一初二早上吃饺子前要燃放鞭炮，正月初五俗称“午（五）马日”，那天早上或中午也要燃放整挂的鞭炮。每到集中燃放鞭炮的时刻，整个村庄的鞭炮声此起彼伏，空气里到处弥漫着刺鼻的火药味。平时偶尔传来鞭炮声，那鞭炮是孩童们顺手燃放的。

大年初一的第一项仪程是拜年。拜年讲究个早，一是早出去拜年有抢时气、抢运气之说；二是等到晚辈们上门拜年，你就出不去了；再就是，你给长辈们拜年去得太晚了，人家会不高兴的。拜年，从表面上看是对长辈的敬重、祝福，但拜年的背后还有一些约定俗成的意义。那些一年当中吵过架、打过仗或闹过什么矛盾的家庭，但凡能来拜年了，说明对方不再计较那些不愉快的事了。双方这样一走动，什么也不用说，各自心领神会，心里的疙瘩就算是解开了。

拜年的程序走完之后，男人、女人和孩童们，各自加入自己的队伍，享受新年第一天的轻松和快乐。男人们，约上几位好友，喝新年的第一场酒；由妇女们，则成群结队到新婚之家看人家的新媳妇，欣赏大红的对联和多彩多姿的年画；那些朝气蓬勃的姑娘们，个个穿得花枝招展，面带着惬意的笑容，散发着活力四射的青春气息；顽皮的孩童们，沿用着传统的娱乐方式，和邻家的小伙伴们蹦蹦跳跳，到人家的院子里拾“爆仗乎”，也就是那些没炸响的哑炮；一群小女孩儿正在玩着跳房子的游戏，不知哪个顽皮的孩子点燃了一个鞭炮，扔到正在玩耍的女孩子们脚下，一声清脆的炸响，惊得她们大喊大叫。

度过大年初一最轻松最快乐的一天，从初二开始就要外出送年拜年了。孩童们成群结队去给远处的亲戚们拜年送年。先去给姥爷、姥娘和舅舅们拜年，再去给本族长辈家（姑家、姨家）拜年送年。每个人背一个竹篮或篼斗，几十里的路程都要步行来回。竹篮和篼斗里装着水饺、年糕、花卷等，家家都留一点儿，然后再回送礼品。年初三是妇女们走娘家、女婿们看望岳父岳母的日子，是那些新婚不久的年轻小夫妻们当主角的日子。从胶东和潍坊地区迁来的村民，走娘家的日子是在大年初二。

每当回想起儿时的年味，总有一种说不出的感动。我知道那里面不仅有对过去时光的怀念，更有一份深深的留恋和思念。斗转星移，岁月沧桑，大雪小雪又一年。现在，我们的心里早已没有了儿时对春节的期盼，但是，对儿时年味的回忆却挥之不去，与日俱增。

黑屋子里飞出龙凤群

“黑屋子，土台子，屋里一群泥孩子。”这就是我干民办教师的那个时候农村小学的真实写照。“黑屋子”即光线不好的教室；“土台子”即课桌，两尺来长，一尺多宽，土坯垒成，青砖铺面，座位是由砖头垒成的墩子。两个学生一张桌子（台子），一个学生坐一个墩子。

那年，年末岁尾，全市精神文明建设总结表彰大会隆重召开。

我是受表彰单位的代表，坐在了最前排。右侧是兄弟县的一位同行，开会之前，我们俩一直小声地交谈着。左侧坐着一位女同志，牌子上写着某县教育局。

会议开始了，我们正襟危坐，认真记录。整整一上午，左侧的女同志一直给我往杯子里加水，每次我都礼貌地用手招一下杯子，点头示谢。

会议结束刚起身离开时，那位女同志拍了一下我的肩膀说：“我给你倒了一上午水，你都没看我一眼啊。”我满怀歉意地说：“谢谢你！”对方突然大声说：“崔老师，你看看我是谁？”我端详着对方那张端庄、清秀的脸庞，脑海里快速搜索着记忆信号，然后脱口而出：“你是刘家荫！”“对，是我。”她紧紧握住了我的手。

在会议室院子里的法桐树下，家荫向我诉说了她这些年的经历，还把她弟弟和几个同学的联系方式告诉了我。分手时她说要找个时间，带着弟弟和几位同学到利津县城来看我。

返回利津县城的路上，我的脑海里开始放“电影”，在乡村小学里的那些日子，一幕幕浮现在眼前。

我的家乡是黄河岸边的一个小村子，村子里有一个小学，我这个“民办教师”和一位“公办教师”负责给全村五个年级的学生上课。学校一共有三间土坯屋教室，一年级单独一间教室，三四年级一间，二五年级一间。

当时，小刀是每一位小学生的“标配”。起初，这小刀只是用来削铅笔；后来，就有人用小刀在课桌上刻上自己的姓名，宣示自己的“领地”和“主权”。某日，一位于姓同学刻了一行骂人的字，同学们举报了他。为了抵制这乱刻乱画的不良风气，我和同事商量决定，罚于同学放学后打扫厕所一周。于同学觉得委屈，躲在家里不去上学，我就去家访，不料发现他在院子里满地上画的猪狗牛羊还真是像模像样。我就对他父母说，这孩子画画有天赋，回头我送他一本图画本，让他尽情地画吧。于同学高兴地跟我回到了学校。

刘家萌和刘家树是姐弟俩，一个上四年级，一个上二年级，都是非常优秀的学生。但是，他们的家庭却很不幸。父亲在帮邻居盖房时，不慎从房顶上摔下来，一条腿落下了残疾，只能靠母亲艰难地支撑着这个家。在那天寒地冻的日子里，家树没有棉鞋穿，脚上长了冻疮，走路一瘸一拐的。在一个飘雪的日子里，村里来了个卖草鞋的，我们这里管这种草鞋叫“蒲帮”，是用蒲草和芦苇穗编成的，里面还有一层厚厚的棉垫子，很暖和。我就给家树买了一双。后来，同学们送给刘家树一个外号，叫他“刘大蒲帮”。

几度风雨，几度春秋。多少年之后，一个秋日的上午，我正在楼下散步，享受着秋日温和的阳光。突然两辆轿车停在了我的面前，家荫、家树还有几位同学赶过来和我握手。我明白了，这是刘家荫同学兑现承诺，带着弟弟和同学们到县城看我来了。

当年那群咿咿呀呀读书的孩童们，大都已届天命之年。师生相见，感慨万千。从大家热烈的交谈中，我得知刘家荫现在是邻县教育局局长，家树在某市重点中学任教，是受到国家表彰的优秀教师。那位爱画画的于同学，已成为省内小有名气的画家，是省美协理事。

一见面，我激动得竟然一时说不出家树的名字，脱口说出了一个“大”字，觉得不妥，立马改口。家树笑笑说：“老师，您是想叫我‘大蒲帮’吧，我乐意别人叫我这个外号。我曾写过一篇散文，就叫《永驻心间的‘大蒲帮’》，还得过二等奖呢。”大家相视而笑。

同学们问我：“老师，您近年来忙什么呢？”我告诉他们，我计划出版一本散文集。同学们的目光一起投向一位戴眼镜的同学。那位同学站起身来向我鞠了一躬，认真地说：“老师，我帮您编辑出版。”之后我才知道，他如今是省内知名作家，在新闻出版部门工作。

悠悠岁月，苦乐年华。当年黑屋子、土台子那样简陋而艰苦的环境，没有挡住孩子们的进取心，他们一直秉持着咬定青山不放松的执着信念，才有了后来的龙飞凤舞，人生灿烂。

刻钢板的日子

1978 年春天，我被聘任到公社文化站工作，接手的第一件事就是刻钢板。说是“刻钢板”，其实并不是刻钢板，而是刻蜡纸，可大家都这么叫。

在那个年代，县级以下党政机关没有打字机，更没有计算机，要打印分发多份文字材料，必须先把蜡纸铺到钢板上，再用铁笔将文件内容刻到蜡纸上，然后再用油印机印刷。刻印的工具主要是四大件——钢板、铁笔、蜡纸、油印机。刻蜡纸时，把钢板平放在桌面上，将蜡纸铺在钢板上，然后拿起铁笔在蜡纸上刻写。尖尖的铁笔刻字的时候，就把蜡纸上的蜡划掉，油墨就能透过去，印到纸上，于是就有了印刷文件。钢板的一面是斜纹的，可以刻写正楷字、隶体、行书和刻图；另一面是布纹的，利于刻写横平竖直的宋体字和打格子。

刻字是细活儿，必须小心翼翼，注意力集中。稍不留神，便会把蜡纸刻破，或出现错别字、漏字，那可就前功尽弃了，必须重刻。因此，在刻写会议通知等短小的材料时，可以随时刻写，而长篇的材料，则在深夜后或黎明前别人都休息的时候，关上门窗，拉上窗帘，专心刻写。

蜡纸刻好之后，还要用手工油印机印刷出来。油印之前，先把刻好的蜡纸平贴在纱框下面，把纱框四周的卡子卡紧。然后将油墨调匀，再拿起油印磙子，蘸上油墨，在纱网上用力均匀轻轻地推动，使其均匀着墨。一页印好了，将印好的纸页揭下来，接着再印下一张。

刻字是一种累人的活儿，工作时间长了，不但手指发麻疼痛，时间长了还会浑身酸痛。

上小学的时候，我看过小说《红岩》，也看过同名电影，那也是我第一次对刻钢板油印材料有印象。当自己也从事刻写油印这项工作时，脑海里自然而然地浮现出地下党员成岗、陈然在《新华日报》被查封的白色恐怖下，冒着生命危险刻印《挺进报》的那些情节和镜头，想到自己干起了当年先烈们冒险干过的工作，心里油然生出一股自豪感和成就感。

刻钢板的日子累并且快乐，有时候也有烦恼。那年夏季，麦收之后持续高温干旱，大地像是被烤焦了一样，夏播作物不能按时播种。眼看播种季节已过，村民们心急如焚。县政府协同黄河管理部门决定，开闸放黄河水两天两夜，浇灌干旱已久的农田。时间紧迫，必须两天两夜将夏播农田全部浇完。

上午10点，公社负责人将公社党委确定的"抢水浇地紧急通知"稿件交给我，让我立即刻印，并将通知送达每个村，通知村干部参加下午两点半召开的紧急会议。因为工作任务重，公社领导就安排一名年轻干部帮我印刷，然后由我们两个人分头将通知送达各村。

领导离开后，那位年轻干部推托身体不适，不想去村里送通知。我一听就急了，在两三个小时之内，凭我一个人，骑自行车送全乡所有村的通知，无论如何是送不完的。于是，我们两个人就吵了起来。不料他指着我说："你别忘了自己的身份，你是干啥的？你就是个打杂送通知的。"说罢甩手而去。他的话深深刺伤了我的心。为了完成任务，我将通知分一半给电影队和种子站的同事，我负责送剩下的十几个村。

当我和最后通知到的一名村干部赶到会场时，会议已经开始了。会后，我受到了领导的严厉批评，并警告我下不为例。

傍晚回家后，父亲见我闷闷不乐的样子，知道我有心事，叫着我的乳名说："到院子里的大槐树下，陪我喝杯酒吧。"小院里，大树下，饭桌前，我向父亲诉说了自己的委屈。父亲语重心长地对我说："当初我支持你到公社里去工作，不是为了扬名和挣钱，是为了让你跟人家学知识、长见识，接受锻炼。这么点儿委屈你都受不了，说明你的胸怀还不够宽广。往后的日子里，会经常碰到这样的事情，你要学会理解、包容、坚持和坚韧。"

按照父亲的嘱咐，到公社上班后，我主动与那位年轻干部交谈，并为自己的冲动向对方道歉。对方连声说对不起，我们两双手紧紧握在了一起，前嫌也随之冰释。

有暖阳的一个冬日，县文化馆的张老师到我们公社来搞文物普查。我们热情相聚，小酌一杯。我把埋藏在心里的郁闷和委屈向张老师倾诉。张老师是全县知名的书法名人，我恳请他留下墨宝。张老师略加思索，挥毫写下了一幅苍劲有力的大字："天将降大任于斯人也，必先苦其心志、劳其筋骨、饿其体肤、空乏其身。"当时，我并不明白其含意，大体上知道是对我的安抚和鼓励；后来才明白，那是引人向上的生命哲学。

在之后的日子里，被人误解受委屈的事情时有发生。但我不任性、不怄气，而是勇敢面对，积极化解，又或者自我排遣。我牢记父亲的嘱咐和张老师的鼓励，脏活儿累活儿抢着干，业务工作精心干，以出色的工作业绩，赢得了大家的理解和尊重。

同时，我暗暗地规划着近期的工作计划和远期的奋斗目标，并努力付诸实施。为了提高刻印水平，我多次到邻近乡镇向高手学习；到县图书馆办理了借书证，浏览各类书籍，开阔视野；经常到村里采访，获得第一手新闻素材，努力提高写作水平。经过两三年的刻苦努力，我的刻印水平大有提高；阅读书籍数百本，积累了大量的知识；稿件写作工作受到县里和地委宣传部门的表彰奖励，我们公社也被上级授予新闻宣传工作先进集体（实际上就我一个人干新闻宣传工作）。

有耕耘就会有收获，有付出必定有回报。1984 年秋，我光荣加入了中国共产党，翌年 7 月顺利考取国家干部并调入县委办公室工作。五年之后，组织上安排我到镇上担任了党委书记。

回首往事，感慨万千。是那些刻钢板的日子，使我铸就了坚韧的性格，养成了坚持的习惯；更是父亲的教诲和老师的鼓励，让我鼓起了上进的勇气、扬起了生活的风帆；也感谢那些从反面促使我立志奋斗的人，是他们教会了我做人要有豁达的心胸。我深深体会到，受点儿委屈、吃点儿苦头未必是坏事。每个人都是被上帝祝福才来到这个世界上的，顺境逆境皆是风景，唯有坦然地接受、勇敢地面对，才会不断前进。

明年还回老家过年

父亲去世以后，母亲就一个人住在老家偌大的院子里。我们兄弟姊妹几个劝母亲离开老院子到县城来住，一方面是城里比农村条件好，另一方面住城里对老人的生活和我们的工作都方便。

母亲很豁达，她最懂得孩子们的心，原来在家住是为了不拖累孩子们，让孩子们安心工作，现在来县城住也是为了让孩子们省心省事。所以母亲来了县城，没几天就和邻居的婶子大娘混熟了，聊得很开心。可是到了腊月，母亲就不开心了，整天不说话，脸上没有一丝笑容。我们兄弟姊妹几个以为母亲病了，要带她去医院看看。母亲说:“我没病啊，我就是觉得咱应该回老家过年。过年了，故去的人们，恁爷爷、恁爹是要回家来看看的呀，家里没人咋行啊！”看着一脸委屈的母亲，我们心里一阵酸楚。

孝顺孝顺，顺从老人的心愿即为孝。我们兄弟姊妹几个立即决定：陪伴母亲回老家过年!

父亲离世后的第一年，我们陪母亲在老家过的春节。我们兄弟姊妹几家人一起聚在了老家，土炕上、沙发上挤满了人。虽然拥挤了些，但是亲人相聚其乐融融，气氛和谐，每个人都感到心里暖暖的。母亲让孙辈们睡上了热炕头。一开始，孩子们都感到新鲜，打打闹闹，体验着热炕头的滋味。可是大炕太硬，加上燥热，都过半夜了，孩子们翻来覆去睡不着，没办法，只得把他们转移到了凉快一点儿的厢房里。

除夕之夜，屋里摇曳着昏暗的灯光，院子里漆黑一团，村里不时传来稀稀拉拉的鞭炮声。墙上父亲的遗像在青烟袅袅的香烛之间若隐若现，似乎是在慈爱地注视着家人。打开电视机看春晚吧，电视信号又不太稳定，图像不时在跳动。孩子们困乏了，闹着要睡觉，母亲就一会儿给孩子们手里塞糖，一会儿又递给他们好吃的，嘴里不停地说："今夜咱要守岁啊，奶奶给你们压岁钱，买好东西吃。"母亲将一个个红包塞到孩子们手里，可孩子们却说："村里又没有超市，到哪里去买呀？"母亲搓着手，显得有些局促不安。

那个年，母亲知道让孩子们受了委屈，所以好几年都没提回老家过年的事儿，一直和孩子们在城里过春节。

今年过了腊八后的一天，吃过早饭，母亲到同住一个小区的老街坊家串门。由于彼此常来常往，大家也没有特别在意。可到了吃午饭的时候，母亲还没回家，我们正想去老街坊家里找她，那位街坊打来电话说："今天俺们回老家村里去，你妈就跟着俺的车回村里了，说是要看看家里的老房子。"

我立即想到，其实，母亲心里还是想回老家过年。

母亲回来后，我和家人慢慢劝说她。

"娘啊，城里的条件这么好，再让你到乡下过年，不知情的乡亲们还以为我们不孝顺呢。"我说。

"再说了，孩子们都不愿意在老家过年，咱就不能再勉强他们了。"妻子说。

"老家的电视信号不好，又没有 Wi-Fi，更没有好玩儿的地方，我们不去！"孩子们齐声说。

母亲笑了，平心静气地对孩子们说："等你们放了假，我和你们到老家去看看，保证你们都愿意回老家过年！"

"不可能！"孩子们齐声说。

没想到，母亲和孩子们回老家一趟后，孩子们都改变了主意。

于是，我又通知了在外工作的兄弟姊妹，立即调整计划，筹备年货，回老家过年。

更没想到的是，孩子们在老家过年非常开心，一直要求明年还回老家过年！

原来，我们老家不仅实现了柏油路户户通，还安上了路灯，晚上不再漆黑一片，而且还通了快递、外卖，用上了有线电视和宽带网络，通过"短时链接租赁"的方式，也实现了户户通，用多长时间就付多长时间的费用，既方便又实惠。让孩子们高兴的是，不仅电视节目非常清晰、Wi-Fi 信号也很强，还可以在网上购买好吃的、好玩儿的，和城里一样送货上门；特别是村里新建的"乡村大舞台"，天天好戏连台；家家户户燃放烟花爆竹，家家不重样，孩子们都玩儿疯了！母亲高兴地说：“让孩子们玩儿个够吧！”

我们看到，母亲不再心事重重，而是整天乐呵呵地走东家串西家，和街坊邻居说过去的事儿，拉家长里短。

我想，老人愿意回老家过年，不只是想念故去的亲人，他们更盼着和老家的街坊邻居们聚一聚，说说话、拉拉呱……

夏日说蝉

小暑节气，闷热里裹着湿气，压抑得人们透不过气来。晚饭过后，招呼着家人到翠园湖边散步纳凉。漫步在小径上，两旁高大的乔木在微风的吹动下沙沙作响。月光透过树枝洒在人身上和小路上，整个湖边寂静而梦幻。走着走着，一阵蝉鸣声进入耳间。蝉鸣声像流水般源源不断，一个声部停了，另一个声部立马接唱，真的是热浪滚滚、蝉声汹涌。我们很难看到树上蝉的身影，蝉们像是害羞似的躲着，让人顿生无限遐想。

时光飞逝,流年似水。当年的孩童们已被时光带入耳顺之年。但那些捉蝉蛹、粘蝉的情景，依然烙印在脑海里，记忆犹新。

蝉是个笼统的名字，它有许多种类。麦子成熟时节，有一种形体较小、鸣声尖细的蝉，当地人都叫它“麦消息”。大概是因为它的歌声像是吹哨子，而形体小而黑不溜秋，才叫它“麦消息”吧。进入雨季，也就是农谚说的“踩着麦穰垛看棉花”的节气，大片的棉花开花的时候，便出现了那种形体较大、粗门大嗓的黑头蝉，蝉鸣的季节才真正开始。蝉鸣不是统一起拍，而是先有领唱，尔后群蝉跟着鸣叫才形成大合唱。

老家的村庄紧靠着黄河大堤，坝坡上和大坝两侧的绿化带，都是一行行密不透风的柳树林，而蝉蛹是最喜欢往柳树树干上爬的。童年和少年时代的我，在太阳将要落山的时候，便和一群小伙伴儿跑到林子里捉蝉蛹。蝉蛹一般是在傍晚的时候从地下钻出来，睁着一双大眼睛，朝着附近可以攀附的树干而去。一旦靠近树干，那蝉蛹便挥舞着一双锯子形的前腿，奋力往上攀爬。在这个漫长的攀爬过程中，还要进行一次艰难而又痛苦的蜕变，才能化蛹成蝉。刚刚脱壳的幼蝉，虚弱到如同大病初愈的病人，附在树皮上静静地歇息，在漫长的黑夜里等待着黎明曙光的来临。

夏日的傍晚，小伙伴们相邀而行。每人握一把手灯，一头扎进林子里，各自寻找着自己的战利品。夜晚的风一扫白日的炎热，吹拂过脸庞竟有几分凉丝丝的感觉。有时站在树林间，竖起耳朵静静地倾听，隐约有一丝丝微弱的沙沙声传来，那便是刚从地下的小泥洞中钻出来的蝉蛹，努力地向着附近的树干爬去。打开手灯一照，那个憨头憨脑的家伙，忽然就一动不动了。它自以为是不动就不会被人发现，却反而被人们轻松地捉入塑料袋或早已准备好的瓶子、罐子里。

到了星期天，小伙伴儿们便找来一根根长长的竹竿，在竹竿顶端缚一根铁丝，然后抓一把麦子，放进口中不停地嚼，直嚼到只剩下一小块黏性最强的面筋时，才从口中取出来穿在铁丝顶端，粘蝉的准备工作就算是完成了。粘蝉要有些技巧，首先要目测目标的远近高低，还要看风向。竿子从选好了位置的树杈间慢慢地向蝉靠近，待竿子离蝉极近的时候，往前疾点，竿子顶端的面筋便牢牢地粘在蝉那薄明的翅翼上了。一只唱着悲歌的雄蝉，便落入了捕蝉人的网袋。

捉蝉蛹不仅仅是为了一餐美味，那是童年或少年岁月里难得的乐趣。如今街头路边或菜市场里有人在出售蝉蛹，虽有不少光顾者，也只是满足于一餐美味而已，并不能让人品尝到童年夏夜里捉蝉蛹的乐趣。

20 世纪 80 年代初，我在公社文化站工作。一个夏日的傍晚，村里来了支电影放映队。我们村与公社驻地相距不到一华里，公社里的同事们晚饭后顺着大堤来我们村看电影，边走边捉蝉蛹。到了我家时，五六个人一凑，竟然有上百个蝉蛹。我和同事们说："你们去看电影吧，看完了电影来我家吃'消息牛'。"我把蝉蛹放在咸菜缸里稍加腌制，然后放锅里煎炒，等待同事们的到来。

电影散了，同事们回来了。天气闷热，在屋里热得坐不住，我们就把小饭桌搬到院子里，借着月光美餐。当时喝的是苹果汽酒，喝了几瓶之后，大家再也不让拿酒了。我为了显示主人的热情，又悄悄到屋里拿来几瓶放到了饭桌下，再将汽酒一一给客人斟满。突然有一位同事叫着我的名字说："你这汽酒是啥时候买的啊，我怎么感觉黏糊糊的不新鲜啊。"家属闻声过来一看，大声说："哎呀！那不是汽酒，是我下午刚灌进去的棉籽油啊。"大家赶忙漱口，清洗嘴巴，一阵哄堂大笑。之后，有同事借题发挥，编出了一句歇后语，叫作"某某家里喝的那酒——暗中加油"。你甭说，还真是挺贴切。几十年后，一帮耳顺之年的同事相邀聚餐，有人故意旧事重提，大声说："酒准备足了吗？咱可不能'暗中加油'啊。"在座的人一阵哄堂大笑，纷纷把目光投向了我。唉，都是那该死的蝉蛹和汽酒惹出的笑话。

而今，夏季来临，蝉的叫声似乎越来越少了，大概都到人们的肚子里去唱歌了吧！古诗曰："蝉噪林愈静，鸟鸣山更幽。"真不敢想象，没有了蝉鸣的夏天会是怎样的寂寞。年复一年，如果这样持续下去，真不知道这是蝉的不幸还是人的悲哀。

秋日遐想

秋风潇潇飒飒。一片片黄叶耐不住秋的凉气，悄无声息地飘落大地。黄叶是秋的信使，它告知人们深秋时节来了。于是人们迎来又一个沉甸甸的丰收季节。

秋天隐藏着身影，悄无声息飘然而至，又实实在在地存在着。在风中、雨中、空气中，到处弥漫着秋的韵味，流淌着秋天那种捉摸不定的气息。空中南飞的雁群，借助风势，纵情地歌唱，似乎在提醒着人们：秋天来了。凉风裹挟着冷雨扑面而来，路上的行人打着寒战加快了回家的脚步。几乎是在不经意间，那一树树的碧绿已经变为橘黄或橙红，那雨后被洗涤得一尘不染的清新世界，为人们留下无限遐想的空间。在那种情境下，你可以放下尘世的纷纷攘攘，可以让心情得到暂时的澄净。

空气是那样的清新，喧嚣离你而去，所有的郁闷和烦恼顷刻清零，就连素不相识的路人，好像也与你有了一份亲近感。在那样宁静的、空灵的氛围里，由不得你不去亲近、不去体味那种恬淡的感觉。一场绵绵的秋雨持续了半个节气，久得让人产生厌倦的情绪，心情早已被淅淅沥沥的秋雨浸泡得失去了活力。秋雨终于停了下来，蓝天白云让人产生无限遐想，整个世界一片清新。在午后的闲暇中，人们迎着微凉的风走在林荫小道上，看着那飘飘洒洒的黄叶，心中禁不住涌起一丝淡淡的哀伤。

飘落在地上的那一片片黄叶，那生命的绿意还没有完全褪尽，分明可以看到它那与命运抗争的坚决与惨烈。那清晰的叶脉，仿佛在向世人展示它曾有过如火般旺盛的生命。但是，怎奈冬季步步逼近，只能苟延残喘，流下滴滴清泪。与这个曾经属于它的辉煌季节挥手告别，等待它的将是无法挽回的枯萎。它曾拥有过属于他的那些季节的灿烂，在季节的更替轮回中，留下属于它的绚丽多彩和耀眼生机。

人的一生其实也像这叶子一样。从出生的咿呀学语到老迈之年的深谙世事，经历了如同叶子一般的盛衰轨迹。无论你是一生坎坷、风雨飘摇，还是一帆风顺、鲜花掌声相伴，每个人的一生也就是那么短短几十年。名利也好，荣誉也罢，到了最后都是过眼云烟，每个人都逃脱不掉一样的归宿：赤身而来，化作青烟而去，什么也带不走。

阳光不会亏欠每一个人，上苍会眷顾每一个生灵。人生如同变换的季节，季节如期变换是无法改变的铁律。自然界的季节如期变换，人生的规律也是如此。所以，一切都不必过分强求，心平气和，随缘就好。缘来好好珍惜，缘尽坦然面对，心境清明才能坦然大度，无欲无求才能气韵不凡，不甘心平庸才能在逆境中涅槃重生，没有新仇旧怨的煎熬怎能体会人生百味？当如梭的岁月无情地夺去你的华颜，留下一道道抹不平的皱纹时，千万不要难过。回顾自己的一生，那些无怨无悔的付出、那些不懈进取的历程，虽无伟大可言，但平凡中已经彰显了你无愧的人生。

人生道路上的晚霞如同秋天的落叶，静下心来去感悟一下生如夏花的灿烂、死若秋叶的沉静吧。你已经拥有了丰富的人生阅历，枯黄不是你这个季节的主色调，孤寂不是你此时的心境。“莫道桑榆晚，为霞尚满天。”在人生最后的季节里，你应该活得坦然而富有情趣，充实而富有活力。

生命的每一季都可以出彩。你要好好珍惜人生际遇中春的瑰丽鲜花、夏的张扬热烈、秋的累累硕果、冬的恬静素美，在人生的四季里，永远活得充实、快乐、健康、潇洒。

拥有了这些，你就拥有了梦想中的幸福。

陪 伴

告别 2018，跨入 2019，母亲安然迈进九十高龄的门槛。静下心来盘点几年来的亲身经历，陪伴老人度过晚年是我生活中的主要内容。

1995 年秋，父亲因病去世。我们担心母亲一个人在老家孤单，多次动员她到县城跟我们一起生活。但倔强的母亲说啥也不愿意离开住了大半辈子的老院子，她舍不得那儿的一切。后来，我们就尊重母亲的意愿，轮流回老家陪伴母亲。就这样，母亲一个人在老院子里度过了十几个春秋。

母亲八十岁那年，终于同意到县城跟我们一起生活。我们从生活起居各个方面耐心地照顾着母亲。可母亲很少说话，有时候还悄悄地掉眼泪。我们把在市里工作的大姐叫来，与老人聊天，才知道老人的心结在哪儿。原来，她适应不了城里的生活节奏，天天感到很紧张。再就是惦记着老家屋里的家具物件，还有那些亲戚、邻居。母亲跟姐姐说："老家那些物件，是恁爹和恁爷爷留下的，我舍不得离开它们。"明白了母亲的心事后，我们兄弟姐妹凑钱为母亲租了一套宽敞明亮的楼房，把老家的家具物件全部搬来摆放整齐，母亲搬进楼房看到这些后，脸上露出了久违的笑容。那年中秋节的时候，母亲在阳台晾晒衣服时重重地摔了一跤，从此，腰弯了，背驼了，基本失去了自理能力。当时，我正受聘于一家企业，任副总经理，年薪不菲。我想，当年父亲生病时，自己因为工作忙，陪伴他的时间太少，现在想起来，心里很不是滋味。我不想把这种遗憾再加在母亲身上。母亲年纪大了，属于她的时光已经不多了，只有天天陪着，我才能安心。于是，我谢绝了企业董事会的一再挽留，毅然辞职回家陪伴母亲。

陪伴母亲就要照顾好她的饮食起居。在市里工作的外甥，给母亲送来了冰箱。我们买来肉、蛋、水产品等各种食材塞满了冰箱，一日三餐荤素调剂。我家和在县城工作的五弟家里凡是做了好吃的，都先给母亲送去。每次包水饺，饺子煮熟了先给母亲送去一盘。有一次水饺刚开始包，四岁的小孙子就拿出盘子去洗，我喊他一句：“你干啥？”他认真地说：“待会我去给老奶奶送水饺。”

母亲经历了太多的艰难岁月，经常想起困难时期吃过的所谓美味。有一次她说：“那年在老家时那些蔓菁真好吃啊，还有肴兔肉。”为了满足母亲的愿望，我开车到乡下赶了两次大集都没买到蔓菁，后来听说垦利县一个乡村集市上有卖的，我赶到集市上买了一大袋子回来，母亲喜欢得不得了。听说有个乡镇有卖肴兔肉的，我就托在那里上班的熟人，给买回来一大包。母亲对我说：“现在的社会可真好啊，想吃啥就有啥，像做梦一样。”我对母亲说：“咱们都赶上了好时代，你想要啥就跟我说，再远再难也能买回来。”在市里工作的姐姐，每月至少到母亲住处两次，陪母亲住上八九天，为母亲理发、洗澡、洗衣服、晒被褥，让母亲始终保持着衣服被褥清爽干净。

陪伴母亲就要顺从她的爱好。母亲有两大爱好，一是爱养花，二是爱下跳棋、打牌、打麻将。母亲从年轻时就喜欢养花，特别是喜欢粉粉的荷花、红红的杜鹃花、姹紫嫣红的海棠花、洁白怒放的并蒂莲。在母亲的眼里，有花的日子才是最舒坦的日子。搬到城里来住之后，为了延续在老家时那些花草世界，我们在阳台上摆满了扶桑、吊兰、刺梅、三角梅等十几种花卉。母亲天天为这些花卉施肥、松土、浇水，忙得不亦乐乎。在阳光洒满阳台的日子里，母亲半躺在摇椅里，欣赏着她的花卉，就像欣赏她的孩子一样。

随着花开花落、花株的兴衰，老人情绪也跟着变化。一株扶桑养了八九年，根系生虫老化、叶黄枯萎，母亲看了很伤感，从花卉的枯萎联想到年老体弱的自己，感到无奈和伤心。发现这个情况后，我悄悄到市场上买了一盆茁壮的扶桑，趁母亲不在的时候，把枯株换下来。母亲看到花卉又重新焕发生机，枝繁叶茂时，高兴得不得了，喃喃自语地说：“看来我还能壮实几年啊。”

母亲还喜欢下跳棋、打扑克、打麻将。我给母亲定做了麻将桌，买了麻将牌、跳棋和扑克牌。我一个人陪老人的时候，就和她下跳棋，人数够的时候就打扑克、打麻将，实在凑不够手就三个人打。随着年龄的增长，老人的听力和视力下降很快，五饼听成九饼，三条听成八条，出牌还特别慢。但我们还是耐心地陪着老人玩，只要母亲高兴，我们心里就舒坦。

陪伴母亲就要读懂她的心思。人老了总爱沉浸在对陈年往事的回忆里。母亲经常和我们唠叨她年轻时所经历的那些人和事，可我们根本不知道她说的那些事情，想陪着说可又插不上嘴。为了满足母亲的愿望，我们开车把住在乡下的老舅接来陪母亲聊天。母亲兴奋得满脸红晕，滔滔不绝地讲着过去那些事情，很少见她那么高兴的样子了。

我们还从老家接来表姐陪着母亲说村里的那些人和事，母亲想知道的那些事都有了答案，那舒坦劲就甭提了。从 2017 年起，母亲经常出现幻觉，把做梦也当成现实。有一次她跟我们说，年轻的时候她出钱给姥姥租了一个大院，还雇了保姆。我们只好附和着说，是啊，还买了冰箱和电视机呢。母亲高兴地说："还是你们脑子好使啊，我还真忘了呢。"其实那是 20 世纪 60 年代，饭都吃不上，哪能租房雇保姆呢。

陪伴让母亲幸福，子女们收获的是愉快和赞许。每逢节假日或老人生日，一家几代人围绕在母亲身边，享受着天伦之乐，还是那句话说得好："父母在，家就在。"2016 年秋，母亲患上了带状疱疹，疼痛难忍，腰部的红疹褪了一层又冒出一层，疼得在床上翻来覆去。患病后治疗的三个月里，我和妻子还有姐姐、弟弟，每天跪在床上为母亲清洗消毒抹药。每天早上脱下内衣，上面沾的都是血片，洗干净了穿几天，实在没法洗了就买新的换上，三个月换了七八件。

我和母亲住的小区大门正对着，为伺候老人有时半夜才回家。门卫王大哥知道了我的情况，不论多晚他都等着给我开门。有时候在家里做好了饭给母亲送去，小区的居民们都投以赞许的目光，背后传来的话语是："真孝顺啊！"偶尔有聚会和饭局，我因给母亲做饭，每次到场都比较晚。起初大家还开我玩笑："是不是嫂子不让你出来啊？"他们得知实情后，我去不管多么晚他们也不罚我酒了，大家站起来给我让座，投向我的是理解和赞许的目光。每当想到和看到这些时，我心中就油然升起一股信念。陪伴母亲到老，我值了，一辈子不后悔。

2012 年腾出旧房给孩子结婚，我又买了一套新房，为此欠下了一大笔房贷，买辆汽车的梦想也没能实现。亲戚和同事常对我说："如果你不离开高薪岗位，现在房贷不会有，车也买上了。"我说："挣钱的机会以后还会有，可陪伴老人的机会只有一次。一切都会过去，只有亲情是永恒的。"

石榴树

寒潮来袭，西北风卷着鹅毛大雪扑打着窗户，窗外是一片混沌的世界。也许是苍天有意让我们出不了门，好在家里陪陪老迈的母亲。打开电视机，是一则关于西部某省开发荒山种植果树脱贫致富的报道。我拿起遥控器想换个频道，母亲一把抢过遥控器，不让换。仔细一看，电视里出现了漫山遍野的石榴树。母亲看着看着，抹了一把眼泪，在座的家人面面相觑，不知发生了什么。我一下子明白过来，攥着母亲的手说："娘啊，你是想老家那棵石榴树了吧。"母亲点点头，使劲拍了拍我的手。

母亲从小就喜欢石榴树，陪着姥姥家那棵石榴树一起长大。为了培植石榴树苗，姥姥把靠近地面的树枝弯下来压在土里，待枝条生根后就和母株断开，一棵幼小的石榴苗从此离开母体，开始它的独立生活。后来，母亲从娘家移来一棵石榴树苗，把它种在了我家的窗前。母亲学着姥姥的样子，为幼小的石榴树苗浇水、施肥、松土，冬天为它穿上稻草衣保暖，精心呵护着树苗成长。三年后，幼小的石榴树苗长成了一棵两米多高的小树，圆圆的树冠宛如一把撑开的伞。到了第四年，树冠上竟然结出了十几颗石榴。花开花落，冬去春来。石榴树进入了盛果期，那些压弯枝头的果子浑圆硕大，盛在果篮里紫红紫红的，把母亲的脸庞也映成了紫红色。

我们兄弟姐妹围着石榴果子欢呼雀跃，急着嚷着分享果实。可是，母亲却将长得好看的果子四个或五个一组分成若干份，让我们送给村里的四邻八舍、乡里乡亲。最后，我们只能分到一些不但小而且长得不好看的石榴果，兄弟姐妹都有一肚子的委屈。看着孩子们不开心的样子，母亲想来想去，终于想出了一个"授人以鱼不如授人以渔"的主意。母亲学着姥姥的样子，开始压枝条，育石榴树苗，每年都有几户人家移苗回家栽种，几年后陆续结了果。这样一来，也用不着每年都把好石榴送出去了，反倒是人们拿来石榴送给我们。看着孩子们蹦蹦跳跳、兴高采烈的样子，母亲的脸上浮现出开心的笑容。

在20世纪60年代初的艰苦岁月里，生活极为困难。那时生产队不允许村民到集市上卖农产品，母亲就托一位老荣誉军人的妻子把石榴带到大集上去卖，将换来的钱贴补家用，领着孩子们渡过了生活难关。

有一年石榴结得很少，母亲扶着树干，一脸的无奈和犹豫。找了一位从事果园种植业的邻居问了一下，人家说："树有大小年，不会年年都是硕果累累。"没办法，只好等下一年了。可是到了第二年，石榴果结得更少，几乎没有什么收成。母亲围着树转了一圈儿又一圈儿，就是搞不明白到底出了啥问题。父亲到附近的一家国营园艺场请来一名技术员给看一看到底是咋回事。技术员说，石榴树不结果，是因为风刮不着、太阳晒不着。仔细一琢磨，还真是那么回事。因为石榴树在北屋窗前，树的南面是东屋的北山墙，空间只有四米左右。父亲为了让石榴树重新焕发生机，当即决定扒掉年久失修的东屋，新盖了两间西屋。石榴树得到阳光的沐浴和四面来风的吹拂，迅速旺长起来，果实压弯枝头的景象又重新出现，母亲的脸上又挂满了笑容。

那一年，父亲患上了肝病，在那个石榴果压满枝头的秋天里去世了。打那之后，母亲就把石榴树当作她的老伴儿，偶尔到石榴树下坐一阵子，仰起头一遍遍数那些石榴，可数来数去总也没有数清。母亲坐在石榴树下，嘴里念叨着："你看这一天天的，孩子们都长大成人了，你也长成又粗又壮的大树了。其实，俺心里一直把你当成家人看待，你就像是娘的一个孩子，陪伴娘的日子数你最长……。"

时光荏苒，岁月悠悠。

不养儿不知道父母恩。多少年以后，我们兄弟姐妹都有了孩子，做了父母，更理解了母亲的心情与感受。每到星期天或节假日，我们都回老家看望母亲。中秋节的时候，我们大家围着石榴树帮母亲摘石榴，母亲高兴得像个孩子，站在树旁比比划划，让我们摘这个、摘那个。我们站在椅子上，沉浸在采撷的喜悦里。我无意中俯瞰，只见母亲的满头白发在夕阳的余晖里格外扎眼，看着看着我两眼湿润了。

离开老家的时候，母亲就把分装好的石榴给我们一人一份。在回返的车上，我们各自抚摸着紫红的石榴，感受着老母亲那颗慈母之心。

父亲去世后，我们动员母亲搬到城里来住，可她总是摇摇头不肯离开。我们知道，她是舍不得住了大半辈子的老院子，更舍不得与她朝夕相伴的石榴树。母亲一个人在老院子里住了十四年。好在母亲身体尚好，性格开朗，四邻八舍的几位老人天天来家里陪母亲打牌、聊天，日子过得倒也平安祥和。

母亲八十岁那年不小心摔了一跤，在市医院住了一阵子院，好了以后，我就把她接到县城住。可母亲心里总是放不下那棵石榴树，常常念叨那棵陪了她几十年的无言伴侣。

前年秋天，村里告知老年人回村录指纹和照相，落实有关提高老年人待遇的政策。照完相之后，我们费了好大的劲儿才打开大门上生锈的锁。进院后，母亲径直走到石榴树下，脸贴上去，喃喃自语道："俺老了，心里咋就放不下你呢……"已经有好多枯枝的石榴树静默无语。一阵微风吹来，树叶飒飒作响，像是对母亲的回应。

面对母亲的石榴树情结，我和家人一起来到一家十字绣经营店，按照石榴树的照片绣了一大幅石榴树图，挂在母亲客厅的墙上，让老人天天看到她的石榴树，也祈盼着老母亲身体健康。

我想好了，待到明年中秋节，石榴压弯枝头的时候，我们兄弟姐妹带着老母亲回老家老院，再去看望那棵石榴树。

垂　钓

东方欲晓，赶钓要起早。在强烈的垂钓欲望驱使下，天还没亮我就醒来了。下楼收拾钓具，背上钓鱼包，骑上变速车，一只塑料桶挂在车把上，向湖边飞驰而去。按照昨日的约定，几位钓友相继来到湖边。我们撑起太阳伞，摆好钓椅，打窝，试漂，然后抛竿开钓。

我喜欢和钓友们聚在一起垂钓的意境。大家落座后，互相递一支香烟，吞云吐雾之间，海阔天空，无所不谈，眼睛却始终盯着浮漂的一抖一动。午饭时间到了，大家在钓竿的尾部系一根安全绳，绳子的另一头系在早已准备好的桩橛上。太阳伞下的野餐开始了，钓友们大口啃着肴鸡和真空包装食品，一起碰响啤酒瓶，齐声喊着："干杯！"看那满脸开心得意的样子，我总觉得自己就是神仙。突然，不知谁的钓竿啪一声响，抬眼一看黑漂了。大伙儿赶紧扔下酒瓶，迅速抓起钓竿，钓友则拿起抄网，拉开抄鱼的架势。遛鱼大约五六分钟，鱼头终于浮出水面，一条五六斤重的红色鲤鱼入网了。大家碰杯欢呼，击掌庆贺。

独钓湖边的静美，则是另一种享受。在大柳树的阴凉里，听着戏匣子里的美妙音乐，合着树上鸟儿的伴唱，半眯着眼睛，进入一种身心放松的忘我境界。我给自己定了一条规矩：钓鱼的时候不想别的事情，特别是那些烦心的事儿。眼睛盯着浮漂，心里只想着钓鱼的事。想着想着，脑海里闪现出古人钓鱼的情景——"孤舟蓑笠翁，独钓寒江雪""青箬笠，绿蓑衣，斜风细雨不须归""一蓑一笠一扁舟，一丈丝纶一寸钩"……我心里纳闷，古人钓鱼不仅渔具齐全，而且还得弄一条小船，大概是刻意追求那种情调吧。更让我纳闷的是：古人钓鱼为何总是选择在恶劣的天气，不是下雨就是飘雪。风和日丽、天气晴好的日子他们在干什么呢？思来想去，百思不得其解。钓竿啪一声响，我不着边际的遐想被打断了。啊，有大鱼上钩了。

钓友的世界千姿百态。有的让人感叹，有的让人开怀，有的让人困惑，有的让人不解。钓友刘某是一位领办企业发迹的老板，他的垂钓装备都是高精尖产品，他自称领导钓具新潮流，上万元的钓竿就有好几根。他邀一两位钓友陪他夜钓，一夜之间收获颇丰，钓得大鱼多条。待天亮后钓友们赶来垂钓时，闻讯前来观赏，大家赞不绝口。刘钓友双手叉腰，俨然一副钓王的派头。

钓友徐是一位垂钓迷，每天下班后必到水边蹲守。他是一个钓龄不长的新手，学垂钓也就这两三年的事。原先，此人好喝酒好交友，和同事朋友聚在一起喝一壶，是他生活中最大的乐趣。无奈他酒量不大，人又实在，每次逢喝必醉，其妻为此非常烦恼。有闺密给她出了个主意，让她丈夫转移兴趣。按照闺密的建议，妻子陪徐某人购置了一套钓具，并陪他去钓鱼。一来二去，徐钓友钓兴大发，顾不上酒桌上的事了。妻子知道他下班后去钓鱼的地点，就带上暖瓶和饭菜送到钓位，众钓友羡慕不已。

钓友张是一位退休司机，垂钓是他最大的爱好。可他妻子最闻不得鱼的腥味，闻到鱼腥味就呕吐不止。又酷爱垂钓，又要迁就妻子，于是他想到了一个两全其美的办法：垂钓时从家里带一把剪刀，收竿后将鱼刮鳞洗净，然后用塑料袋裹好，回家后立马放进冰柜。有钓友跟老张开玩笑说："生鱼带回家，还是有腥味呀，到饭店里炸熟了带回家，你老婆肯定高兴。"又有钓友说："炸熟了你再做成鱼汤带回去，你老婆更欢迎你。"老张无奈地苦笑了一下，在场的钓友们一阵哄堂大笑。

退休的于老师，能说会道，特别健谈，众钓友很喜欢他开朗的性格。选钓位时都愿意靠他近一点儿，听他啦呱。后来，很长一段时间，钓友们没见到于老师到湖边垂钓了。一打听才知道其老伴强行干预，逼他歇竿了。为了延续他的垂钓爱好，于老师和他老伴儿达成了有条件的和解：于老师可以去垂钓，但渔获必须由老伴儿到市场上售卖。于老师一向自恃清高，特别爱面子，觉得再无颜面见众钓友。打那以后，钓友聚集的地方再也没有见到于老师的身影。但有人常见他老伴在菜市场门口卖鱼。有钓友爆料说，远处草丛里那裹头蒙面的垂钓者就是于老师。

垂钓是有多重境界的，普通钓者只能领略到它的一般境界，只有那些与众不同的智者，才能达到至高境界。柳宗元笔下那位身披蓑衣，头戴斗笠的老翁，大名鼎鼎的姜太公，用没有鱼饵的直钩钓鱼。这看似愚蠢，然而又有谁知晓他是大智若愚，“钓翁之意不在鱼”呢？他们是借垂钓之名，在坐禅问道，思谋家国大事。

人们喜欢钓鱼不都是为了吃鱼，为的是垂钓过程中的那份心情。钓鱼不仅是一项运动，也是寻求一种心灵的净化和安然。很多新钓手，难以悟到垂钓的真谛，心中缺乏定力，情绪躁动。看到钓友接连上鱼，自己一无所获时，往往产生羡慕嫉妒之意，甚至收竿而去。而那些心有定力的垂钓者，则依然气定神闲，悠然自得地等待着惊喜的到来。

写稿与垂钓也有异曲同工之妙。闲暇之时，敲几行文字，然后寄投出去，接下来就是漫长的等待。而文章一旦发表出来，内心的那份激动绝不亚于钓得一条大鱼上岸。挥钓竿和耍笔杆所从事的虽不是一个行当，但那份静心等待收获的心情是一样的。

当我们怀着一颗平常心垂钓时，你自然能垂钓出生活中的一份宁静、一种超然，你的人生之旅就会灿烂如霞。享受等待，才能拥抱成功。

饭　局

说是饭局，其实就是酒局。

中国的酒文化源远流长，博大精深。

本人而立之年，无意中与酒结下了不解之缘。在推杯换盏之中见证着酒场饭局的大千世界。一路走来，我也算是“酒”经沙场。回顾那些与杯盏相伴的岁月，真的是酸甜苦辣，百味交集。

20 世纪 80 年代，县城里几乎没有酒店，来人接待都是在招待所。当时，没有玻璃高脚杯，用的都是小盅子，服务员将几瓶酒和盅子往桌上一放就走人了。在座的都是上级领导，斟酒的任务就自然落到了自己头上。一口酒下肚，主人就招呼着客人吃菜。此间，我的任务就是斟酒一圈儿。当我斟完酒时，大家已经放下筷子聊天了。众目睽睽之下，自己怎么好意思去搛菜呢。到了饭局的后半段，领导不胜酒力了，本人马上接过酒杯，替他们干一杯。客人们酒足饭饱而去，自己却装了一肚子苦辣之水。

“酒经沙场”之后，一种强烈的愿望涌上心头，那就是尽早退休。到那时候，邀几位志同道合的老友，自由自在地聚餐，互相之间，你陪我，我陪你，抢着斟酒、倒茶、递烟。老友相聚，海阔天空，无所不谈。高兴之余，再来一场旧戏重演，拾起划拳、压指、猜火柴、老虎、杠子等诸多老游戏，岂不乐哉。

时光荏苒，流水匆匆。如梭的光阴把我们带入耳顺之年，自以为尽情享受的时光如期来到我们的身边，可现实与我先前的想象却大相径庭。选了个心情大好的日子邀几位老友聚一聚吧。打电话邀了十个人，三请四邀，到场的只有五六个人。一阵寒暄过后，大家面面相觑，相互唏嘘不已。血压高的、糖尿病的、牙齿不全的，患了脑梗刚刚康复的，在座的相视一笑，我觉得多半是苦笑。桌上放着四瓶高档白酒，一副痛饮一场的架势，可最终都没喝完一瓶。

退休了，大部分同学、同事、朋友都住进了县城，每天早上都在微信上道个早安、问个好，在手机网络上深情脉脉地来往着。这种隔空喊话的交往方式，给人们带来便捷，可总觉得缺少那种面对面聊天吹牛的磁场温度。朋友之间的情感温度在不断下降，就这样渐渐走散了、走失了。更令人困惑的是，有的朋友换了新的手机号码，也不告知圈子里的人。最悲哀的是正在到处打听某位好友的手机号码时，却突然收到这位朋友已告别人世的消息。

秋日的一天，下着蒙蒙细雨，我和对门的老吕在湖边钓鱼，一位姓宋的朋友找到湖边，连拉带拽把钓友叫回家里，说有要事相商。后来我才知道，钓友老吕患了肺病，是他妻子托老宋来说服他去医院做手术。这位钓友做了手术后，奇迹出现了，身体康复如初。而说客老宋却经常感到胸部不适，体重迅速下降了十几斤。见此情景，老宋的一位朋友邀老宋到家里打牌，想帮老宋放松一下心情。突然，扑克牌从老宋的手里滑落下来，人们赶紧送老宋去医院，可他头一歪，永远离开了人世。我和老宋所住的小区大门对着大门，每次碰面，老宋都叫着我的名字，总是那句话“改天咱们弄一壶啊”。这事想起来就感慨：咋就没在老宋走之前弄一壶呢？

朋友圈里的老朋友们，大都年届七旬，有的已跨入“奔八”的行列，朋友之的电话联系越来越少。见个面，吃顿饭，聊聊人生的场面也是日渐稀少，相互之间的交往俨如失去颜色的老照片，“相见不如怀念”只是一种无奈的期许罢了。生活中的友情，就像立秋后蜕壳的蝉，老壳尽管还背在身上，却只是一种无用的累赘了。

谁也无法挽留住青春和年少时光，面对渐渐老去的自己，只有无奈和感叹。当你真正老去的时候，你的朋友圈越来越小，寂寞和孤独如影随形地跟随着你。有一位张姓朋友心胸豁达，朋友相聚时都愿意叫上他。此兄杯酒下肚，话匣子便打开了，说起话来滔滔不绝，别人根本就插不上话，且经常酒后吐真言，常把青春年少时追姑娘谈恋爱的细节公开于酒桌，饭局的气氛立马活跃起来。此兄是朋友圈里年长几岁的老大哥，再过两个春秋就是八十岁的人了。张大哥年龄大了，人们怕他喝酒出事，几乎没有人再邀他到饭局上来了。突然有一天我接到了他的电话，说邀我去看他的新居。到了他的新家没等我反应过来，嫂夫人已把四盘菜端到了桌上，看来是恭敬不如从命了。我陪他喝了半杯酒，突然他眼圈儿红着对我说，非常感激我来看望他。他还说："如果隔三岔五的有朋友来看看我就好了。"对朋友的眷恋和想念，是他植于心底的最美好的念想。

长期生活在都市里，酒局饭局的情意似乎越来越淡漠。时常想起古代那些友人之间的往来，他们坐着马车，或骑上毛驴，或是宽袍长袖徒步而去，就像是一缕缕清风掠过。曹操煮酒论英雄，刘备、关羽、张飞桃园三结义，流传千古的《兰亭集序》的流觞曲水，李白的酒后名句"安能摧眉折腰事权贵，使我不得开心颜"……

这些与酒有关的名人轶事，成为千古佳话，流传至今。世风不古，人情淡薄的都市，一起吃个饭都觉得这么难。

一个下雨天，我打开手机浏览朋友们的名字和电话号码，想把多年没有联系的号码删除。突然又有些不舍：或许哪一天，我会不会突然接到他的电话呢？思忖再三，还是将这些号码保留在了手机里。

唯物辩证法认为，世界上任何事情都是对立统一的。在数九寒天里，凛冽的北风是季节的主调，但北风吼过之后，南风徐来，会为人们送来冬日暖阳。汛期的黄河巨浪翻滚，咆哮着奔向大海。巨浪被岸边巨石击得粉碎后，便形成一股回流，使水面趋于温和与平静。睹物思情，人世间又何尝不是如此。风有季节变换，水有平稳回流，人有真情回归。

一位好友在南方一座大城市创业发展，他的企业成为老家的人们去南方招商引资的驿站，我们这些老朋友都难得见上一面。在一个春日里，突然接到这位朋友的电话，说他要到老家来一趟，专程拜访老友，找回失去的友谊。见了面，我们紧紧拥抱，尽享老友重逢的那种感动。我们专门为他做了粗粮窝头和鱼咸肠，大家尽情享用，又找回了当年那种感觉。还有一位同仁，在工作和生活中，我们结下了兄弟般的情谊。后来，他调到市里工作，彼此联系渐渐少了。当我们进入耳顺之年后，彼此掐指数算最知心的朋友，他的知心朋友名单里有我，我的名单里亦有他。我们终于又在饭局上相聚了，并且约好了下一次相聚的时间。

初夏的一天，一个亲戚从海上带来了海鲜，我打电话邀朋友一起享用。我们分别拨通了十位朋友的电话，其中一个说家里有事来不了，一个说忙着处理兼职业务，另一个应了一声后孩子的哭闹声传了过来。也罢，有几位算几位吧，结果来了四位。回家后，我抽着闷烟，满脸困惑，摇头叹气。孩子们见此情景，问我为啥不高兴，我就把组织饭局的事诉说了一遍。孩子们说："爸爸，你落伍了，现在没有任何利益关系，纯粹讲究友情的饭局不多了。"闻听此言，我百思不得其解：和老友们不离不弃，牢牢守住朋友之间这份真诚的精神家园，怎么就落伍了呢？

我始终执着地认为，真诚是人世间最美好的东西，真诚永远都在。如果说坚守着这块真诚精神家园就是落伍了，那我宁愿依然坚持。

母亲的大头兰

母亲九十三岁了，好忘事儿。但是，她一直忘不了那盆陪伴她三十多年的大头兰。

种了一辈子庄稼的母亲，进入老年以来特别爱养花。在农村老家时，她在卧室窗外和石榴树之间，用砖垒了两个长方形的平台，上面摆着各式各样的盆花，红花绿叶相互衬托，把小院儿装点得生机勃勃。

那年开春，同事送我一棵大头兰根块，用报纸裹着，他说这花好养。我把大头兰带回老家，给了爱养花的母亲。母亲把蒜头似的根块栽到一个红泥花盆里。当夏风吹来时，那其貌不扬的根块竟然长出了尖尖的四片叶子，酷似利剑。

第二年春天，大头兰又从根旁长出一些新芽。我给母亲换了一个大一点儿的花盆，添加了一些营养土，拌上肥料。夏季过后，叶子变得肥厚，颜色也由先前的黄绿色变为墨绿色。临近春节的时候，在叶间秀出两支绿箭，几天就蹿得老高，顶端吐出花骨朵，渐渐开出喇叭状的橘红色花朵，空气中也开始弥漫着微微的香气。秋末冬初的日子里，母亲斜倚在躺椅里，一边晒太阳，一边眯着眼睛欣赏着大头兰那艳丽的花朵。

此后的日子里，我回老家小院的时候，就给大头兰松土、施肥，大头兰枝叶茂盛，日渐茁壮。大头兰品种繁多，开花的周期也不一样。母亲养的大头兰是春秋两季开花的品种，花开时成双成对，盛花期持续二十多天。

有一天，母亲不小心把腰摔坏了。在市医院一住就是两个月，然后又在姐姐家休养了一个月。三个月后，母亲回到家里，一看，大部分花卉都枯萎了。大头兰的叶子也干枯了，耷拉在盆沿上，看来是救不活了。

一场大雨过后，母亲看着一盆盆枯萎的花卉发呆，突然，她眼前一亮，大声喊着："快来看啊，大头兰又发芽了。"大家围上去一看，果然是钻出了又尖又小的嫩芽。我用剪刀轻轻剪掉枯死的干叶，小心翼翼地给花盆松土。经过一番精心的呵护与侍弄，一对尖芽慢慢从土里钻出来，母亲的脸上露出了久违的笑容。

父亲去世后，母亲一个人在老家小院里生活了十余个春秋，每天打理院子里的花卉是她生活中的主要内容。母亲八十岁那年,我们接她到了县城来住。可她总是闷闷不乐的样子，谁也猜不透她的心事。后来，我把舅舅也接到县城里来，陪了母亲一段时间，这才从舅舅口中得知，母亲并不是不愿意和我们住在一起，而是舍不得家里的那些老家具和那些鲜活的花卉。

于是，我和姐姐弟弟们就在我的住处附近为母亲租了一处住房，把老家那些祖传的旧家具和院子里的那些花搬来与她做伴。我们把旧家具摆在母亲的房间里，还新购置了花架，把老家那些花一一摆在花架上。我把母亲最喜欢的大头兰摆在客厅显眼处，母亲坐在沙发上，欣赏着她的大头兰，似乎又找回了老家小院的感觉，天天高兴得合不拢嘴，好像年轻了几岁。

有些花草禁不起迁移颠簸，慢慢地枯萎了。但那盆大头兰，似乎没有受到任何影响，花期到来时，鲜艳的花朵依然开放如初。

第二年，大头兰不但很快适应了新的环境，而且又生出好多新芽，还有小小的新株长出。征得母亲的同意，我将满盆拥挤的大头兰分棵移栽到两个盆里。分盆之后，根系的生长空间变大了，大头兰的长势越来越旺盛。当温暖的春天到来之时，两盆并排放着的大头兰，各自秀出高高的花箭，顶端含苞欲放，蓄势迎春。

大头兰，有着极强的生命力，抗寒暑，耐旱涝。环境恶劣，它坚韧不屈，总是默默地积蓄生命的力量，在逆境中顽强生存。环境适宜，它就显示出充满活力的无限张力，分枝拔箭，绽放花朵，给人一种奋发向上的力量。

母亲的一生，像极了她所钟爱的大头兰。母亲已经度过了九十三个春秋，历经风雨坎坷、艰难困苦，她的生命之花依旧灿烂绽放。

空中邻居

物竞天择，适者生存。

新楼竣工，抓阄分钥匙的那天，我正在外地出差，托家属和孩子去抓阄。可惜手气不佳，抓了个四楼。退休了，老了，上四楼有些吃力。每当上楼时少不了一番埋怨，抓阄的家人也非常自责。有朋友劝我把房子卖掉，更换一套低楼层的或装有电梯的楼房。但“空中邻居”的到来和定居，使我们一家人突然喜欢上了现在的住所，感觉像是住进了福地洞天一般。

我居住的楼房在小区的最北边，与和楼房相同方向延伸的绿化林带隔着一道栅栏，水平间距大约十米左右。穿过绿化林带，尽是一片田园风光。不远处是青青的麦田、安详的村落、清凉的池塘，还有那么多无名野花儿无拘无束地开放着，到处是一片乡野景致。

在夕阳的映照下，我与家人在楼下的小路上散步，忽有一阵喜鹊的叫声传来，抬头看到高大的杨树上有个鸟巢，几只喜鹊在树上叽叽喳喳地欢叫。仔细端详，鸟巢与我家窗户在一条水平线上，直线距离也就十步多远的样子。这鸟儿是新来的邻居，还是一直栖息在窗前大树上的？如果是老邻居，我怎么以前就没注意到呢？我开始慢慢观察这一家子喜鹊的生活，关注着这个空中的邻居。它们是城市里的勇士，直面风霜雨雪、酷暑严寒。树木是它们的栖息之所，飞翔是它们的惯常姿态。它们漫步在河畔湖岸，飞翔在蓝天碧水之间，它们的领地辽远无际。

那年，一场叫“利奇马”的台风卷着暴雨袭来，把喜鹊的巢穴连同大杨树掀翻在地。小区热心的居民和志愿者们绳拉肩扛把一棵棵大树扶正。在之后的几天里，鸟儿们不辞辛苦地衔来一根根树枝，合力构建自己的暖巢，给它们的孩子以安身之所。在一个风和日丽的傍晚，喜鹊家族的成员们赶来大树上聚会，叽叽喳喳叫个不停，不知是前来祝贺新巢落成，还是感谢人们的帮助。仰望新建成的鸟巢，人们感慨颇深，不得不对鸟儿们坚韧顽强的生存能力肃然起敬。

鼠年春节突如其来的疫情，让人们在春天面前突然止步，闷在了焦虑和渴望中。在那些郁闷的日子里，夕阳、树木、高楼、云朵以及楼下空无一人的小区空地和街道，都像是淡墨绘就的静物画，一切都像是凝固了。而这些依然展翅高飞的喜鹊们，像平时一样飞翔在天空，成为人们羡慕的空中精灵。经过了一天的奔波，夕阳西下的时候，倦鸟归巢，它们轻轻地落在窗前的树枝上。

午睡醒来后的下午，泡一杯茗茶，放一曲音乐，坐在沙发上，欣赏着喜鹊一家的欢叫声，尽情享受着天人合一、人与自然和谐相处的醉人意境。此情此景，禁不住让人生发感慨。从喜鹊的身上，我们看到了生命的坚韧和顽强，同时也真切地感受到在人们的不懈努力下，生态环境发生了根本性的变化，小县城被评为省级园林城市，为自然界的精灵们提供了良好的栖息条件。感慨之余，我突发奇想：风景这边独好，不能个人独自享用。于是我邀上几位朋友一块儿赏景，共享那份惬意。

朋友相聚，心情大悦，酒过三巡，话匣子打开，天文地理、海阔天空、无所不谈。是该让朋友们欣赏自然美景的时候了。我打开窗户，让朋友们隔着纱网观察一下我那空中的邻居。

叽叽喳喳的欢叫声穿窗入耳，大家的目光一下子聚焦到那棵筑有鹊巢的大树上。忽然，有两只喜鹊落在了外边的窗台上，欢叫几声后，啄一颗馒头屑回巢去了。一个朋友说："原来这是你导演的好景色呀，给我们下套呢吧！"还真是让他说着了。起初我把馒头屑放在窗台上，喜鹊就是不来光顾。慢慢地喜鹊看到这儿的人没有伤害它的意思，就大胆地落在窗台上叼啄馒头屑。久而久之，喜鹊习以为常，只要有人撒下馒头屑，它们一定会来啄食。

喜鹊喳喳叫，定有喜事到。几位朋友见此情景心情大好，其他话题戛然而止，就谈喜鹊这一个话题了。在大家兴奋之际，我迅速打开电脑，唰唰打印出几张关于喜鹊的资料，人手一份，来一次关于喜鹊相关知识的科普教育。

喜鹊是一种喜庆之鸟。常出没于人类活动的地区，喜欢筑巢在民宅旁的大树上，并且大多成对生活。喜鹊遍布世界各个大陆，品种繁多，有人迹的地方就有喜鹊筑巢。

喜鹊在中国是吉祥的象征，我国自古就有画鹊兆喜的风俗。喜鹊报喜的传说很多，有这样一个故事：贞观末年有个叫黎景逸的人，家门前的树上有个鹊巢，他经常为喜鹊们喂食，人鸟之间便有了感情。有一次，黎景逸被冤枉入狱，倍感痛苦。突然有一天，喜鹊在他门前欢叫不停，果然，几天后他被无罪释放。据说是喜鹊变成了人，假传圣旨，救了黎景逸。

美丽的传说，眼前的盛景，让朋友们兴奋不已。在座的一位爱好书法的朋友，站起身来在案板上铺开素笺挥笔题字——“物竞天择，适者生存”。另一位业余诗人，诗兴大发，吟诗一首：“吾庐空中阁，鸟巢树影间。不窥园中景，飞临窗户叹。青色掩楼宇，春风催柳叶。祥鸟遨天际，夕阳沐心田。”

这时，老伴儿端上了刚刚蒸好冒着热气的玉米、花生、豆荚。一位朋友说：“啊哈，这才是你下的套儿哇！”另一位朋友吸了两下鼻子说：“嗯——？还有套儿。”他闻到老伴蒸的虾酱和杂鱼了，那是昨天我去刁口带回来的。我端上葱花鸡蛋蒸虾酱和鲜辣椒蒸杂鱼后，拿出珍藏了三十年的利津酒厂酿造的“黄泥坛”：“看，这才是我下的套儿呢！”大家欢呼起来，齐声说：“欢迎下套儿，甘愿被套，希望再套！”

村庄守护人

参加工作离开家乡，转眼三十多个年头了。不管走到哪里，一有空儿我就回家看看。父母在村里居住时，我和家人来去频繁，星期天和节假日都要回到父母身边。父亲去世后，我和兄弟姊妹把母亲接到了县城里住，但亲戚、朋友大都仍然住在村子里。对故乡村庄的眷恋，就像飘在天空中的风筝，总有一根家乡的情线牵着。

故乡的村庄依傍黄河，村前是黄河大堤，登上堤顶，一眼就看到不远处滚滚东流去的黄河水。大堤与黄河之间，就是一望无际的黄河滩地。数百年来，就是这片黄河滩地的肥田沃土养活了整个村庄。那是我青年时代和乡亲们一遍遍耕耘过的土地，虽然已有多年没再耕种过，但见到土地依然感到格外亲近。在庄稼生长的季节里，黄河滩区广袤无垠的青纱帐，总是给人生机勃勃的感觉，让人们心中充满希冀。

1981 年，农村实行联产承包责任制，整个村庄沸腾了。乡亲们那种激动的心情溢于言表，种田的积极性一下子迸发出来。那年的谷雨时节，我随父亲到自己的责任田里栽地瓜。犁翻过的土地又松又软，用大镐打起的地瓜垅，犹如稿纸上新写的诗行，一条条横列在那里，湿湿润润的，墨迹还未干呢！父亲左手抓一把秧苗，右手捏起一棵，将秧苗和拳头一起深深按进刚刚打起的垄背里。父亲抽出手，一棵绿叶红蔓的地瓜秧苗，就直挺挺地站在了拳头大的土窝里。我跟在父亲身后，提桶往坑里浇水，然后往秧苗坑里撒上煮熟的黄豆或豆饼作为底肥。待浇下去的水全部渗透到垅里后，我和父亲每人一垅，把苗坑抚平。一株株秧苗被微风吹拂着，待一场春雨过后，秧苗就会蓬勃生长，一地翠绿。

父亲坐在地边，边抽烟边对我说："到秋后，这二亩地瓜能收获七八千斤呢。"父亲和我说着话，那双眼睛始终没有离开那新栽入土的地瓜秧苗。

白驹过隙，斗转星移，无情的时光将我带进了退休的队伍。闲暇之余，我经常想起村里的人，以及黄河滩区里那些熟悉的土地。越来越想回村里转转，穿行于林荫清风、村庄旧居、老街长巷，去寻找记忆中的那些美好时光。

在一个春暖花开的日子里，我邀上一位文友，陪我回到了故乡的村庄。一切都似曾相识，但村子里一片寂静，当年村庄里那种人声喧嚣、鸡鸣犬吠的热闹场景已不复存在。先看看我家的老院子吧。大门上的锁头已经锈蚀，怎么也打不开。这时，马路对面的院子里有人走了过来，边走边喊着我的名字："回来了。"我抬头一看，是和我一起长大的一个发小。他姓于，乳名叫树生。他热情地拉着我的手说："走，到我家里喝茶去。"

树生家的院子收拾得很整洁，牛棚里拴着一头牛，院子里散养着十几只鸡。树生跟我说，他儿子在邻县一家大企业里干副总经理，在县城给他买了一套房子，老两口儿搬过去住了一年，总觉得还是住家里的老院子好。孩子尊重他们的意愿，把家里的老院子翻修了一下，树生老两口又重新回到了村里。他的左邻右舍都搬到城里去住了，他就在邻居的院子里种上了各种蔬菜，常年就吃自己种的蔬菜。他说，在村里住了大半辈子，不想再离开这里了。

按照我的提议，树生领我到了表哥家里。表哥表嫂已年过七旬，身板硬朗，夫妇俩高兴地接待了我们。在院子里那棵大槐树下，我们聊起了当年我跟着表哥下洼拾草、推石油、去临朐换地瓜干的事儿。表嫂不仅人长得漂亮，还是村里有名的巧媳妇，每年秋后都会制作一坛坛美味小菜，四邻八舍没少吃她的小菜。我记忆最深的是表嫂制作的豆豉。她将黄豆煮熟后发酵晒干，将豆子放进盛花椒水的盆里，然后放上白菜叶和其他调料，那种清香味儿至今记忆犹新。当我提及当年吃豆豉的事时，表嫂问道："还想吃吗？"我回答说："当然了。"表嫂说："现成的豆豉没有了，冰箱里放着发酵过的干黄豆，给你带上点儿吧。"然后她告诉我回家后泡制豆豉的方法。并嘱咐说，制作后的豆豉要放在冰箱的冷藏室里，随吃随拿。表哥表嫂告诉我们，两个孩子都在经商，经常回来留钱送物，夫妻俩生活无忧。表哥说，这些年一直没离开过村子，人老了，哪儿也不去了，就这样陪着村子一直老去了。

当年我在村里的小学任民办教师的时候，学校后邻住着玉兰婶一家。玉兰婶心灵手巧，是村里剪纸、做绢花的能手。每逢六一儿童节或是学校里有啥文艺活动，她就帮着做一些大红花或表演道具，把学生们打扮得花枝招展。树生陪我径直走进玉兰婶家的院子。树生悄悄对我说，玉兰婶的丈夫已去世多年，她一个人支撑着家。玉兰婶端详着我们，迟迟叫不出我们的名字。我上前握住老人的双手，报上乳名。玉兰婶使劲拍了一下我的肩膀，嗔怨地说："你还知道来看看恁婶子啊。"

也许是过于激动，玉兰婶的手在不停地颤抖，眼圈儿红红的。她告诉我们，女儿虽远嫁他乡，但经常来看望她，几次提出接她去住，她都拒绝了。她说："在村里住着的已经不多了，舍不得离开村里的老姐妹。"她降低了声音，像是自言自语地说着，她就是想陪着老姐妹们终老在村里，然后就去陪在地下等她的丈夫。

在村西头儿，我们走进了六叔的家门。六叔是村里的庄户把式、种田能手。我高中毕业后在生产队里参加劳动，那些劳动技能都是六叔手把手教的，他也算是我的恩师了。也许是印象太深的缘故，六叔一看到我就叫出了我的乳名，我紧走几步，上前紧紧握住六叔的手。说起守护村庄的话题，六叔说："我出生在这个村里，对这里的一切感情太深了，丢不下这里。现在村里水、电、路、电视、电话都有了，就是离大公路远了一点儿，其他都还方便。我要帮搬走的那些人家照看房子，我走了，村里就没有几个人了。"说着，六叔拿出多串钥匙给我们看。

见过村里的发小和老人，我心中感慨万千，久久难以平静。村里的人们，在执着地坚守着老宅老院，守着朴素的民风民俗，守着过往的一切。然而，他们已日渐老迈，守护村庄的日子也不会太久，一阵阵伤感堵在我的心头。

在返回的路上，随行的文友见我一脸凝重的样子，主动与我搭话，他说："我构思了一首小诗，刚写了两段，读给你听一下吧。"

小诗的题目叫《村庄的光》："村庄的光，在一声声犬吠里，落在弯腰的农具上，覆盖寒冷的问候，漂洗的思念太白，拉长的身影太长，横在失眠的村庄。

"村庄的光，空荡荡，像母亲的眼神在失眠的房间。生吞坚强，活捉悲伤，无数个夜晚不是数星星就是数着羊。午夜的光，揉碎的是守望。"

我想，还有这些人坚守着村庄，乡村就有烟火和精神，村庄就有生机和灵魂。只要这些老人尚在，村庄就不会远离。

十字街口大饼店

在山大就读的赵玉娟，五一放假回到凤凰城。在校期间，她写了一篇题为《雨夜的灯光》的文章，刊登在了校刊上，还被学校推荐到文学刊物和网络文学平台。从省城一起回来的同学们，嚷嚷着一定要玉娟请客。玉娟难拒同学们的热情，当即答应下来。同学们商定，每人在自己的手心里写一个饭店的名字，少数服从多数。玉娟喊一、二、三，大家同时张开手一看，不谋而合，都是同样的三个字“大饼店”。

大饼店坐落在凤凰城叫“大隅头”的十字街口。凤凰城发展伊始就是从十字街口开始，逐年向街口的四个方向延伸。街口向东、向南通达至黄河大堤，向北是连片的村庄，只有向西是辽阔又平坦的开阔地。道路和建筑物跨过西关桥，不断向西延伸。原来像红十字会标记那样，横竖一样长的十字，由于不断向西伸延，十字街的形状像极了基督教徒胸前横短竖长的十字架。

十字街这个地方其实就是仅存的老城区的缩影。建筑物挨挤得密密匝匝，高低不齐的房屋，门都向着街道敞开着。天罗地网般的电线凌乱无序，细细观察可以发现是不同时期接上去的。电表盒子也不像现在的新型小区那样整齐地排列着，而是上一个、下一个，哪儿有空儿就在哪儿挂一个，好像是挂了一个个的炸药包。乱归乱，生活却是便利得很，十字街上卖什么的都有，不用出街，一日三餐、吃喝穿用，都可以搞定。据说这条街有一千四百多年的历史了，街上的人们在这里生活繁衍了一代又一代。

扯远了，还是说说大饼店吧。大饼店的主人姓孙，从 20 世纪 50 年代初开张经营，到了 20 世纪 80 年代末换了第二代主人。“天有不测风云，人有旦夕祸福”，世纪之初的一年，男店主胸闷、咳嗽，天天低烧不退，到省里的大医院检查，确诊为难以治愈的绝症。为了治好病，女店主和她的孩子们倾全家之力为他治疗，期盼奇迹发生。大饼店无奈停业后，租给了一个姓夏的经营。那姓夏的把馆子装修得焕然一新，择良辰吉日开业，红火了好一阵子。十字街上的新老顾客们都去尝个新鲜，可饭菜的味道与老店主做的相差太远，去过一两次后，很少有人再去光顾。时光荏苒，转眼三载过去，女店主和孩子们花光了积蓄再去借贷，终究没能留住老店主的生命。在那个门前大桐树落叶的季节，老店主带着对亲人的无限眷恋，悄然去了另一个世界。

老店主离世后，企业破产倒闭的大潮袭来，凤凰城企业十有八九或破产清算，或资产重组，成千上万的企业职工一夜之间丢了饭碗。老店主在企业上班的女儿和女婿双双下岗失业，恐慌不安。女店主把孩子们叫到身边，跟孩子们说："你们还年轻，只要能吃苦受累，一定能养活自己。"女儿和女婿跟母亲商量，决定继承父业，于是大饼店得以重新开张经营。自此，大饼店迎来了她的第三代主人。

大饼店重新开张后，仍然是按照老店主的方式，经营各种火烧、肉饼和粥类。十字街上的老顾客们又品尝到了大饼店的原汁原味。一传十、十传百，大饼店天天顾客盈门，生意悄然红火了起来。根据顾客们的建议，新店主逐步改变了原来食品单调的状况，除新增了大碗面，还增加了一批风味小吃：把子肉、茶叶蛋、烤肠、花生米、豆腐皮、海带皮、糟豆腐等一应俱全。店主还试着改变经营模式，实行开放、自助式经营方式，投币箱放置门口，顾客自觉投币找零，各类小菜自行夹取，按标价投币。

附近有一家酱菜场转产，将几十口大缸瓮低价转给了大饼店。每年秋后，店主利用这些大缸腌制咸菜，各类小菜应有尽有，十字街上的街坊邻居和外村赶集路过的人们，可以随手捞上一些带回家去。

大饼店在十字街口坐北朝南，有两间正房，外加一个储物间。门前的一角，矗立着一棵年过半百的大桐树，层层叠叠蒲扇大的叶子，像一把把小扇子遮天蔽日。房檐的一角固定着一盏防雨灯，就像是海上的航标灯，通宵明亮。在那没有路灯的年代，那盏防雨灯成了长夜里人们心中的坐标。特别是上晚自习下课的那些学生，在长街深巷中行走，只要看到街口这盏灯，立马就会胆量十足起来。后来，大街上安装了路灯，这盏灯仍像夜间值班的战士，一直亮到太阳升起。

赵玉娟同学获奖的那篇文章《雨夜的灯光》写的就是这盏灯。在高中就读时的一个夜晚，玉娟下了自习课回家，被一辆摩托车撞倒，小腿骨折，她朝着灯光的方向大喊救命。听到隐约传来的呼救声，店主循着声音跑过去，先把玉娟送进医院，然后再去告诉她的家人。有一次玉娟考试失利，成绩不理想，受到家人的斥责。她赌气没在家吃饭，哭着奔学校而去。店主看在眼里，疼在心里，上前拦住她，一边安慰，一边喊店里的人拿一个热乎乎的肉饼塞给玉娟。这些情节玉娟牢牢记在心里，所以，学校里开展“你心中最受感动的人或事”征文活动，她把这些难忘的情节写进了征文中。

大饼店里有一个常客，姓左，因为他的性格特别，人送外号“左格棱”。“左格棱”的特别爱好就是每天喝一顿酒，否则晚上睡不着觉。一天晚上，他骑摩托车到十字街的那头儿去亲戚家喝酒，酒喝高了，仍坚持骑摩托车回家。他瞄着远处大饼店的灯光高速骑行，压碎了路边下水道的盖板，连人带车卡在污水沟里，大饼店店主叫来邻居把他从沟里救上来。“左格棱”要起了他的格棱脾气，就是不去医院，到了一家整骨所治疗。结果腿没治好，瘸了，人们又送他外号“左二拐”。“左二拐”与大饼店是隔位邻居，腿残了干不了重活儿，就成了大饼店天天坐镇的常客。

赵玉娟的爷爷五十岁时丧妻，未再续娶。因为他排行老八，在街坊面上辈分又高，所以人们都称他为赵八爷。他家在大饼店斜对面，仅一路之隔，天天溜达着到大饼店吃饭、下棋。除了冬季，他和他的棋友们、饭友们几乎天天坐在桐树下那张石桌旁下棋、喝茶、聊天，俨然一副店主的模样。前两年，政府按规划要翻修和拓宽十字街的东西路，大饼店周围的一些建筑物上，都写上了一个个红色的“拆”字。眼看经营几十年的门店要被拆除，店主急得坐立不安。赵八爷一拍胸脯说：“急个啥呀，我们去县上反映下情况。”说干就干，第二天赵八爷让外甥开来面包车，拉上左二拐等众家兄弟，奔县里的主管部门而去。他们陈述的主要理由是，十字街口这些老建筑，是凤凰城的发祥地，老建筑和老门店都是县城历史的见证，应该完整地保存下来。主管部门觉得很有道理，听取了赵八爷他们的意见，调整了修路方案，保留下了这些近百年的建筑物。

大饼店周围的建筑物有县委、电影院、百货门市部、公检法部门、工商银行、修防段、武装部、五金公司、烟酒糖茶门市部等。这些颜色灰旧、略显呆板的计划经济时代的建筑物，完好无损地矗立在那儿。武装部门口“提高警惕，保卫祖国”，百货门市部门口“发展经济，保障供给”，修防段门口“一定要把黄河的事情办好”等，苍劲有力的毛体字，依旧赫然入目。这几年县里的新闻媒体和文化部门，探源凤凰城的前世今生，大隅头这些保留下来带有明显时代色彩的建筑物为电视专题节目提供了鲜活的佐证。

经过数年的不懈努力，凤凰城被授予省级园林城市称号，已经申报国家级文明城市。身着橘红色马甲的环卫工们，是城市最辛苦的一个群体。每到寒冷的冬季，店主就把附近的环卫工们拉进店里，递上热乎乎的大饼和面条，让他们尽情享用爱心早餐。刚开始，来吃早餐的环卫工仅有两位，后来越聚越多。这些暖心事很快传到城市管理部门和环卫公司，他们在大饼店门口立起了一块红色的大牌子，名曰“橘红驿站”，并坚持要给大饼店拨付饭费，被店主婉言谢绝了。他们想不动声色地把这份暖暖的情意继续传递下去。

赵玉娟和她的同学们约定，回校后都以“我心中的烟火”为题，每个人写一篇文章，谁的文章分量最重，得奖等次最高，到国庆长假时，就由谁做东在大饼店请客。大家击掌同意。

苦思冥想，想不出一句合适的结束语。翻阅报刊，眼前一亮，一篇文章的题目映入眼帘。顺手抄来作为文章的结尾吧，这几个字就是“善良优于伟大”。

三月里来桃花红

乘着三月的春风，伴着蒙蒙细雨，桃花悄无声息地飘进了春天。桃花寻常可见，名花录里找不到她的名字，可她为什么会受到人们的喜爱？因为她是一年中第一个给大地带来颜色的使者。走在路上，浑身疲惫，忽然发现不远处一树粉红娇艳的桃花盛开着，你的心能不为她感动吗？随着桃花的盛开，人们的心情便由寒转暖，豁然开朗起来，跨步迈出春天里坚实的步伐。

老家院子里有两棵桃树，春天桃花盛开的样子，永远印在了我儿时的记忆里。可真正见到漫山遍野望不到边的、而且是野生的山桃花，是住在陕北大山里的那些日子。

世纪之初，我们公司与胜利油田大明公司合作，到陕西省延安市市区以南八十公里处一个叫马头山风景区的地方开采石油，那是一处允许民营资本进入的区块。我们住在山里农家的窑洞里，洛河在门前淙淙流过。暮春时节，我们在大山里安营扎寨。桃枝上已经长出绿叶，尚未凋谢的山桃花夹挂在绿叶之间。当地人告诉我们说："你们来得稍稍晚了一些，刚好错过了桃花盛开的季节。"我们在略感遗憾的同时，也期盼着下一个桃花盛开的季节如期到来。

冬季的寒风挡不住春天到来的步伐。一场春雨过后，桃花盛开的日子翩然而至。在一个艳阳高照的日子里，我们怀着兴奋的心情，在房东的引领下，来到了一处叫桃花谷的地方。

当漫山遍野的桃花映入眼帘时，才知道啥叫震撼。朝阳亲吻着地平线，将她周身的红色巨细无遗地洒遍大地的每一个角落。盛开的桃花像千娇百媚的新娘，没有了昔日少女的那般娇羞，鼓足了勇气，把自己的美艳尽情地释放。每一簇花团仿佛都是从褐色的枝头喷涌而出，一朵朵簇拥着、挤压着、重叠着，如海似潮，如梦似幻，染红了天际，晕透了朝霞。此情此景，不禁让我想起"去年今日此门中，人面桃花相映红；人面不知何处去，桃花依旧笑春风”的咏叹。

桃林覆盖着幽深的山谷，林间人迹罕至，是没有路的。我们一行四人，牵着手，把着树，力图到谷底看个究竟。随行的采购员是一位英俊潇洒的小伙子；两位女士中，一位是十八岁的出纳员小杜姑娘，另一位是在我们伙房做饭的婆姨，当地人称大师傅。沿着谷坡往下行至三百米处，回头仰望桃林，看到的是另一番景象。此时，对“横看成岭侧成峰，远近高低各不同，不识庐山真面目，只缘身在此山中”的诗意有了更加切实的体味。房东提醒我们不能再往下走了，从来没有人知道谷底是什么样子，再往深处走，从没有路的陡坡返回，那是极为困难的。听从房东的劝告，我们艰难地返回，一个个瘫坐在地上，大口地喘着粗气。

从来不抽烟的我，从采购员手里接过一支香烟，吞云吐雾一番。小杜姑娘和大师傅则各自采撷一朵粉色的桃花别在发间。飞花飘絮，微风撩动她们的裙摆，回眸莞尔之间，俨然清水芙蓉，亭亭玉立。桃花映红了她们的脸颊，如脂似玉，与无际的桃花林交相辉映。见此情景，我的思绪也随风飘扬。我想，这些陕北高原的女子们，正是嫣然桃花的转世，用了无尽的等待，才换来这次与春的倾情相拥。如此美轮美奂的胜景，应该留下永久的纪念。房东打开相机，按下快门，留下了这难得的瞬间。回到驻地后，将照片发到网上，众多网友纷纷点赞，在赞赏美景的同时，有的网友还羡慕地说：多么和谐漂亮的一家人啊。可他们哪里知道，我们是来自山东、青海、陕西三个省份的人，充其量是阶级兄弟姐妹罢了。

当夕阳的余晖洒向大地的时候，我们收拾行装准备返回山下驻地。临行前，小杜姑娘和大师傅在采折含苞欲放的桃枝。回到窑洞后，大家就忙着找花瓶，洗刷花瓶，再给花瓶里盛上清水，将桃枝从瓶口插进去，一瓶瓶桃花摆在了窗台、餐桌和办公桌上，野外的春天被搬进了窑洞。所谓花瓶，其实那就是喝过酒的空酒瓶，牌子繁多，琳琅满目，有陕西的西凤、山西的老白汾、内蒙古的宁城老窖，还有从山东带过来的青花瓷。

在深山老林的窑洞里，我们度过了五个春秋，欣赏了五个桃花盛开的季节。开发合同到期，我们恋恋不舍地离开了陕北。阔别十载，心系陕北，桃花谷的桃花还如期盛开吗？小杜姑娘和大师傅还像当年一样面如桃花、美貌如初吗？如果能给他们捎句话，我会对他们说：“如果你们还到桃花谷去观赏桃花，恳请你们将照片和视频发过来，让我们重温一下当年在一起观赏桃花的温情岁月吧。”

桃花谷的盛景，是黄土高原生态环境改善的一个窗口和缩影。为了防治黄土高原水土流失，让黄河变清，为下游人民造福，国家在黄河上游流经的省份实行退耕还林、限耕禁牧的政策。经过数十年的努力，昔日光秃裸露的黄土高原，如今林木葱茏，处处绿水青山。随着生态环境的优化和旅游资源的开发利用等，一些新兴产业蜂拥而起。“绿水青山就是金山银山”的理念在这里得到了最好的诠释。

如果你在春夏之际乘车行驶在贯穿陕西南北的包茂高速公路上，请透过车窗，去观赏无尽的森林和花海吧。

歌声飘在春风里

一夜春雨过后，天地之间焕然一新。一辆崭新的大巴车缓缓启动，迎着初升的太阳，向着目的地出发。车子驶过，从车窗里传出阵阵歌声，“最美不过夕阳红，温馨又从容；夕阳是迟到的爱，夕阳是未了的情……”没错，车上是一群快乐的老年人，他们是利津老年大学的学员。

大巴车从凤凰城出发，转眼就上了利津黄河大桥。看着雄伟壮观的大桥和滔滔黄河水，年轻漂亮的导游拿起话筒，向大家介绍起大桥的情况。利津黄河大桥始建于 1999 年，2001 年建成通车，是全市第一家利用 BOT 方式融资兴建的大型建筑物。大桥建成前，凤凰城偏居一隅，交通闭塞，严重影响了当地经济和社会的发展。当时的县领导下定决心建设大桥，组成专门的班子筹划大桥建设事宜。经过一年多的努力，终于拿到了建桥批复手续，使建桥的期盼与梦想变为现实。导游指着大桥左侧不远处介绍说，在建的东津黄河公铁大桥，三年内即可通车。大桥右侧不远处，是从县城内经过的天津至潍坊的高铁线路，将于年内全线开工，凤凰城将会从偏居一隅、交通不便，迎来公路和铁路网的覆盖。

大巴车行驶在 220 国道上，直奔目的地——东营东城。天气晴朗，春风和煦，学员们心情特别好，隔着玻璃窗观赏着道路两侧的风景。高大整齐的绿化带，向着车后倒去。迎春盛开的鲜花，有的长在高大的乔木上，有的挂在丛林的树枝上，树底下是一片片郁金香和淡蓝色的叫不上名字的鲜花，俨如一方方花地毯。沿途风光之美，非笔者秃笔拙思所能描述，还是借朱自清《春》里的话来加以描绘吧：“桃树、杏树、梨树，你不让我，我不让你，都开满了花赶趟儿。红的像火，粉的像霞，白的像雪。花里带着甜味，闭了眼，树上仿佛已经满是桃儿、杏儿、梨儿……”朱自清生活的那个年代，大概还没有引进樱花和郁金香这些洋花吧？不然的话，他定会把这些洋花的名字也写进《春》里去。有一句广告词叫作“不在乎目的地，在乎的是沿途的风景和心情”。我想，这就是车上这些老年人此时心情的真实写照吧。

大巴车开启转向灯缓缓转弯，导游大声告诉人们，黄河文化馆到了。黄河文化馆造型别致新颖，“黄河文化馆”五个大字赫然入目。进入大厅，一幅大型的九曲黄河的国画挂在正面墙上，国画的下面是一道红色的匾牌，上面写着“东营市党性教育实践中心”。习近平总书记“立身、立业、立言、立德”的题词十分醒目。环顾大厅给人一种庄重、威严的神圣感。

展厅内一段段生动的文字和一幅幅鲜活的画面，展示着黄河从发源地到入海口的历史传奇故事。特别是红色音乐家冼星海豪情万丈，指挥黄河儿女引吭高歌《黄河大合唱》的生动画面，给人以强烈震撼，让人们顿感热血沸腾。此情此景不仅让人们想起毛主席和中国共产党在革命圣地延安指挥全国人民抗击日本侵略者、打败国民党反动派的峥嵘岁月。

进入最后一个展厅，是一组动画视频，所展示的是从当今至2035年的全市远景目标。四通八达的高速公路、高铁、机场、码头，形成完善配套的立体交通体系；合理的学校布局、丰厚的教育资源、配套的教育设施将推动全市基础教育升华到一个新的境界；突出黄河三角洲湿地特色的城市建设将以依河临海为背景，把利津建成一座环境优美、高智能化的现代化城市。

坐落在黄河口镇的知青小镇，近年来声名鹊起，慕名而来的老年大学的学员们，终于实现了一睹小镇风采的夙愿。保留最完整，得以见证当年那段历史的建筑物当属孤岛汽车站。门口两侧的红色大字格外醒目，上联写着“听毛主席话”，下联写着“跟共产党走”。候车室内那些当年的排椅等老物件保存完整，这些物件见证了那段激情燃烧的岁月。

知青们刚到小镇时住过的草窝棚和半上半下的地窝子，佐证着人们创业初期那些艰苦的岁月；一排排的白杨树，还有那些大柳树、老榆树，已经在这里生长了几十个春秋；成块连片的庄稼地，还有纵横交错的排灌沟渠，无不凝聚着当年那些热血青年的心血和汗水。

走进当年知青们的居住的地方，那些当年的标语口号在砖墙上依稀可辨——“到农村去，到边疆去，到祖国最需要的地方去”“好儿女志在四方”“广阔天地，大有作为”。进入知青宿舍，当年留在墙壁上的那些文字和漫画，既让人感动又让人心酸。有一幅表现知青探亲归来的漫画，配有一首打油诗，诗曰："探家归来行囊多，还为战友捎包裹；大包小包提不动，父母关爱暖心窝。"

当年那一代热血沸腾、意气风发来自城市的青年人，现在已是年逾古稀的老人了。他们回首这段往事的时候，一定会百感交集。好在他们曾经生活战斗过的地方已被列为红色教育基地，那段激情燃烧的岁月会让人们从中得到深深的启迪和感悟。

大巴车一路北行，驶过黄河，来到最后一站——利津县盐窝镇南岭村的老街长巷。从洪武二年（1369 年）起，一批批山西移民陆续迁至大清河东一溜高土岭上安家，因村庄在高土岭的最南端，故取村名为南岭子。村子向北，依次与薄家庄、北岭子等村相连，形成蜿蜒十里的一条南北向长巷，贯穿 9 个行政村，有 1661 户、6021 人。

黄河大堤的堤口，正对着老街长巷的南大门。大门的一侧是停车场，左侧近处是修缮过的老戏台。走进大门向北望去，看不到长巷的尽头，老街长巷果真是名副其实。长巷两侧的大门都向巷子敞开着，高大整齐的房舍，显示着村民们的富足。其间也夹杂着一些用土坯建造的老屋旧舍，虽经修缮，但依然保持了老屋的原貌，它们是古村老街的见证。

老街长巷的街坊们世世代代在这里生活繁衍。手工业、地方名吃和大小不等的商铺门店滋养了一代代农家人。最负盛名的是南岭豆腐和猪肉丸子，在当地流传数百年，依然久盛不衰。

学员们对农家老屋内外所展示的老物件表现出了极大的兴趣并亲身体验了一把：女学员们分别坐进了大花轿，四个劳力勉强抬得起来，音乐班的孟班长哼起了抬花轿的曲子，抬轿者跟着旋律扭扭摆摆，还真像那么回事。

一个农家院里摆放着一辆独轮小推车，两名学员坐了上去，要寻味一下当年坐小推车的感觉。我驾起小推车在院子里走了一圈儿，大家向我竖起了大拇指，大声喊着"加油"。其实，推两个人对我来说那是驾轻就熟、小菜一碟。上高中时，那年我十八岁，跟着大人们去临朐换地瓜干儿，那可是整整五百八十斤的载重啊。

走进对面的一个农家小院，大炕上一位年逾八旬的老人正在纺线，炕面上摆放着各种花色的鞋垫。大娘姓薄，有位女学员靠近大娘身边问："大娘你这么大岁数纺线不累吗？"大娘微微一笑说："年轻时纺线是生活逼的，现在是图个快活，干着玩儿，玩儿着干。现在不愁吃、不愁穿，过着神仙般的日子，咱老百姓的富裕是国家富强给咱带来的啊。”老人的一番话，大家点头称是。一位学员喃喃自语道：“真是金杯银杯，不如老百姓的口碑呀。”

在村里看到最多的是老年人，他们脸上都挂着惬意的笑容，十分自然地向我们打着招呼。一棵大桐树下，几名老者围坐在一起下象棋；老屋旧舍里街坊老友在聊天品茶；偶尔看到一两位老者在摆弄着自己的菜园。他们在安宁、祥和、温馨的氛围中品味着自己惬意的日子。目睹此情此景，不仅让人想起《桃花源记》里的名句——“屋舍俨然，有良田美池桑竹之属”“黄发垂髫，并怡然自乐”。

夕阳映红了西边的天际，人们意犹未尽，恋恋不舍地向老街长巷的街坊们挥手道别。大巴车行至一所学校门口，正赶上放学，大喇叭里传出铿锵有力的《歌唱祖国》乐曲声，车上的人们随着旋律大声唱了起来，尽情抒发着参观归来炽热的情感。

“五星红旗迎风飘扬，胜利歌声多么响亮，歌唱我们亲爱的祖国，从今走向繁荣富强……”

歌声穿过车窗，在春风里久久飘荡，飘荡。

童心绽放的乐园

阳春三月，百花盛开。凤凰城实验幼儿园的大门口两侧，一排排整齐挺拔的法桐，树冠连着树冠，郁郁葱葱，遮天蔽日；一簇簇开着五颜六色花朵的灌木丛，展示着春日的风采；树荫下一方方七色花圃像是接连不断的花地毯。矗立在校园大门口的大三角几何图形，在绿树花丛的簇拥下，显得格外醒目。写在三角图板上的那三行鲜红的大字赫然映入眼帘："把游戏还给孩子，把童年还给孩子，把快乐还给孩子。"

走进凤凰城实验幼儿园，你的想象和期待立马得到验证。这是一个倡导回归自然、自由自主、释放孩童天性的自由天地。园长叫郝育童，是一名老党员，中国幼教领域的知名人物。他和幼儿园里的老师们一起创造了丰富多彩、别具一格的凤凰城儿童游戏。他们利用校园里的每一寸空间来打造儿童益智园地，让幼儿园里每一处角落都充满鲜活的灵性，让孩子们每一天都尽情释放天性。

以引动童真童趣为主旨，打造儿童生命绽放的乐园。郝园长和他的老师们有一个共同的目标，那就是把幼儿园建成幼儿在其中既获取知识又释放天性的乐园。郝园长是这样说的："让有限的教育资源效益最大化，打造一个玩味十足的幼儿园，打造一个让儿童生命绽放的乐园，打造一个让孩子来了就不想走的幼儿园。"针对幼儿园普遍小学化的倾向，郝园长和老师们统一了思想认识，全面探索创新发展思路。他们认为，幼儿园绝不是孩子们学习语文、数学的地方，而是一个环境幽雅、充满乐趣、寓教于乐、获取综合知识的乐园。

按照他们的发展思路，各项游戏活动全在幼儿园中铺开，大胆迈出了开拓创新的第一步。但随着活动的开展，有的家长不乐意了，他们发牢骚说："整天就知道瞎玩儿，学不到什么知识，幼儿园办学方向有问题。"甚至有的家长试图让孩子转园。面对来自家长和社会的疑虑和非议，幼儿园老师们思想压力很大，处在了坚定不移朝前走还是退回老路的十字路口。面对进退两难的境况，郝园长思想坚定、毫不动摇地采取了多项措施，寻求方方面面的理解和支持。一是问计于教师，召开全体教师会议，让大家畅所欲言、各抒己见，最后统一思想：在创新路上坚持走下去；二是邀请儿童家长到幼儿园观摩孩子们的户外活动项目，并亲自参加户外亲子活动，一起体验快乐；三是向上级主管部门汇报具体情况，获取上级领导的支持。通过一系列的有效努力，舆论环境逐步向着有利的方向转化。他们坚信，只要符合国家的教育方针和要求，符合家长对儿童健康快乐成长的愿望，就一定能坚定不移地按照创新思路走下去。

把大自然搬进园内，让幼儿园成为孩子们与大自然和谐相处的自由天地。按照创新工作思路，一批批小动物陆续入住幼儿园。新的一天在孔雀的叫声中开启了，骆驼扭着长长的脖子悠闲散步，可爱的小羊跑来跑去……每天校门一开，小动物们便以各自独特的表达方式迎接小朋友们入园。

孩子们在这趣味浓厚的环境中，看小鸡破壳、桑蚕吐丝、蝌蚪一天天长出小脚，蜘蛛辛勤结网……孩子们也偶然看到过溜进校园的野狗凶残地咬死兔宝宝的场景。孩子们亲眼目睹了弱小生命被残害，却在悲伤中慢慢懂得生命的珍贵。

为了建成绿色校园，郝园长带领大家实施了大树移植进校园工程。法桐、白蜡、国槐、垂柳、山楂树……一棵棵大树不仅撑起一片片绿荫，也让孩子们认识了不同品种的树，在大树下尽情游戏。生态植物园里有多达上百种树，有的三季开花，有的四季常青；开心小农场里，各种瓜果蔬菜应有尽有，成为孩子们劳动和认知植物的好去处。

把敢于挑战的勇敢精神植入校园，让校园成为培养勇敢者的基地。郝园长说了这样一段话："如果说家长有童年的遗憾，那么我们不能让生活在新时代的孩子们有童年的遗憾。童年的游戏文化，会让儿童从中吸取有益的营养，让儿童从小就树立优秀的精神品格。"

郝园长带领他的幼儿教师团队，把泥土引进幼儿园，创设了各种"土中作乐"的趣味游戏。他们在小树林里堆起土山，顺势建起富有童话色彩的"阿里巴巴洞"，孩子们在洞里钻进钻出，尝试着勇敢探险的游戏；他们在草地上挖出"战壕"、堆沙袋、架"大炮"，体验枪战游戏的刺激；沙地下面建起了坚固的地道，地道口还设有暗堡，孩子们尽情地玩着地道战游戏；他们还将黄河岸边的沙土运进幼儿园，并且购进了电动机，研发制作了小小挖掘机。有家长在朋友圈留言："学挖掘机哪家强，凤凰城幼儿园找园长。"郝园长始终认为，孩子的三年幼儿园生活，在启发智力的同时，打下一个良好的身体底色是其一生幸福的基石。户外体育运动带给儿童的不仅是强健的身体，更有愉悦的情绪、丰富的情感、进取的精神、坚强的意志以及旺盛的生命力。

凤凰城幼儿园的创新园风，像一股强势涌动的新的潮流，涌向全国各地。一些园长和幼儿教师慕名而来，其中有来自浙江、内蒙古、云南、黑龙江的等等。他们学到了开创幼教新模式的经验，也亲眼见识了这位幼教行业的领军人物郝育童园长。

郝育童园长的事迹，得到了社会各界的认可和推崇，受到了政府和上级教育主管部门的表彰奖励。先后获得"全国共育国培计划"专家、宋庆龄幼儿教育奖、山东省学前教育先进个人、山东省教育管理创新园长等众多荣誉称号。这些荣誉，对郝育童这位致力于幼教创新的教育工作者来说，真的是实至名归，当之无愧。

劲竹亮节

回顾党的百年奋斗史，一代代优秀的共产党人为革命抛头颅洒热血，为实现共产主义的远大目标不惜牺牲自己的生命。他们的英雄事迹激励着后人为了坚定的政治信念而奋斗。在利津革命烈士陵园，有一座高大的雕像矗立在苍松翠柏之中，雕像一侧的墓碑上，赫然写着徐向前元帅亲笔题的七个大字——“李竹如烈士之墓”。李竹如，中国抗日战争期间和新闻史上著名的烈士，也是中共山东省委机关报《大众日报》办报历史上职级最高的烈士。他主持起草了中国历史上第一部人权保障条例，血洒沂蒙时年仅三十七岁。

渤海之畔，黄河岸边，有一个叫庄科的小村庄，李竹如就出生在这里。李竹如，字世华，又名一凡。他幼时便勤奋好学，在家乡读完小学后，1922 年至 1925 年，在惠民第四中学读初中。那时，王尽美、邓恩铭等一批共产主义先驱正在山东各地宣传马克思主义真理，组建党组织。1925 年及之后，李竹如先后在南京东南大学附中和济南读高中，其间接触到了一些马列主义的传播者，受到革命思想的熏陶，萌生了为共产主义事业奋斗的理想，也学着早期优秀共产党员的样子，向村里及老家的青年学生述说天下大事，积极传播反帝反封建的新思想、新观念。

李竹如在自己老家的门上大胆贴出了“马列传天下，世界要大同”的对联，把马列主义的春风吹遍了黄河岸边的村村落落。马列主义新思想的传播，唤起了人们争自由、求解放的强烈信念。1927 年春，他加入了中国共产主义青年团，不久就加入了中国共产党。他带领大家创办了《竞进周报》，开始了一个革命宣传家的奋斗生涯。

李竹如是山东地区宣传马克思主义的先驱。1939 年年底，时任中共山东分局民运部长的李竹如，代表分局到报社主持讨论纪念创刊一周年事宜，他提议并亲自起草电文，报请毛主席题词。不日，毛主席用电报发来了题词：“动员报纸、刊物、学校、宣传团体、文化艺术团体、军队政治机关、民众团体及其他一切可能力量，以提高民族觉悟……”毛主席的题词既是对《大众日报》的希望与鞭策，也是对军民的庄严号召。

李竹如是《大众日报》的创刊人之一。1940年年初，李竹如担任了山东分局宣传部部长，并兼任《大众日报》社管委会主任。在主持《大众日报》日常工作中，他就以坚定的政治立场、清晰的新闻理念主持办报。这些先进的理念和思想，主要体现在《抗战三年来的宣传鼓动战》《光荣的历史与光荣的任务——为九一记者节而作》等文章中。他说：“抗战中的新闻记者不仅仅是一个宣传家、鼓动家与社会教育家，更应该成为一个优秀的组织者、督促者与指导者，他们比任何时期都担负着更重要的神圣责任。”

历史告诉我们，李竹如是山东地区早期用笔战斗的勇士。在主持《大众日报》社工作期间，他倡导让报纸成为抗战期间党的重要宣传喉舌，成为打击敌人、唤起民众的有力武器。他旗帜鲜明地指出，历史上从来没有无立场的报纸，也从来没有无立场的新闻记者，抗战和进步应当成为今天中国新闻记者共有的立场。站在这一立场上，才能令民众心甘情愿地拥护共产党的领导，才能胜利地担负起光荣的时代责任。他还亲自起草重要的社论和文章。有资料显示，从1939年11月至1945年5月，李竹如在《大众日报》发表署名文章10余篇，计8万余字，为宣传马列主义思想和党的方针政策作出了不可磨灭的贡献。

李竹如是一名卓越的社会活动家。他不仅是一名优秀的报社主持人，而且还积极参加重大的社会活动。1940年7月，时任中共山东省分局宣传部长、《大众日报》社管委会主任的李竹如出席了山东各界人民联合大会，并具体负责大会的组织工作。在大会上做了以《战斗中的山东人民》为题的长篇报告。他报告中的一番话意味深长：“严防群众领袖的自高自大或自满，严防其脱离群众，防止其新官僚主义的生长……”李竹如在起草此报告的时候，心里一定反复吟诵过郑燮的诗句：“衙斋卧听萧萧竹，疑是民间疾苦声，些小吾曹州县吏，一枝一叶总关情。”

1940年11月，山东根据地的临时参议会相继讨论通过了《山东省各级参议会组织条例》等一系列法规条例，这些都是李竹如组织起草的。其中，《人权保障条例》是中国历史上第一部人权保障条例。此条例在1941年1月22日《大众日报》上全文发表，后来被收入《世界人权约法总揽》。被《条例》是我国历史上第一部专门的人权保障条例，也是我党组织制定并公开发布的第一部《人权保障条例》。

“咬定青山不放松，立根原在破岩中。千磨万击还坚劲，任尔东西南北风。”李竹如，一名永远载入中共史册的英烈，他的一生是呐喊与战斗的一生，在他身上所展现的红色基因和坚强的革命意志，激励着共产党人和人民大众朝着烈士所追求的远大目标不断进取奋斗。

艺不少学过时悔

朋友从微信上发来一篇叫《六悔铭》的文章，说是宋朝名相寇准的大作，细细读来颇有感触。特别是“艺不少学，过时悔”和“见时不学，用时悔”两句，触动了我的心绪。

为丰富居民的文化生活，我所在的社区成立了常青树老年艺术团，有朋友知道我拉过二胡，就引荐我到团里给人家伴奏。年轻时自己确实拉过二胡，可参加艺术团伴奏还是第一次，心里没底，直犯嘀咕。在朋友的再三鼓励下，我硬着头皮进了伴奏团。可到了团里一试活儿，音准、节奏根本把握不住，成为歌曲旋律中的杂音。在团长的鼓励下，我参加了三次合奏，仍难融入优美和谐的旋律中去，当时那种无奈和尴尬让我无地自容。于是，我下决心辞去了这份差事，打算学习深造一番，再重新加入这个让我喜欢的团体。

记得上初中的时候，我就喜欢上了拉二胡。有位同学从他外公那里拿了一把二胡到集体宿舍里，同学们都抢着学，我也不例外。为了能学会拉二胡，有时我装病不去上课，躲在宿舍里练习。到毕业的时候，竟然能拉出《东方红》等一些简单的曲调。毕业后，我到村里担任了民办教师，继续练习拉二胡。好在村里没人懂二胡，都说我拉得不错。夏天，村东头的大柳树下，我为乘凉的乡亲们拉二胡，虽然水平一般，但在那个寂寞的年代，还是博得了大家的不少掌声。

在农村拉，再到公社里的舞台上拉，一种“二胡高手”的感觉使我飘飘欲仙。

记得和我一起教学的一名老师二胡拉得很好，《二泉映月》《喜送公粮》《奔驰在千里草原》等一些曲目演奏得非常娴熟。当时，我对这位同事的演奏不屑一顾，为了自己的面子，从未向他请教过。还有一次就是到县文化馆参加乐器培训班，自以为自己拉得不错，天天练习一些曲子，而忽视了向老师们学习指法、弓法等基本功，一段时间下来，二胡演奏还是老样子。

直到“一头白发催将去，万两黄金买不回”时，我才真正体会到“艺不少学，过时悔”和“见时不学，用时悔”的真正含义。

听到过这样一个故事。“文革”期间，有一名教授被打入牛棚劳动改造，劳动之余，他坚持背诵《辞源》《辞海》，为以后重上讲台做知识储备。在一起劳动改造的一位普通工人向教授请教说：“将来你能当教授，我还是啥也不会呀，指点一下吧。”教授得知他是一位建筑工人，就为他买来书，让他学习编钢丝网的技术。后来，这位工人能编出几百种花样的钢丝网，并将编织经验汇编成书，成为富甲一方的名人。

“书到用时方恨少”“三人行必有吾师”。身边到处是老师，事事有学问，就看你是否用心了。为了弥补心中的缺憾，在朋友的鼓励下，我鼓起勇气报考了老年大学二胡基础班，虚心向老师学习，课余时间坚持练习，拉二胡的水平有了明显提高。

我有一个愿望，那就是学成之后重新回到我所喜爱的伴奏团，和大家一起歌颂祖国、歌颂美好幸福的新生活。我相信，这个愿望一定会实现。

吴师傅的修鞋摊

县城北郊有一个百年古村叫槐树庄。据说村庄的名字是缘于村口的那棵大槐树。到了大槐树往村里走，就进入村里的集市了。

大槐树作为村庄的一处地标，多年来一直默默无闻地矗立在村口。但自从吴师傅的修鞋摊儿在大槐树下开张后，发生的那些暖心的故事让大槐树声名鹊起，十里八乡无人不知、无人不晓。

吴师傅名叫吴成贵，四十岁前是县办制鞋厂的技术员。21 世纪初，企业倒闭，工厂停工关门，他回到距离槐树庄五里远的老家重操旧业，再次过上了日出而作，日落而息的农民生活。

辛苦一年，收入微薄。思来想去，他跟老伴儿商定，家里的几亩薄地由老伴儿打理，他本人利用制鞋的一技之长，到县城摆摊儿修鞋。

吴师傅制鞋手艺好，为人诚实正派，心眼儿好，很有人缘，找他修鞋的人也就特别多，一天到晚有干不完的活儿。眼见吴师傅的修鞋摊儿生意红火，有人前来拜师学艺，心地善良的吴师傅便收下了几名徒弟。吴师傅耐心传授，他那些徒弟慢慢掌握了修鞋技术，一个个都能独撑门面，成了熟练的修鞋师傅。

人心隔肚皮，世事难看透。想不到的是，有个徒弟心胸狭隘，看到吴师傅生意红火，自己的摊位前则很少有人光顾，竟然心生妒意，趁吴师傅回家取东西时，悄悄将一些劣质的修鞋材料偷换下了吴师的合格材料。吴师傅修的鞋子很快就出现了问题，很多客户来找吴师傅讨说法。吴师傅怎么也想不出是哪儿出了问题，旁边一位修鞋的老师傅实在看不下去了，悄悄告诉了吴师傅事情的原委。吴师傅得知后，气愤难耐，想找那个徒弟理论一番，可静下心来一想，不值得和这种小人生气，惹不起还躲不起吗？吴师傅收了鞋摊儿回家，暂时歇业了。

吴师傅到槐树庄赶大集，一个朋友跟他说："槐树庄大集是个天天市，人来人往，你去大集上摆摊吧。”几天之后，吴师傅的修鞋摊儿就在槐树庄的大槐树下开张了。

心灵手巧的吴师傅，不光修理过无数的鞋子和拉锁，还帮助村里不少人家修理过缝纫机、农具等。一位行动不便的老人找到吴师傅，说他家的门窗和门锁坏了，想让吴师傅给修修。这虽然不是吴师傅的服务项目，但他还是很爽快地找来工具，把门窗和锁全部修好了。当那位老人去拿钱的时候，吴师傅早已离开了。老人手里拿着钱，向着吴师傅的背影喃喃自语：“都说你是个好人，真是名不虚传啊！”

为了满足老人和孩子们的需求，吴师傅焊制了两个货架子，又从临沂小商品市场批发来针头线脑、儿童玩具等。赶集回来的孩童们挑好自己满意的玩具，蹦蹦跳跳高兴而归。吴师傅随后又新上了磨剪子、戗菜刀、配钥匙等服务项目。村里人把吴师傅的摊位戏称为“万国博览会”。

眼见大槐树下的“万国博览会”人气越来越旺，诸多部门和团体也前来凑热闹。社会志愿者组织在大槐树下立起了一块“爱心驿站”的大牌子，为过路行人免费提供饮用水和口罩等；科技部门来大槐树下办起了科技推广宣传站；农技部门提供农业知识咨询服务并发放明白纸。一时间，大槐树下成了整个集市和村庄人气最旺的地方。

牛年的夏天持续高温，气温一度高达三十八九度。在一个烈日炎炎的中午，一辆轿车停在离大槐树不远的路边，车主急匆匆下车买菜，还没走多远，汽车突然冒烟自燃，发动机部位蹿出火苗。车主边往回跑边大喊：“快救人啊，车里还有个孩子！”听到喊声，吴师傅和身边帮忙的一个年轻人抄起灭火器向轿车冲去。火势很快得到了控制，吴师傅奋不顾身地拽开车门，一把拖出后座上的孩子。孩子安然无恙，可吴师傅掌心的皮肤被车门把手大面积烫伤，被送进了医院。吴师傅灭火救人的事迹传遍了十里八乡。省电视台来槐树庄采访了吴师傅，吴师傅的大幅照片被登上了省报……

四季如常，岁月静好。槐树庄及村内的集市还是像往常一样，车水马龙，人来人往。槐树庄的大槐树及吴师傅的“万国博览会”是这里最靓丽的一道风景线。

村庄里的“蘑菇墩”

冬日暖和的日子里，站在黄河大堤的堤顶上俯视依偎在大堤臂弯里的小村庄，红瓦房顶被绿树掩映的景象已随冬季的到来而悄然褪去。与房屋相拥的是一个个圆形或椭圆形的“蘑菇墩”，这是黄河三角洲一带农村冬季特有的景象。走近一看，那些“蘑菇墩”原来是农家院子里和院子外一个连一个的大草垛。

二十世纪六七十年代的乡村，家家户户的房前屋后都堆着高高矮矮、大大小小的草垛，有圆形的，也有椭圆形和长方形的。这些草垛有从生产队里分到的玉米秸、棉花柴，也有从收割后的庄稼地里搂来的杂草和大豆叶，再就是从几十里外的东洼和北洼捡拾来的野草。这些草垛在树木和村庄的包围中，星罗棋布地排列着，远远望去，就像童话里那一个个大蘑菇墩，在炊烟升起的地方守护着村庄，也似乎在诉说着农民生活的艰辛和村庄绵延不断的人间烟火气。

在我童年的记忆中，老家的院子里至少有两个大草垛。一个是麦穰垛：从生产队里分回来的麦穰，垛成一个圆柱形，垛顶是个半圆形，并用泥巴封顶。另一个则是随时可以烧的柴草垛。那时候村里没有煤气和天然气，冬春烧火做饭就靠这草垛。

家家户户的大草垛，大多是来自东洼和北洼，但村民们也绝不会放过家门口拾柴搂草的机会。

秋末冬初的一天夜里，七八级的西北风吼叫着肆虐了大半夜。将要天明的时候，母亲叫醒了我们。母亲说：“这一夜大风把大堤两边的柳树叶子刮下来了，快起来搂树叶子去。”我和姐姐带上耙子、包袱和麻袋，奔大堤那里的树林而去。到现场一看，有人已经先到了，用耙子圈起了一大片树叶。好在还有别人没占到的地方，我和姐姐也圈起了一大片。忙活了一天，收获颇丰，搂回的柳枝柳叶竟然堆成了一个不大不小的草垛，几乎烧了大半个冬季。

当时生产队里一年最后的农活儿是打棉花柴，就是收割已经拾完棉花的棉花棵。打棉花柴一般是用镰刀砍削，或是用小镐头砍截，棉花的根茬留在地里。大人们不好意思去干这个小活儿，可少年儿童们却乐此不疲，孩子们带上专用的铁夹子，将棉柴根一棵棵拔起。棉柴根是一种硬柴火，烟少而耐烧，晒干之后堆在棚子或门洞里，待夏季连阴雨天时才舍得用。

“不怕锅无米，就怕灶无柴。”每年的秋种刚刚结束，拾草就成了头等大事。黄河三角洲地广人稀，离家二十公里外的东洼和北洼是一片广袤的荒草地，也是人们拾草必到之地。每到下洼拾草的时候，爷爷就细心收拾小推车、绳子、大拉耙等所有工具；父亲在院子里的大树下，蘸着水将镰刀和锄头磨得锋利无比；奶奶和母亲则忙着烙饼和烤火烧，为下洼拾草的人们准备干粮。

爷爷去世后，父亲被招进国有林场工作，我和姐姐便从父亲手里接过小推车，跟着大人们下洼拾草。第一次下东洼拾草那年，姐姐十六岁，我十四岁。拾草前天夜里母亲安排我们睡下，然后帮我们收拾好拾草的工具，她自己在煤油灯下做针线活儿。刚刚过了半夜，母亲听到邻居——下洼拾草人们的说话声，就下炕给我们做饭。我和姐姐吃了饭离开家，跟着大人们在星光闪烁的黑夜里，顺着黄河大堤一路东行，徒步走了二十公里天还没亮。当到达黄河转弯处一个叫西河口的地方，大家停了下来，就在这里拾草。我和姐姐学着大人们的样子，镰刀、锄头、耙子一起上，装满了整整一小车草。

回家的路上，姐姐推着小车，我在前面拉车，开始还能跟上大人们的步伐。可到了离家还有五六里路的时候，我们掉队了，我的两条腿实在迈不动了。于是我要起赖来，干脆躺在大堤坡上不走了。姐姐先是吓唬我说：“你躺着吧，我自己推车回家了。”见我还是不动，姐姐又哄我说，到家后让母亲做好吃的。我仍赖着不动。姐姐没办法，自己推车走了一段，再折返回来扶我前行。就在这时，对面不远处传来父亲的呼喊声：是父亲来接我们了。我呼地爬起来，向父亲跑去……

下洼拾草的经历深深地刻印在我的脑海里，这段经历也让我亲身体验到了推小车长途负重前行的不容易。

如今，农民的生活已经发生了翻天覆地的变化，家家户户用上了天然气，再也不用去洼地里拾草了。村里的一些老年人还保持着垛大草垛的习惯，但大多数人家已经不再有大草垛了。

抚今追昔，感慨万千。既欣喜于现今农村的新生活、新面貌，又时时想起村里的那些大草垛，想起大草垛给人们带来的温暖，想起那些烟火人间气的味道。

朋友一生一起走

“朋友一生一起走，那些日子不再有……”当这熟悉的旋律再次传入我的耳中、渗入我的脑海、走进我的心里时，我正舒展着身体，斜躺在沙发上，津津有味地咀嚼着“朋友”一词所蕴含的温暖与酸涩。

故乡坐落在黄河岸边，这是一个百十户人家的小村子，就像一个熟睡的婴儿，静静地依偎在黄河大堤的臂弯里。中华人民共和国成立后，村里除一名南下干部转业后留在外地工作，村里清一色是种庄稼为生的农民。我高中毕业回村后，村里的长辈们一再鼓励我努力进取，争取找一个吃公家饭的工作，为街坊们争口气。而立之年，我通过考试成了一名国家干部，带着乡亲们的希望和嘱托，开启了自己的奋斗之旅。冬去春来，花落花开，转眼十个春秋过去，我被安排负责主持一个乡镇的工作。一路走来，每到上台阶、进一步的关键时刻，工作和生活中的朋友都会伸出温暖的手拉我一把。朋友们的关心和温暖，让我终生难忘。这也应了那句老话“在家靠父母，出门靠朋友”。

“朋友一生一起走”，那是朋友互相之间的良好祝愿。有的朋友走着走着就走散了、走远了。有一位同事，我们一起调至一个单位，相处五年，亲如兄弟。后来，我们又同时离开那个单位，各自走上新的工作岗位。虽然不在一起共事了，但我们彼此时时关心着对方的家庭和事业，稍有闲暇便经常小聚。再后来，同事聚会时，该朋友就一次次找理由推脱，慢慢就不参加了。听说他有怨言，提出当年外出参观考察，为啥让他在家主持工作。身边的朋友问我为啥，我回答了两个字——“信任”。有人说，他又结识了一些新朋友，还陶醉在相见恨晚的幸福中。

夏日的闷热令人烦躁不安。朋友莫名其妙地离开，让我反思是不是自己说错或做错了什么，心里倍感纠结和迷茫。

那天傍晚，我突然接到一位开酒馆朋友的电话，约我到他酒馆一坐。到了那里，我们面前各自一杯酒，边喝边聊，互相倾诉心事。说到朋友这个话题，这位朋友对我说：“缘来好好珍惜，缘散坦然面对。其实朋友不在多，三五个足矣。那些宽泛的交往、浅浅的情缘算不上是真正的朋友，那些有功利之心的交往更算不上朋友，静下心来，重温一下那些陪我们一起走过风风雨雨的朋友吧，你会感到特别的舒心和温暖。”

朋友的话让我茅塞顿开。住在我生命里的那些朋友在我脑海里一一浮现出来。

那位魏姓朋友，是我从事基层文化宣传工作时的同仁。记得那年秋季，老家因扬水站迁址，没能浇上地，耽误了种小麦，家里老婆孩子吃饭都没有着落。朋友的妻子和孩子是非农业户口，吃商品粮。得知我家中的困境，他先送给我面粉和粮票，然后干脆把粮本交给我，帮我渡过了难关。那年，我从县城调到了一个偏远乡镇工作，孩子愿意留在县城上学，而我想带他到那个乡镇就读。正在难以抉择之际，魏姓朋友两口子到我家主动提出让我的孩子住在他家上学。在夏日的一场大雨中，他到学校去接我们两家的孩子，他一手撑着雨伞，一手牵着一个孩子，另一个孩子自己打伞在后面跟着。站在校门口目送孩子的校长问哪个是他自己的孩子，有老师告诉校长，自己打伞的那个是他的亲儿子。校长望着魏姓朋友的背影喃喃自语道：“你看人家这朋友做的。”

我心中的那位高姓朋友，是公社电影队的放映员，和我一样，是在公社里干临时工的兄弟。家里老父亲正操持着给我弟弟盖房子，东求西借勉强凑够了建房的物料。但房顶盖瓦和街坊们帮忙的费用还没有着落。看着父亲愁眉苦脸的样子，我对父亲说，还差多少钱我去借吧。我骑上自行车到了高姓朋友家里，提出向他借钱急用，他二话没说，爽快地答应了，第二天上午，他把一百五十元钱送到了我家里。后来我才知道，他跑了大半夜，找了三家亲戚才凑足了这笔数钱。

那年一开春，我家建房垫好了房台准备打夯，正赶上县里组织浅海滩涂开发大会战，所有的机械和青壮年劳力都去参加会战了，打夯找不到人帮忙。听说这位高姓朋友和别人搭伙养着一部链轨车，傍晚我找到他家里，想让他帮忙把房台镇压几遍。可到了他家一看，链轨车已经装上了卡车，准备明早四点出发去滩涂开发工地。看到我欲言又止的样子，高姓朋友说：“咱们是好兄弟，有事你说话。”我只好实话实说。听了我说的情况，我那朋友把目光瞅向了正在吃饭的两个司机，司机们说：“哥，你说咋办就咋办，俺听你的。”“那好，给咱哥倒酒。”几杯酒下肚，我骑自行车迷迷糊糊回了家，临走也没好意思追问镇压屋台子的事能办不能办。

早上五点左右，村头一位街坊跑来告诉我，有台链轨车正在给我家镇压房台，让我快去看看。到现场一看，房台正在镇压第二遍，我紧紧握住朋友的手，眼泪差点儿掉下来。完工之后，他们又重新将链轨车装上卡车。后来听说，他们晚到工地半天，分到了最难施工的地段，大大影响了工效，收入比别人少了许多。为这事，我一直愧疚了好多年。

“山不转水转，水不转人转。”转眼几十个春秋过去了。有一天，我突然接到这位朋友的电话，说是上级落实政策，对电影放映员给予固定补助，要到县城来找我和另外两名同事为他填写证明材料。我对他说：“你们来县城不方便，我带两名同事去你们家吧。”当年意气风发、活力四射的那帮年轻人再次相聚时，已是耳顺之年的老人了。离开高家时，这位朋友一直送我们到村口，一一握手告别，朋友又说出了他当年常挂在嘴边的那句“有事你说话”。记得小品演员郭冬临在表演中说过这句话，可那毕竟是表演，而这位朋友的话却是发自肺腑的。

三十多岁参加工作，我也算是半路出家。当我刚走上新的工作岗位时，我的一位刘姓同学已是县组织部门的主要负责人了，同在一层楼办公。我们来往频繁，重温了当年共度寒窗时结下的友谊。他们家就住在机关家属院，我是单职工，他家里做啥好吃的，都让孩子来叫我，同事们都非常羡慕我们亲密无间的同学之情。

那年深秋的一天，天气突变，一夜之间气温下降了十几度，我的衣服都在老家，身边只有单衣。上班时间到了，人们聚集在一楼大办公室里签到，大家隔着窗户看到，刘同学的胳膊弯里夹着一件毛衣，有人大声问：“你们说领导这件毛衣是带给谁的？”人们异口同声地说“同学”。

1990 年的初秋，一夜之间降下了二百多毫米的大暴雨，夏播作物的小苗，浸泡在半米多深的积水里。县直机关紧急动员，除留下值班人员外，其余人全部到乡镇帮助排涝救灾。刘同学本来被安排在县城附近的乡镇帮助排涝，可他以“年轻身体好”为由，极力申请到了涝灾严重的偏远乡。他到黄河滩区察看庄稼雨涝情况，又挨个村察看群众受灾情况，并逐一帮助村里落实了抗灾自救措施。傍晚，在经过我老家村庄的时候，他突然回头问陪同人员：“崔吉明是不是这村啊？”陪同人员说是。他说：“走，到他家去看看。这家伙工作起来啥也不管啊，根本不顾家呀！”陪同人员领他蹚着水到了我家里。他问我的家人，能不能吃上饭、房子有无损坏。陪同人员得知屋檐角有部分坍塌时，立即找来人帮助维修……

直到排涝救灾完成后我回家时，父亲非常激动地赞扬这个干部，我才知道了这件事，心里立即波涛汹涌……

真正的朋友，住在你的心里，不管分开多久，无论离开多远，心中会常常想念和牵挂你。不知道他过得好不好，不知道他是否开心和快乐，不知道他是否健康依旧。每逢碰到难题或是令人高兴的事就会想，如果他在就好了。

我有一个习惯，手机通讯录里超出一千个人，就将多年不曾联系的名字删去，只保留一千个。窗外秋雨淅沥，总算有了个闲暇之日。打开手机一看，通讯录又有了一千个以上的名字，于是小心斟酌着删去。突然，那位相处五年亲密无间，却已经走失的朋友的名字映入眼帘。是留还是删？我在纠结。

身边的朋友见我犹豫不决，就说：“你这人总是太固执，被怀旧情绪束缚着。有些事情该忘就忘，该放就放，没做成的夹生饭，再做熟了还是那个味儿吗？你留恋的这位朋友，已经建起了新的朋友圈，早就把你忘了。”

犹豫再三，我还是没舍得删去这位朋友的名字。也许哪一天，他突然记起“朋友一生一起走”这句话，给我打来电话呢？或许突然又出现在我的身边呢。

那些炊烟升起的日子

初春的下午，暖意融融。人们在连续郁闷了三个年头后．终于盼来了一个舒心惬意的春天。在楼下拨通几位老友的电话，约他们一起走进田野，感受一下春天的气息。

一位老友打开了挎在腰间的唱戏机，唱戏机里传出了韩宝仪《又见炊烟》的甜美歌声：“又见炊烟升起，勾起我回忆……”一众老友的思绪随着音乐的旋律，追忆起那个炊烟飘飘的年代。

20 世纪 50 年代末，还处于孩童时代的我们，就有了对炊烟最初的记忆。下午放学早，小伙伴儿们就帮父母干一些力所能及的农活儿。有的给猪剜菜，有的给牛羊割草，有的去村外牵回正在牧放的牛羊。当晚霞映红了西边的天际，一缕缕炊烟升腾起来时，这便是向孩童们发出的“回家吃饭”的信号。走进自家院子，就会闻到饭菜的香味，尽管那是粗茶淡饭，甚至是菜窝窝，但那种家的味道，会让你为之心醉。

在中学就读的时候，学校离家十多公里。周末放学了，和邻村的同学一起在田埂上、沟堐上一边小跑一边打闹，终于看到村庄里慢慢升腾的炊烟了，温暖的家就在眼前。走进院子一眼看到屋顶上慢慢散尽的炊烟，立马会想到，已经做好饭的母亲，正坐在炕沿上等待放学归来的孩子。走进屋里，才感到在路上打闹导致的身体酸疼，肚子里正咕咕叫。一阵狼吞虎咽之后，往炕上一躺，和母亲说着学校的事情……那时刻、那感觉，我应当是世界上最幸福的人了。

炊烟不仅是乡村特有的一景，它还是农村生活链条中的一个重要环节，与村庄里孩童们上学及庄户人家的生产活动，有着密不可分的联系。

生产队集体劳动时，每天下午一般就地歇息三次。刚到地里时休息一小会儿，那叫“插锄一袋烟”，实际上是等人到齐了再开工干活儿；劳作两个小时左右再休息较长的一段时间；当人们看到村里炊烟升起的时候，还要小憩一会儿，俗称落（Lào）二“盘儿”。待夕阳西下时，人们便荷锄回家。屋顶上的炊烟已大部散去，饭菜的香味充满院子，弥漫在空气中，母亲做好的热气腾腾的晚饭，正在等待着劳作归来的人们。

20 世纪 70 年代初，我在村小学任教。学校的作息时间也和有灵性的炊烟一唱一和，配合默契。

早上，清脆的上课铃声响起，家庭主妇们就开始生火做早饭。每当放学时，学生都要集合列队唱歌，听到歌声信号，每个家庭就开始安排午饭。在地里劳作的人们，听到孩子们的歌声就知道放学了，该回家吃午饭了。而当下午放学的歌声响起来时，家家户户就开始生火做晚饭。

深秋的一天，我带上孩子们回到了阔别多年的村庄。在车上，我向孩子们描述着村庄的景象：房屋掩映在密密的树丛中，炊烟飘浮在村庄的上空，随时能听到鸡鸣犬吠、老牛长吼。刚下过蛋的老母鸡咯咯嗒地叫着，向主人讨要奖励。

车子缓缓开进村庄，原来坑洼不平的街道，已经被宽阔平整的水泥路取代。透过车窗仔细搜寻那记忆中的炊烟，细听村内那些禽畜的叫声。可是，我失望了，孩子们也失望了。

小孙子一脸不高兴地埋怨道：“爷爷，你骗人了吧，你说的那些村庄景象，我咋一点儿也没看到呢？”

走进村庄环绕一圈儿，曾经熟悉的那些景物几乎已不复存在，记忆中的土屋矮墙、篱笆小院已无踪影，映入眼帘的是整齐的砖瓦房，间或有几栋二层小楼，宽阔整洁的街道两旁，绿树鲜花相互簇拥。我在疑惑：记忆中的村庄呢？

走进家人的小院，说起村庄的变化，他们如数家珍般娓娓道来：土地耕作已全部实现了机械化；传统的锄头犁耙已经闲置不用；家里的畜禽已全部转移到了村外饲养，施行规模化养殖。政府组织实施了“天然气全覆盖”便民工程，家家户户用上了清洁的天然气。

几位老友在夕阳的余晖里，踏上返家的路。这时，不远处台田上的土屋里一股炊烟冉冉升腾。走近一看，正在烧火做饭的是一对老夫妻。他们说，这里原来是挺大的一片果园，前两年儿子和媳妇到深圳给孩子们看孩子去了，果园由老夫妻俩勉强打理。大家纷纷打开手机拍照，留下这原始而悠然的生活情景。

我在想，回去后写一篇小文，再配上一幅炊烟升起的照片，勾起“40后”“50后”乃至“60后”们对炊烟的美好回忆，也让后辈们知晓我们曾经有过的虽贫穷却纯真的年代。

赶　会

花落花开，冬去春来。岁月静好的日子里总会发生一些独具时代印记的新生事物，以至于多年后仍封存于人们的脑海中，让人们时时回味，挥之不去。

比如说“赶会”。赶会的详称应为物资交流会，再具体一点叫秋季物资交流会。所谓赶会，是村里的人们对物资交流会的简称。

赶会，发起于20世纪80年代初，距今已有近半个世纪。那是十一届三中全会刚刚开过，改革开放的春风吹遍了祖国大地。被禁止多年的乡村个体私营悄然恢复和兴起，“勤劳致富”的口号响遍村村落落，扑面而来的是人们思想的大解放、生产力水平的大提升。

故乡的村庄离县城太远，大家都到离家不到十公里的交通重镇——陈庄镇赶会。物资交流会的主会场设在主街道上，道路两侧是架起的一家连一家的帆布篷，货架上摆满了布匹和服装。周边的辅路上，摆放有五金百货、农具、家具、瓜果蔬菜，搭设有摄影工作室、电影和录像放映厅、地方小吃摊等。在一块空地上，多家文艺团体在这里扎起大棚，有马戏团、歌舞团、摩托飞车表演和摩天转轮、儿童碰碰车等游艺设施。招揽顾客的音箱像俄罗斯方块一样叠摞在一起，那此起彼伏的声浪震耳欲聋，大有当年福建前线多组音箱同时向金门岛喊话的阵势。

那些边走边吆喝，流动卖冰棍、汽水、乐器和工艺品小挂件的，在人缝中挤来挤去。站在高处俯瞰，满大街人头攒动，用人山人海来形容一点儿也不为过。

物资交流会是村民们的盛大节日。大会开始前，家中的小喇叭里反复播放着赶会的预告。人们筹划着采购计划，安排好鸡猫狗猪等家禽家畜的管理，洗衣服，约同伴，家家户户忙得不亦乐乎。大会开张的日子终于到来，天刚亮起来，人们便梳洗打扮，穿上最好的衣服，朝会场奔去。相约的男男女女、老老少少，三个一伙、五个一群，推小车的，骑自行车的，拉地排车的，还有那些年轻的步行者们，一路有说有笑，急匆匆奔会场而去。

赶会的人群中，每个人都各有所好。主持家政的男人们，他们是到会上办理一些与生产生活有关的事项，赶到目的地便一头扎进木货市，商议着檩条、门窗、家具、小推车、地排车的价格；女人们则挤在布匹服装一条街上，选择着自己中意的商品；孩童们则在文艺表演区钻来钻去。到了又累又渴的时候，就拽着大人到小吃一条街，吃上几个又脆又香的水煎包。

应孩子们的要求，我领他们去看杂耍。看杂耍不用买门票，到时候给表演者一些零钱即可。杂耍摊儿被围得里三层外三层，孩子们拉着我的手，从人缝里使劲挤到前排。只见一个气功表演艺人正在用手指钻砖，用手掌拍砖，用额头碰碎砖头，看得让人心惊胆战。节目之间的空当，人们不停地拍手叫好。耍猴表演开始了，一只瘦弱不堪的猴子，身穿红衣服，轻松地玩着手推车背拉车的游戏。当猴子戏耍到高潮时，艺人们双手一拱，说道："各位父老乡亲、老少爷们儿，有钱的捧个钱场，没钱的捧个人场。"话音未落，就端着筛子开始收钱，大多数人都是向筛子里扔一些零钱，没带钱的不好意思站在那里，就溜到一边去了。

赶会期间所发生的那些令人啼笑皆非和感动的故事，至今难以忘怀。

我家的后邻，是我远房的姑姑家，大表哥叫有粮，二表哥叫有财，生活上对姑姑照顾得很周到。姑姑的娘家就在一路之隔的邻村，七十多岁的老人，踮着一双小脚，一辈子没出过远门。两个表哥动员她去赶会，经过反复劝说，姑姑终于同意出一趟远门。家里没有像样的交通工具，只有一辆小推车。哥俩在车子的一侧铺上褥子，给老人腿上盖上被子，扶老人坐上去。兄弟俩轮流推车，不推车的就坐在车子的另一侧，正好平衡不偏斜。兄弟俩扶着老人看了会上的热闹，然后陪老人吃了水煎包，喝了羊肉汤。多年之后，老人仍念念不忘那次远行，街坊们纷纷向兄弟俩竖起大拇指。

为了让村里的几位五保老人也能到会上感受一下热闹，村里的妇女主任和支部书记商定，带老人们去赶会。20 世纪 70 年代末，村里还是大集体生产，村里的载重运输工具只有一辆马车。他们在马车上铺上草苫子和床垫子，把老人们扶上车，铃儿响叮当直奔会场。妇女主任和支部书记领老人们看了热闹，又带他们到小吃一条街自选喜欢的美食。妇女主任询问老人们的意见："还想要点儿啥。"有位老人说："小时候跟着父母在大集上吃过的肴兔肉真香啊，这些年再也没吃过。"

于是，支部书记跑到肴肉店，买来肴兔肉，一人一份递到老人手上。他们的爱心行动受到了公社党委和妇联的表扬。

最盼望赶会的，当数正在谈恋爱或已经订婚的年轻人。他们平时很少见面，借赶会购物之际，难得一次单独相处的机会。村里有个叫二红的姑娘，聪明伶俐，人也长得漂亮,年轻的后生们争相托人说媒。后来,二红和本村的立春订了婚。那些年轻后生们也只有羡慕嫉妒恨了。也有人不怀好意地尝试挑拨他们的关系，想把婚事搅黄。他们悄悄向二红的父母传话，说立春的两条腿不一样长，是个跛脚残疾人。为了验证真假，在赶会前，母亲如此这般地嘱咐女儿，女儿怀揣妙计约立春到了物资交流会。二红执意要给立春做一条裤子，到了缝纫店，二红用皮尺反复丈量立春的腿长，然后又用手一拃一拃地丈量。立春疑惑地问："你这是怎么了。"二红脱口而出："原来你两条腿一样长啊。"立春瞬间明白了二红疏远他的原因。

物资交流会不仅满足了人们的购物需求，给人们带来了惬意和快乐，同时它还是农民收成好坏的晴雨表。当看到人们欢声笑语、满脸兴奋地到会上肆意买、玩、吃的情景时，你就会得知这又是一个丰收年，丰收和富足的喜悦分明挂在每个人的脸上。1990 年 7 月初，按季节尚未进入雨季，可连续几场暴雨从天而降，庄稼地里的夏播小苗儿都泡了汤，一年的收成付诸东流。秋季物资交流会原计划赶七天的时间，可到会的人少得可怜，到第三天就有人开始撤摊儿了。

此后，物资交流会年年如期举办。但交流会的内容却逐年发生着变化。起初的物资交流会以物资买卖的商业活动为主。随着时代的变迁、物资的丰富，以及现代商场、超市、物流配送、电商网购的兴起，到交流会上购物的越来越少了。逛街游玩欣赏娱乐节目、品尝地方名吃、孩童们玩儿电子游戏等已成为交流会的主要内容。物资交流会的已淡淡离去，文化气味却日益浓厚起来。

岁月如流水，时光不停留。半个世纪匆匆而过，但留在人们心中的赶会记忆却无从淡去。它给那个生活平淡、物资匮乏、经济落后的年代增添了勃勃生机和无限活力。

静静的村庄

村庄是大地的细胞，哪儿有土地，哪儿就有村庄；哪儿有村庄，哪儿就有庄稼；哪儿有庄稼，哪儿就是一片绿洲。

人至耳顺之年总爱回忆往事。儿时的记忆，仿佛涨潮的海水，不停地拍打昔日的印迹：阳春三月，犁地的老黄牛反刍时嘴角总是泛着白沫；院子里的小山羊总是欢蹦乱跳，有时待在矮墙和草垛上；芦花鸡下蛋后的咯嗒声总在耳畔萦绕；趴在门洞里的大黄狗总是半闭着眼睛，有人经过时就漫不经心地抬一下眼皮……哦，这是我记忆中的故乡。

一个春风和煦的上午，我回到了久别的故乡，去寻找记忆中的那些过往。村庄里屋舍俨然，水泥路平整而宽阔，印象中街道两旁那些个草垛和粪堆已难寻踪迹，再也听不到鸡鸣犬吠的合唱了。

我的发小叫黑蛋，大名周树生。退伍回村后，担任了三十多年的村支书，现在赋闲在家。推开他家的朱红大门，树生正坐在院子里那棵大槐树下喝茶。儿时的伙伴相见格外亲切，双手紧紧握在了一起。我问起他家的情况，树生告诉我，儿子在市区开出租车，女儿在市政府驻地农贸市场做买卖，老伴儿帮女儿看管孩子；他一个人在家，早晚一壶茶倒也清闲。

当我问起村里的情况时，他滔滔不绝地讲了起来。全村有五百多口人，目前住在村里的不足三百人。年轻人几乎都不在家种地，或在企事业单位上班，或外出经商、打工，名下的田地都交由老人打理，有的由村委会统一转包出去。

接着，树生略带伤感地告诉我，过去的村庄处处充满着生机和温情。早晨，一缕缕炊烟升起，满大街都是饭菜的香味儿。农闲时节人们互相串个门，侃大山，唠家常；养鸡放羊搞副业，赶会买卖赚钱花，一派繁忙景象。无论谁家娶了新媳妇，四邻八舍主动赶来贺喜，人与人之间流露出来的是真情实感。可如今村里大多是老人孩子，再也没有了昔日的热闹气氛。不过，即便是好多年轻人在城里买了房、安了家，每每春节他们还是要回来的，因为这里有他们的根，有他们的牵挂……

临近中午，树生建议领我到村里转转，看一下村里的现状。我们从村东头沿着大街向西行走，大多旧屋老户是铁将军把门，仅有稀稀落落几户人家有人居住。相比之下，村子西部还算热闹，因为这里居住的中青年人多。院子里不时传出公鸡打鸣和母鸡下蛋后的咯咯嗒声，偶尔看到几个儿童在大街上追逐嬉戏。树生说，村子东部有人住的院子已经不到三分之一了，西部的住户多一点儿，但也有一半房子是空的。

走着走着，我们来到了一处整骨所门前，进得门去，看到一位戴着花镜的古稀老人正在给人做推拿理疗。交谈中得知，他行医多年，原先在村里开诊所，后来进城开了一家整骨按摩门店，收入还不错。再后来，他不习惯城里的生活，就把诊所交给孩子们打理，自己毅然回到了村里，村里诊所又重新开了张。

走近村头，一处高大气派的院子吸引了我。树生说，那是村里的文化大院，是市财政局驻村工作组帮助修建的。走进大院一看，有篮球场，各种各样的健身器材，可院里空无一人。听到活动室里有动静，我们循声走了进去，原来是几位老人在下象棋。看到我们到来，他们立马起身让座。本家的六叔叫着我的乳名，问道："你咋回来了？"我说："退休了，回来看看叔叔大爷们！"我从兜里掏出几张百元钞票，让树生去订几个菜，中午和大家一起吃个饭。我还提议说，兄弟爷们难得一聚，拍张照片留作纪念。现在底片还留在手机里。

夕阳西下，我与树生他们依依惜别。大伙儿站在街口为我们送行，难忘的一幕，让我两眼湿润。我想，有这些真诚的守护人，村庄就不会消失。但愿下次回村时，他们都还健在，村庄也平安如初。

遇见苏州

上有天堂，下有苏杭。还是孩童的时候，就听爷爷常常说起这让人向往的话语。

初识苏州，是在古龙的小说里。那碧波荡漾、枫桥钟声、园林幽幽、枫叶荻花的人间仙境，让我无限向往。

踏进苏州，是在退休以后。那年阳春三月，樱花盛开的季节，我们随夕阳红旅游团走进了秀丽的苏州，终于实现了亲眼目睹苏州风采的夙愿。

当苏州城像一幅画卷舒展在面前时，就如同横亘在镜头前的山水，让人感到震撼和爽目，犹如身临仙境之中。

平江路上的苏州是醉人的。

华灯初上的时刻，信步走近平江路，仿佛从嘈杂的市井步入了幽静的天堂。谁也想不到，在苏州最繁华的观前街东侧，竟有着这样一条古色古香的老街。夜幕下的平江路，安然、幽静，街河蜿蜒，桥影朦胧，软风弯月，小巷人家……。在宋代，这座城市的地图上，就标有平江路。八百多年过去，楼台仍在，石板依旧，旧时格局原原本本地被保留了下来，让人们能欣赏到最有小城韵味的古街道。在平江路的茶馆里，碧螺春是当家名茶。约几位好友，悠然地坐在古色古香的茶馆里，品茗茶、观街景，远离喧嚣、品味宁静，心中的郁结、身心的疲惫悄然退去。走出茶馆，沿平江路踱步，满眼尽是小桥流水、粉墙黛瓦、枕河人家。酒吧和茶馆客人进进出出，一只只红灯笼在风中悠悠摇曳，优雅的音乐从门栅中飘出。我想，在这里生活，必会像诗中描述的那样："一年一年老去，明日后日花开。"

拙政园里的苏州是诗意盎然的。

拙政园位居中国四大名园之首，1997 年被列入世界文化遗产名录。进入拙政园，山水萦绕，亭榭楼台，移步换景，诗意盈园。江南四大才子之一的文徵明是拙政园的设计师，园内设计了三十一个景点，每个景点都配诗一首，美景佳作相映成趣，形成了拙政园独有的特色。作为园林建筑艺术的典范，拙政园承载了博大精深的中国传统文化精髓。

虎丘公园里的苏州是充满了传奇故事的。

走进园门望去，虎丘塔像一把宝剑屹立在姑苏大地上，气势磅礴。走进虎丘公园，塔周围的山丘上树木成荫，开满了鲜花，把虎丘塔装扮得五彩斑斓。不管是炎热的夏日，还是寒冷的冬天，虎丘塔总是人声鼎沸。正如大文豪苏东坡所说的:“到苏州不游虎丘者，乃憾事也。”入虎丘公园后，沿山路而行，一路上可见众多的名胜古迹。这些名胜古迹，各有引人入胜的历史传说和神话故事。其中首屈一指的是云岩寺塔（也就是虎丘塔）的故事。虎丘塔始建于公元 961 年，是一座平面八角形砖塔，共七层，高四十七点五米。由于地基的原因，塔身自四百多年前就开始向西北方向倾斜,所以被称为“东方比萨斜塔”。虎丘山风景名胜区中最引人入胜的名胜古迹便是被传为吴王阖闾墓的剑池。从千人石上朝北看,“别有洞天”圆洞门旁刻有“虎丘剑池”四个大字，浑厚遒劲，为唐代大书法家颜真卿独子颜頵所书。圆洞门内石壁上另刻有“风壑云泉”四字，笔意潇洒，传为宋代四大书法家之一米芾所书。崖左壁有篆文“剑池”二字，传为大书法家王羲之所书。据方志记载，剑池下面是埋葬吴王阖闾的地方。剑池长约四十五米，深约六米，终年不干，清澈见底，可以汲饮。唐代才子李秀卿还在此留下了“天下第五泉”的墨迹。

寒山寺里的苏州是凄清的。

苏州和寒山寺是连在一起的，寒山寺是苏州的一张名片。说到苏州，人们自然就会想到寒山寺；想到寒山寺，自然也会想到苏州。一千多年前，避乱于苏州的张继寄宿在寒山寺外枫桥下的客船上难以入眠,愁肠百结中写下了《枫桥夜泊》这首诗。当初作者也不会想到，这首即兴之作会流传千年。凡是有华人的地方，就会有人诵读“姑苏城外寒山寺，夜半钟声到客船”。枫桥和江桥下的运河之水，汩汩流淌；参天的古樟，掷下斑驳的树影；藏经楼旁的鼓楼里，传送出悠长的钟声。张继作品很少，但这首诗却名留千古，寒山寺也因此成了江南名刹。20 世纪 90 年代初开始流行的歌曲《涛声依旧》，又把张继的《枫桥夜泊》和苏州的寒山寺唱进了千家万户老百姓的心里。

苏州工业园里的苏州是活力四射的。

早年的苏虹路，是处在郊区的一条偏僻之路，周围是错落分布的农户和水塘，被恬静的乡下生活气息包裹着。2001 年，国际知名企业友达光电在苏州寻找投资场地的时候，一眼相中了苏虹路区段，决定在这里投资建厂。苏虹路西侧的巨幅广告牌上“转型升级，智造未来”的醒目标语，点明了苏州工业园未来将要腾飞发展的方向。从 2001 年开始，工业园迎来了“大动迁、大开发，大招商、大发展”的新时代。诸多世界五百强企业争相迁入，飞利浦、百腾科技、高德、罗杰斯、诺基亚、安德鲁、新加坡工业园等纷纷在这里聚集。在商务部公布的 2021 年度国家级经济开发区考核成绩单中，苏州工业园蝉联综合排名第一，实现了“六连冠”。

如今的苏州城，就像一帧三维动画，展示给世人三张不同的面孔。老苏州留住历史的清白底色，街河并行，保持着古城的风貌；新苏州立足现实，一路向西拓展，延伸着城市的轮廓；洋苏州则向国际大都市看齐，借鉴发达国家的发展模式，不断向建成国际大都市的目标迈进。

苏州的未来令人期待，苏州的明天会更加美好。

初识千岛湖

在乡镇工作时，结识了乡政府驻地的一位朋友，他是杭州萧山一家企业的老板。他名下的集团公司规模宏大，是萧山区的知名企业。县政府组团到杭州招商引资，我多次被安排去打前站。每次到萧山，朋友都带我们去领略杭州、绍兴、诸暨、普陀山等周边城市和风景区的风采。牛年的五月，鲜花盛开的时节，我们又到了杭州市的萧山区，这次朋友决定带我们去千岛湖。

千岛湖又名新安江水库，在浙江省淳安县境内，湖面广大。我们驱车来到千岛湖湖边时，太阳已经落山，就在依湖的宾馆下榻。晚饭过后，我们结伴到湖边散步。天上月朗星稀，湖面波光粼粼，那湖沉静得就像是一位安闲的少女。放眼展望，天湖融为一体，湖在天上，星月则在湖里。

月光下的千岛湖，岛连着岛，到处是小岛的世界。而每个小岛，形态各异，千姿百态。它们就像一群欢动的舞者，把千岛湖带动成一个巨大的天然舞池。它们以湖为台，伴随着大自然的旋律，在天地之间不停地舞动着。如此美境佳隅着实令人陶醉迷恋，竟一时难以找出典雅唯美的语句去赞美“天下第一秀水”的千岛湖。

回到宾馆躺到床上，仰望着窗外的明月，我沉思良久，默默感叹着大自然的神奇。不想了，索性从床上起来，打开电脑了解一下千岛湖的前世今生吧，也为明天的游览做好准备。面对屏幕上的文字介绍，我才惊讶地发现，千岛湖并非大自然的鬼斧神工，而是人工建成！

翌日清晨，天气晴朗，万里无云，阳光洒在湖面上。微风吹来，整个湖面霎时灵动了起来。映入眼帘的是满山的苍翠和清澈明净的湖水，湖区山水风光旖旎，岛屿星罗棋布，聚散有致。坐在敞篷游船上，举目远眺，体验到的是大珠小珠落玉盘般的感受。伸手撩一把冰清玉洁的湖水，清爽软滑，恰如真丝软缎。喝一口清冽甘醇的千岛湖水，清凉透心，似甘露、如琼浆，让人心醉，我一下子感受到了大自然的神奇美妙。在游船上，我们一边欣赏着千岛湖的美景，一边听导游讲解关于千岛湖的前世今生。随着游船的划动，我打量着千岛湖，心中油然升腾出关于千岛湖的诗句：“千岛湖上水莹莹，半是人间半仙境；旧时贺城无处觅，皆在烟雨浩波中。”

淳安历史悠久，千岛湖及其周边区域人杰地灵，素有“锦山秀水，文献名邦”之称。这里卷碑丰藏，古迹繁多，历代名人辈出。农民领袖方腊，唐代诗人方干，明朝宰相商辂都出生在这里。南宋诗人朱熹曾在此留下了“问渠哪得清如许，为有源头活水来”的千古名句。

游船在青山绿水中缓缓前行，翠岛和美景在身边慢慢掠过，导游讲着千岛湖的由来。千岛湖，原名为“新安江水库”，是20世纪50年代末国家为建设新安江水力发电站、拦江筑坝水位提高而形成的。对千岛湖不熟悉的游客，谁能想到在千岛湖百余米水下竟有两座名为“狮城”“贺城”的千年古城沉睡在水底。2002年经有关部门反复考察论证，终于找到了迄今为止保存最完整，有着一千八百多年历史的两座古城。同时，还分别发现了乾隆时期的大片砖城和明代的牌坊、石碑等。在对水下文物大规模科学考察的基础上，相关机构进行了保护性的挖掘，使这些深藏水底的艺术瑰宝得以重见天日。

20世纪50年代末，库区开始蓄水。新安江江水滚滚而至，把原来矗立在地面上的山峦、村庄连同人们在这里世代生息的记忆一并淹没了。众山被水淹而形成千岛湖连绵起伏的岛群。二十余万居民服从国家安排，无条件地接受了这一切。当他们恋恋不舍，将要离开故土的时候，相约到先人的坟前祭拜。告别了先人，老老少少相互搀扶着，泪水洒湿了离开故土的小路。

多少年以后，一伙伙扶老携幼的人们来到千岛湖，在湖边长跪不起，鞠躬磕头，一壶壶浊酒洒在大地上。他们不是普通的游客，而是早年迁往异乡的移民，特地赶来祭拜长眠于百米水下的祖先们。

自新安水电站矗立起的数年间，本来还富裕的淳安县，一下子倒退了若干年，成了经济落后的贫困县。经过半个多世纪的不懈努力，淳安县的经济才逐渐发展起来。如果没有当年千岛湖湖区二十多万人离家大迁移，就不会有新安江水电站，华东地区就走不出缺电的窘境。

我们在领略和欣赏千岛湖秀美风光的同时，也情牵着那些永久离开故土而去异地他乡生活的人们。在为他们这种牺牲小我、顾全大局的无私情怀感动的同时，我们也默默地祝福这些库区移民在异地他乡生活得幸福安然。

知道了千岛湖的由来，心中多了一份凝重。千岛湖，不仅是美丽的，而且美丽中还承载着一份沉重的难以忘怀的移民史。移民的无私奉献和博大胸怀，祖国不会忘记，人民会永远铭记，将永远彪炳在中华民族发展的史册中。

印象喀什

不到新疆不知中国之大，不到喀什就不算到新疆。

之前，我从来没去过新疆，对喀什更是一无所知。经常听到从喀什回来的人们说起喀什，我也借机从网上浏览了一些关于喀什的图文资料。沙漠、胡杨、蜜瓜、烤馕、古城，充满神奇色彩的清真寺；大街小巷的美味小吃，烤羊肉串、烤全羊，还有美丽的喀什女郎。这一切，让我感到如歌如画、如梦似幻，燃起我对喀什的无限向往。

一次偶然的机会，让我实现了想也不敢想的喀什之旅的梦想。

那是深秋的一天，我的手机响了，县里通知，我被抽调到临时组编的“援疆干部慰问团”，不日到新疆慰问援疆干部。当时，我正在陕北做项目，得到消息后立即核实慰问团的航班号。在网上一查询，该航班还有不少空座。飞机从济南起飞后，将在西安咸阳机场经停半小时，我可以和慰问团搭乘同一航班到喀什去。

飞过无尽的雪山、荒原和绿洲，在高空俯看着灰白相间的云层。灰色的像连绵起伏的山脉，那白色的云朵宛如成堆成垛的棉花山。在那个阳光灿烂的午后，我们终于抵达了喀什。援疆队里的司机哈里木接上了我们。通透的天，凉爽的风，还有一脸和善的维吾尔族人哈里木师傅，周围的一切让我们从心底里感到惬意和舒朗。

由于时差三个小时，喀什的晚餐是在济南或青岛晚饭后逛夜市的时间开始。正餐前是西瓜、香瓜、葡萄等水果。最吸引人眼球的是堆在几个大盘子里的葡萄，样子跟山东老家的葡萄大不一样，在灯光的照射下，晶莹剔透，就像玉石雕刻出来的一般。我摘下一颗放进嘴里，甜味儿便从舌尖慢慢地透洇到了心底。在座的大都是熟人，人们毫不拘束不停手地一阵扫荡，没等上饭，有人已经打出小饱嗝了。

在喀什的援疆队员主要有两种。一种是教师，一种是医生。慰问的第一站是疏附县的一家医院。疏附离喀什不远，大约半个小时的路程。隔着车窗我们观察着沿路的风景：城市虽不如东部那样繁华，但浓浓的民族风情却是让我们目不暇接。这里没有宽阔整齐的街道，也没有川流不息的车辆，但一切都是那么的新鲜，让人感受到异域风情的神奇。大街上走着与我们相貌不一样的维吾尔族朋友，店面挂着不一样的文字，人们说着不一样的语言。我们到了一家山东援建的医院，见到了正在忙碌值班的山东籍的医生，向他们一一了解了工作和生活情况。在医院附近，给我们印象最深的是位于喀什古城边缘的喀什老城区保护治理纪念馆。面对一幅幅图片和文字介绍，大家感慨颇深。新旧城区的对比，反映了城市的变化和人民生活的改善，也折射出援疆工作给当地带来的巨大变化。

当我们走进喀什的一所中学时，学校领导热情地接待了我们。高大宽敞的教学楼矗立在郁郁葱葱的绿树花草之中，给人以生机勃勃的感觉。在校长的引领下，我们先后见到了一位位来自山东的教师，并参观了多功能阶梯礼堂、图书馆、操场等区域。从学校出来，校长领我们参观县城。县城不大，走在大街上，空气里弥漫着一股香味儿，仔细品味才知道那是烤面包的味道。走近一家小店门口，看到干净的桌案上放着沾满芝麻或花生颗粒的面包和大饼。校长告诉我们，那些厚厚的大饼就是平常人们的主食——馕。大家禁不住美食的诱惑，往小店里一坐，每人分了一块大口吃起来。

经过几天的"美食品鉴"，大家爱上了抓饭。抓饭咸淡适中，大米粒粒分明。拌和的油脂充分包裹了每一粒米饭。抓饭的香甜，则是拌入黄萝卜的效果。被油脂浸润的黄萝卜和米饭一同焖熟，香甜软烂，还带有羊肉的香味。

主要的慰问任务即将完成。喀什当地的接待部门给我们安排了两天的外出参观旅游时间。深秋时节，喀什的天空碧蓝碧蓝地映入眼帘，秋风清清爽爽地吹拂着人们的面颊，洁白的云朵缓缓地向天际游动。我们在如诗如画的意境中，乘坐旅游大巴向帕米尔高原进发。

帕米尔高原是电影《冰山上的来客》故事的发生地。我们要到达的目的地喀喇库勒湖距离喀什约 200 公里，两地之间的公路是新修的中（中国）巴（巴基斯坦）经济走廊的一部分，顺着公路再一直前行，直通巴基斯坦。

旅游大巴经过一座小桥时，路边的指示牌上标示着：布伦口乡 11 公里，喀啦库勒湖 35 公里，红其拉甫口岸 137 公里。

公路上不断闪过的大卡车，满载着货物驰向巴基斯坦方向。其中有不少车挂着山东牌照。一路上，导游不停地讲着中巴经济走廊的意义，同时也谈到了瓜达尔港、马六甲、新加坡。导游边讲边感慨地说，昔日闭塞的中国大西北地区，如今公路四通八达，已经与境外好多国家相通相连。

喀喇库勒湖实在太美了，四周是皑皑雪山，雪水流下来形成湖。导游说，今天我们运气特好，平时雪山腰部以上云雾缠绕，什么都看不清。今天艳阳高照，雪山湖泊的美景一览无余，尽收眼底。喀喇库勒湖以及它周围的雪山让人感到神奇和震撼。平时在网上或电视上看到的是关于喀喇库勒湖的图片，今天终于站在湖边身临其境，每个人的心情绝非仅仅是震撼所能描述的。

参观旅游的第二天，我们先后参观了三个地方。一是艾提尕尔清真寺，二是噶尔古城，再就是高台民居。

晨光里的艾提尕尔清真寺庄严肃穆，厚重的钟声从寺里传出。大清早已有很多信徒在做礼拜。据解说员介绍，艾提尕尔清真寺是新疆规模最大的清真寺，始建于察合台汗国时期的1442年,建筑外形是典型的阿拉伯伊斯兰风格。清真寺有三座塔尖，没有宏伟的殿堂，那些虔诚的崇信者在铺设绿色方格地毯的回廊里重复跪拜。虽然风格简朴而单一，但历经几千年的风风雨雨，清真寺留下了太多的传奇故事。它以有容乃大的胸怀容纳着众多的朝拜者，参观者进进出出，这里是伊斯兰教信仰者的天堂。

从清真寺出来，我们步行到了噶尔古城。噶尔古城是中国唯一的伊斯兰风格的迷宫式街区，也是电影《追风筝的人》的取景地。不知多少人为那句“为你，千千万万遍”而感动。

步入老城，弯曲幽深的街巷，忙碌的小生意摊儿，悠闲攀谈的老者，蹦跳嬉戏的孩童，倚墙而坐的老奶奶，共同组成一幅纯美的生活画卷。千百年来，他们世世代代一直在这里平静地生活着。

街上嬉闹的孩童们，身上的穿戴五花八门，有的赤着双脚，脚上沾满了泥土，但他们的脸上都挂着灿烂的笑容，一副天真可爱的样子。一眼望去，感觉他们生活在平安幸福之中。

高台的民居看上去古老而破旧，大都是土坯房，有的房屋有二三层，有的大门楼上长着挺高的野草，走着走着还有一些断壁残垣映入眼帘。这些外貌破旧的建筑，让人感到沉重和压抑。还是进门入院看看吧。让人想不到的是，院内竟别有洞天。院子里种着葡萄、无花果、花草盆栽，一片生机盎然。而外观破旧的屋子里，地板上和墙壁上华丽鲜艳的装饰，一眼就看出是典型的维吾尔族特色。据维吾尔族老人说，高台最兴旺的时期，有近百家土陶作坊，现在保留下来的已经不多。在这里，基本保留了原生态的生活状态，让人感受到维吾尔族人的生活节奏和人文历史。

与高台一墙之隔的东湖，却处处显示着现代化的气派。汉白玉的栏杆、宽阔的环湖大道，湖心演艺中心等，与高台老区形成鲜明的对比。

尽管现代化已给喀什抹上了一层新时代的光彩，但她骨子里那种传统与古老仍然依稀可见。

喀什，你的壮美会永远留在我的心中，期盼着与你再度相会的日子。

桂林漫游记

"我想去桂林呀我想去桂林，可是有时间的时候我却没有钱；我想去桂林呀我想去桂林，可是有了钱的时候我却没时间……"20世纪80年代初，从同事那儿借到一盘盒式磁带，反复听着《我想去桂林》这首歌。那优美的旋律和朴实无华的歌词，让我期待着有朝一日能身临其境一睹桂林的风采。直到退休以后，我才实现了漫游桂林的夙愿。

清晨，太阳刚刚露出半边笑脸，在导游的带领下，我们来到了桂林市区第一个景点——象鼻山公园。踏进公园大门，映入眼帘的是那久闻大名的象山，静静地矗立在漓江的水面上。象鼻山，因山形酷似一头将鼻子伸到漓江里饮水的巨象而得名。它神奇壮观，形神兼备，鼻脚之间的"水月洞"如同一轮临水皓月，构成象山水月奇景。传说这头大象来自天宫，死后化为石身，永远留在了人间。象鼻山是桂林的象征，是桂林城徽的形象。站在象鼻山下，清清的江水，悠悠的竹筏，俨然一幅人间天堂的胜景。我们情不自禁地感叹这大自然的巧夺天工之作。清清凉凉的江水，此时就在脚下流过，我们尽情地享受着美轮美奂的时刻。一位驴友挽起裤管，光着脚丫蹚进水里，准备到一处雕塑上和一位穿着民族服装的阿妹照相留念。大家兴奋之余，纷纷从后面向他身上泼水，这位驴友很快就成了"落汤鸡"，既狼狈又好笑。我们麻利地脱下鞋袜，蹚进清凉的漓江，与漓江亲密接触，同漓江融为一体。

离开象鼻山我们来到码头，要乘坐游船畅游"百里画廊"漓江。江水一路向前流去，碧绿碧绿的，清澈见底。微风吹来，开阔平坦的江面上荡起连绵起伏的涟漪，让人浮想联翩。我在船舱里坐了一会儿，起身来到甲板上。站在船头，微风拂过我的脸颊，吹乱了我的头发。鼻孔里闻到潮湿的漓江水汽味道，令人感觉非常舒服。我深深地吸了一口气，微微闭上双眼，新鲜空气浸润着我的肺腑。游船漂漂摇摇穿梭而行，身旁那一座座拔地而起、千姿百态的大小山峰不断地往身后闪去。我们仿佛仙人一般在仙境中漫游，心中升起无限感慨。

漓江，我终于走近了你，看到了你真实而又美丽的容颜。驴友们纷纷涌上甲板，不停地按动相机快门，记录下这美妙的时刻。到阳朔了，如果说桂林是一幅美丽的画卷，那么阳朔就是画中的亮点，自古就有“桂林山水甲天下，阳朔山水甲桂林”一说。

慢慢上岸，我们开始告别漓江。不断回头张望漓江，我的心中依依不舍。

接下来的遇龙河漂流带给了我们不一样的乐趣。遇龙河是漓江的支流，依然是风景如画，不似漓江，胜似漓江。清静的河面上辉映着美丽的倒影，自然和谐的山水之美，真让人有一种在画中游的感觉。我和驴友们坐上竹筏漂流，碧水蓝天，青山环绕。大家边欣赏周边的风光，边自由自在地聊天，瞬间忘却了城市的繁华和喧闹。几位好动的驴友，赤着脚撑起竹竿，帮船夫划船，构成一幅令人终生难忘的画面。我坐在竹筏上，把脚伸进水里拍打着水面，水草不时地划过脚心和脚面，感觉痒痒的。平静的水面上，倒映着青翠的山，还有蓝天白云，形成一幅美丽的山水画。竹筏快要靠岸的时候，只见一个渔夫撑着竹筏过来，竹筏上并排站立着几只鱼鹰。导游告诉我们，渔夫是来表演鱼鹰抓鱼的，渔夫解开了绑在鱼鹰脚上的绳子，鱼鹰扑棱一下翅膀一头扎进水里，不一会儿就钻出水面。我们隐约看到鱼鹰嘴边有鱼的尾巴在使劲地摇甩。鱼鹰伸长脖子试图把嘴里的鱼吞下去，但是无奈它的脖子是被绳子勒住的，无论如何是吞不下去了。它没有那么自由自在，它已被驯化为人类捕鱼的工具。

在导游的带领下,我们来到了“世外桃源”景区。这里是根据晋代陶渊明所著《桃花源记》中的美景,利用当地的田园风光所设计的新开发景区。静静的湖边垂柳依依，清风拂面，古老而又沧桑的大水车，吟唱着时光悠悠的流水岁月，伴随着乡村古老的歌谣，默默地向过往的人们诉说着……景区的游览分水上游览和徒步观赏两部分。我们先去水上游览。小舟在平静的湖面上慢慢悠悠地航行，让我们置身一个安静的神奇世界里。经田园村社，过绿树丛林，不觉间小舟被一座小山挡住了去路。当我们思量着能否继续前行的时候，船夫将小船划到了一个小洞口，左摇右摆就进了山洞。洞里光线暗淡，我们屏住呼吸，随船身摇摆前行。大约不到十分钟的样子，小舟穿山而过，眼前豁然开朗，新奇的美景展现在我们面前。一片盛开的桃花林沿河两岸延伸，这就是世外桃源吗？顿时，我们有一种恍若隔世的感觉。过了桃花岛，我们徒步前行，观赏原始部落表演。山坡上号角长鸣，击鼓声声，这表演的是原始部落的土著先民发现了外来陌生人时的“迎宾仪式”。表演者们手执长矛、鱼叉，跳起了欢快的民族舞蹈。他们以兽皮遮身、树叶饰体，扮成彪悍强壮、富有生命活力的土著先民形象，展示着中华民族的祖先聪慧坚韧、自强不屈的精神。

世外桃源的景色让人流连忘返。身处“世外桃源”之中，一切烦恼都抛于九霄云外，尽享万类霜天竞自由的自然之美。我想，将来有一天让我找个地方养老，我就邀几位挚友住在这里，过一种与世无争的田园生活。

走进草原

人们沉浸在春日的温暖里还没回过神来，天气突然躁热起来，逼着人们纷纷脱掉沉重的衣服，换上轻便的半袖衫和短裙……哦，夏天来了。还没等老师布置孩子们的暑假作业，家长们就筹划着去感受草原的清凉。孩子们一放暑假，一场说走就走的旅行立即启程。

在朝阳的晨辉里，大巴车一路北行，公路两侧郁郁葱葱的绿化带一溜烟儿地向后倒去。天际一片片黑云缓缓飘来，一时间遮住了太阳。刚过了北京就下起了小雨，而且越往北雨下得越大，核桃般大小的雨点砸到挡风玻璃上，车窗外白茫茫一片，到处是一片混沌的世界，人们的心情也一阵紧张。大雨间歇的时候，才能透过车窗看到道路两侧的花草树木。

行驶到张北天路，大雨终于停了下来，逐渐变成蒙蒙细雨，车窗外连绵不断的红花绿树映入眼帘。人们的心情也慢慢舒缓下来，隔窗观赏着两侧的美景。太阳即将落山的时候，在夕阳的余晖里，车子进入到大草原的边缘，抬眼望去，乌云遮盖下的大草原一望无际、缠缠绵绵，显得宽阔、苍凉而壮美。

因为下雨的原因，原定的篝火晚会没能开成，带着旅途的劳顿和些许遗憾，我们度过了草原游的第一个夜晚。

第二天睁开眼，人们迫不及待地拉开窗帘，只见天气晴朗，万里无云，一轮红日从东方地平线上冉冉升起。大雨刚过，湛蓝的天空让人心旷神怡。登高远眺，辽阔无垠的草原上浮现着马和羊群的影子，田园牧歌般的美丽画卷，让人们陶醉其中。

吃过早饭，导游引导大家选择活动项目。大家商量了一下，决定先去玩儿重头戏——骑马。不少驴友是第一次来草原，听说骑马心里有些发怵。先前我来过这里，曾经骑过马，心里暗想：正好借此机会显摆一下。上了马才感觉到和上次骑马大不一样。那次骑的是一匹中等个头儿的白马，那匹马安详而温顺。这次是一匹枣红色的高头大马，连蹦带跳，野性十足，我被闪得东倒西歪，手一次次被撞在马鞍上，两只手青一块紫一块。本想出出风头表演一番，可最终还是一副狼狈相下了马。驴友老谭脾气倔强，号称专治各种“不服”，虽然从来没骑过马，他也装出一副无所畏惧的样子坚持尝试一下。为了安全起见，我给他雇了一个马倌为他牵着马，马倌牵着马故意放慢脚步，信马由缰地走在草地上，尽管如此，老谭还是摇摇晃晃，差点儿从马背上跌落下来。其狼狈不堪的样子惹得大家鼓起掌来，不知是鼓励还是嘲弄。

乘坐越野车又是另一番情景。司机大喊一声：“坐好了，我们要冲上前面那个小山头儿。”越野车加大油门以飞快的速度向山头冲锋。兴奋的孩童们，一个个大声喊着：“哇，好爽啊！”冲上山头后，下坡来一个大漂移，车子一圈儿又一圈儿地盘旋着。到了一处平坦的沙漠地带，驴友们和孩子们禁不住沙漠的诱惑，一个个脱掉鞋子，光着脚丫在沙漠里撒欢儿。女人们在沙地上不断地变换着舞姿，尽情地释放着自己。围观的人们纷纷打开相机和手机，拍下这人与自然和谐相处的绝美图像。

看看已至中午，大家在地上铺开帆布，支起遮阳伞，各自拿出背包里的食品，在草地上来一场野餐盛宴。午餐过后，导游问大家：“愿意去情人谷吗？”大家一致赞同，情人谷乃一牧场，身临其境，野花随风摇曳，满目翠色欲滴。谷中宁静，可听诉心声。导游介绍说，往年的情人谷，是一处幽静之地，适合情侣约会与出游。但草原管理处为了让游客有更丰富的活动体验，在情人谷新增了一些项目。骑马、骑摩托车、开越野车……项目繁多。老谭租了一辆摩托车，载上了老婆和儿子，先缓缓骑行，后加速前进。突然，摩托车卡住了，来了个人仰车翻，好在草地松软人无大碍，仔细一看，是老婆的裙摆卷到了链条里，幸好没有缠得太深，收拾好裙摆继续前行。据导游介绍，为保持情人谷幽静而神秘的原貌，新上的活动项目将会从情人谷撤出。

草地上尽情放纵后，大家一起去水上漂流。六月的天像孩子的脸，说变就变，刚才还是艳阳高照，转眼间乌云压顶，豆大的雨点儿打在身上，还夹杂着冰雹。孩子们的笑声被乱作一团的哭声所取代。大人们撑起随身携带的雨伞，把孩子揽在怀里，罩在伞下，一切又安顿下来。阵雨和冰雹来得快，散得也快，大约十分钟后，雨停云散，阳光洒在水面上。大家互相看着湿透了的队友们，哈哈地笑着，调侃着。这次旅途难忘的经历，或许成为若干年的有趣谈资。

天气预报说，三天之内都是艳阳高照、微风和煦的好天气。在小河边上，大家一致决定，搞一次别开生面的露营。河边有几棵相互依偎的大树，还有一座不太高的土山丘，大家就选定在这里安营扎寨。大帐篷小帐篷一溜排开，在帐篷的前面，人们铺开帆布席地而坐。车后面的百宝箱里，像变魔术般变出一众家什，炉子、折叠式餐桌、碗筷，应有尽有。食品和水果堆在人们面前，香槟、啤酒、可乐，每人随意挑选。不知不觉间，月亮爬上了山坡，夜色美景不能少了歌声和音乐。老谭打开音箱，一曲曲美妙的音乐在夜风中飘荡。大人和孩子们抢起话筒尽情歌唱。孩子们纯真优雅的歌声，在大人们整齐而有节奏的拍手中，与夜晚的月色美景融为一体，犹如身临仙境。

在返回家的路上，人们还沉浸在对草原之行的美好回忆中。旅行的意义在于收获一份感悟和心情，走得再远，最思念的还是家的方向；外面的风景再好，也抵不上家里的粗茶淡饭。但旅途的愉快和风景，却成为生命中永远难以忘怀的记忆。

梦牵沙湖

我喜欢垂钓。早上打开电视机收看《四海垂钓》节目，屏幕上出现了一湾清澈的湖水和一簇簇亭亭玉立的芦苇。忽然，我眼前一亮，沙湖，是沙湖！此情此景在我脑海里一下子浮现出那次难忘的沙湖之旅。

那是五月艳阳高照的一天，我们驱车从银川出发，一路北行五十六公里，美丽的沙湖便展现在我们的面前。稍事休整，先听导游给我们介绍沙湖的情况。沙湖为南沙北湖，湖润金沙，沙艳翠湖，沙柔似绸，水天一色。沙湖融江南水乡与沙漠风光于一体，以自然景观为主体，沙、水、苇、鸟、山五大景有机结合，构成了独特的秀丽景观。看到如此美轮美奂的人间仙境，我们早已按捺不住身临其境的心情，立即开始了亲历沙湖美景的旅程。

欲观沙湖之美，必乘沙湖之船。我们随着兴奋的人群挤上了一艘游船。凉风、微蓝、波浪，湖水一下子浸透了我们的心脾。荡漾在碧波万顷的湖面，那“落霞与孤鹜齐飞，秋水共长天一色”的壮丽旖旎之景，让我们陶醉在如诗如画的塞上风光之中。天上飞鸟翱翔，水中鱼儿跳跃。此时此景使我想到高中时学过的毛泽东的著名诗句：“鹰击长空，鱼翔浅底，万类霜天竞自由。”

令人感到神奇的是沙湖的芦苇。我从小生长在渤海之滨、黄河岸边，所见过的芦苇都是一株株、一片片。可沙湖的芦苇却是一簇簇、一团团，如美丽清纯的少女亭亭玉立，着实惹人喜爱。一簇簇的芦苇，疏密相间，错落有致。密的地方浓墨重彩，苍苍茫茫，疏的地方一簇一簇立于水中，其间形成一条条弯弯曲曲的水道，大小船只在水道中穿行。让人体验到的是那种“山重水复疑无路，柳暗花明又一村”的迷人意境。微风吹来，水漾苇荡，此起彼伏，水波上面又覆一层绿浪，好一派湖苇相映的秀丽景色。

沙湖之美亦在沙。沙湖地处贺兰山脚下、黄河岸边，沙漠与水城毗邻而居，构成了西部罕有的沙漠湿地特色景观。沙湖的沙山和沙地神奇而又洁净，沙质细绵，色泽金黄。沙湖远离沙漠却独立于大湖之旁，风吹不移，雨打不变，始终与湖水相依相伴，犹如一对永不分离的情侣。关于沙湖独特地貌的形成有很多传说。有人说是大自然的自然造化而形成，也有人说是黄沙随大风从沙漠飘起，翻过贺兰山后呈抛物线坠落而形成……说法众多，无从考究，但它的壮美足以让人震撼。曾有歌词如此赞叹："金绸子沙，银绸子水，谁不说咱宁夏沙湖美；塞上的风光，江南的景，人在沙湖不思归。"

众多鸟类的栖息，为沙湖带来了生机和灵动。在鸟岛的鸟类观测站，借助观鸟器械，我们清晰观看到湿地苇丛中"仙鹤起舞，百鸟翱翔"的生动场景。这里远离城市的喧嚣，鸟类在水面上展翅翱翔，泛着绿意的清晰美景令人流连忘返。身处湿地之中，呼吸着新鲜的空气，聆听着鸟儿动人的歌声，我们不停地按动相机快门，留住这精彩瞬间。间隙，我们闭上眼睛，莺歌燕舞之声不绝于耳，大自然那无穷无尽的魅力令人陶醉不已。

沙湖水暖鸟先知，正是花鲢肥嫩时。沙湖鲢鱼头是沙湖旅游区最有名的美食。我们借助导游的指引，来到沙湖景区一处叫"怡馨阁"的清真餐厅，点了"沙湖鲢鱼头"这道招牌菜。时间不长，服务员端上一青花瓷大盆放在餐桌中央。一股清香扑鼻而来。仔细望去，鲜美的鱼头煨在乳白色的鱼汤里，翠绿的香菜末撒在上面，鲜红色的剁椒与绿色的香菜相映点缀。我们互不谦让，筷子、勺子一起上，品尝着传说中的美味。几口下肚，大家不约而同地竖起拇指。

碧波、蓝天、黄沙、绿苇，飞鸟及不远处黝黑如黛的贺兰山，构成了一幅美轮美奂的江山风光图……

啊，沙湖——我魂牵梦绕的人间仙境。

风雅周庄

那是一个深秋时节，我们这些祖居黄河北岸的人组成一个旅游团，到“小桥流水人家”的江南一睹周庄风采。车上的人们鼓掌欢呼，大巴急驰，一路奔周庄而去。

大巴车下了高速，渐渐驶入窄窄的小路，两旁的树木渐渐变换，以柳树为多。在这个秋冬交替的时节，北方的柳树已是满树黄叶，不少叶片已脱落在树下；可在这江南水乡，从郁郁葱葱的柳林中，完全看不到深秋的影子。隔窗观赏着两旁的柳树，心头浮现起丝丝清新的感觉，甚至还想打开车窗伸手去握一下那些柔软的枝条。

穿过柳林，依稀看到不远处的人家。小小的院落，白墙青瓦，玲珑别致。小河边一丛丛还有点儿发青的芦苇，微风吹来，像一片绵绵茫茫起伏的白浪。水面上几只野鸭在从容地漂游着，路边的店铺里大多坐着女人，有的在打理着店铺，有的手里织着毛线活儿。周庄给人的第一印象是缓的、慢的。生活在这里的居民来去悠然，很少会流露出那种焦急匆忙的神色，甚至连那些步履匆匆的游人，也被这种舒缓的氛围所感染，脚步不由自主地慢了下来。

虽然已是深秋时节，整条街上还是挤满了游人，有时几乎是一步一步朝前挪动。沿河开设的店铺，给人的感觉是整洁、安闲、精致。吃的、玩的、小玩意儿、纪念品，精美别致，彰显着当地居民的心灵手巧。像小扇子啦，小挂件啊，小书签啊，水乡风光画什么的特别引人眼目，让人们一步三回头地难舍难离。

踏在青石板路上，一种幽静古朴的心情涌上心头。环顾四周安然和谐的一切，总觉得用何等语言描述都是多余的，只有这样真真切切、身临其境的感悟，才能诉尽人们心底蜿蜒曲折的深思和敬意。

周庄是水的故乡，赤脚坐上小小的乌篷船，手中端一杯茶茗，与对面坐着的朋友们边聊天边欣赏两岸的风景。在大家的鼓动下，身着蓝底白花袄、腰扎白色围裙、头戴粉红纱巾的船娘哼起了小曲。虽然听不清歌词，但细声燕语，声声入耳，韵味浓郁。在船娘的小曲声中，小船穿过一个拱形的桥孔，岸边的花草树木和民房客栈不断变换着样式。岸边的游人们以羡慕的目光看着我们，我们竟成了人们欣赏的一道风景。

不在周庄住一宿，等于没来过周庄。夜色渐浓，站在拱桥上观望周庄的夜景，那是一种美的享受。环顾四周，灯火点点、波影绰绰，比白天的灵动又多了几分神秘色彩。身临其境，切身感悟到这里是平安中国的一个缩影。假如你满怀心事来到这里，找一个安静的角落一坐，心里的郁结就会释怀。

周庄的古宅老院各具特色，带有鲜明的江南水乡色彩。先到沈厅里走一走、逛一逛吧，那可是大富商沈万三的后辈们所建的七进五门楼的宅子。跨过高高的门槛，进入厅内四处环顾，果然不同凡响。宽宽的大门，门上的铜环仰视才能看清。在天井的正中央，一树桂花开得正盛，满院子弥漫着清新的香气。院子里的地面由细瓦拼出各种花的图案。屋子里各种家具均为木质，雕花镂空的窗棂，大圆桌，小圆凳，古色古香；博古架、屏风、雕花大床，床侧还有讲究的踏板。目睹眼前的一切，人们可以想象到当时生活在这里的主人是何等的尊贵。沈厅的隔壁是张厅，本想也去看看，但导游说张厅的设置和布局与沈厅大同小异，不看也可。因为在周庄滞留的时间有限，大家就没去。导游提议去体验一下周庄的美食，大家一致赞同。

说起周庄的美食，如果你只能说出“万三蹄膀”，就俨然是个外行了。来周庄除了要尝一尝传说中肥而不腻、入口即化的万三蹄膀外，清淡的马兰头、鲜嫩的白丝鱼、鲈鱼也都是不可错过的上好佳肴。甚至在周庄的街头走着，也总能跟美食不期而遇。口感清滑的青团子、松脆酥软的龙须酥、清香鲜美的熏青豆、薄脆诱人的富安桥烧饼等等，这些都有着周庄独特的味道。

有水则有桥。如果说水是周庄的源泉和血脉的话，那么众多特色各具的桥，则是周庄挺起的胸膛。租一只乌篷船，穿梭在周庄的“心房”里，穿过一座又一座石桥，那是一道独特的风景和心灵的享受。“你站在桥上看风景，看风景的人，在楼上看着你。明月装饰了你的窗子，你装饰了别人的梦。”或许卞之琳写下这段文字的时候，心里早就装下了这江南一角的周庄。周庄的石桥历经五百年的风吹雨打和日晒，未曾改变它的挺拔和柔媚。周庄的桥，以它们诱人的魅力，迎来无数观赏者。它迎来的是蹒跚，送走的是微笑和留恋。每一个来过周庄、走过石桥的人，一生都难以抹去脑海中对周庄拱桥的记忆。

因为行程紧张，与周庄邂逅相守的日子只有一天一夜。在这一天一夜里，我手里始终握着相机和手机不停地拍照，总想把周庄所有的美景和感动都收入相机和手机，然后制作一个相册发在朋友圈，把周庄之美展现给所有的朋友。但我知道，朋友们也许会被周庄的风景所吸引，但很难体悟到亲临周庄的那种启迪与感悟。

啊，朋友哇，要想看懂读懂周庄，那只有打点行囊亲临周庄。

秋访五台山

到山西旅游，五台山是必游之地。那是一个万山红遍的仲秋时节，我们终于实现了游五台山的夙愿。我们在太原市留宿过了一夜，翌日早晨东方天际刚刚出现鱼肚白时，便乘车向五台山进发。

进入五台山景区，抬眼望去，西方天边的月亮还悬浮在黝黑的山峰之上，静谧、温馨、祥和，一切都笼罩在仲秋晨月的月亮之中。仰望群山尚未褪尽的夜色，天空像一个巨大的穹窿覆盖在山峦之上。只有高高的山顶上闪烁着明月洒下的圣洁光辉。

五台山是传说中文殊菩萨的道场，而文殊菩萨又是智慧的化身，据说每逢初一、十五都有很多上香的人。晨色中偶尔能听到稀疏的鞭炮声，空气里弥漫着焚香的特殊味道，那是早先抵达的香客在敬香了。

沿着山路前行，环视四周群山，景色平和开阔、雄壮舒展。五颜六色的花草树木把大山装扮得斑斓多姿，让人顿感有如置身世外桃源。沿着曲折的石阶攀登黛螺顶，一拨拨香客擦肩而过。他们有的拿着笤帚，清扫着每一步的台阶；还有的每走一步都要双手合十，然后身体匍匐在地，几步一叩首，脸上挂着一副专注虔诚的神情。冉冉升起的朝阳，从山坳中穿射过来一束束光芒。远处的山顶上有座寺庙，阳光下的庙宇顶上闪烁着圣洁的光芒。谷底依旧笼罩在拂晓的晨雾中，众多庙宇和白塔尽收眼底。拂晓的雾霾与烟雾徐徐散去，沉睡的山谷随之醒来。

要徒步登上台怀东侧的黛螺顶，对于中老年人来说，那是可望而不可及的事情。大家决定乘缆车登顶。缆车徐徐移动，越升越高，在空中飘然滑行，在迷人的仙境中游荡。晕高的老于哥，浑身颤抖起来，待缆车到了山顶终点站，晕乎乎地站不起来，几个人将他扶下缆车。稍事休息，继续沿石阶拾级而上，但见眼前有牌楼一座、石狮一对。进入牌楼，隐约传来佛乐阵阵，诵经声琅琅。

黛螺顶寺院前后，古松卓立，枝叶葱茏，树干挺拔参天。然而，“十里松风”的壮丽风景已不复见，仅有少数几棵古松在劲风中屹立。而新栽的杨树、柏树尚未成林，让游客深感美中不足。古松之间有一山泉，常年喷涌不止，所喷之水清澈透亮。导游说，用此泉水洗脸，会使眼清目明、精神清爽。游人到此，取泉水洗手沐脸，然后登堂拜佛。此寺院内专设五方文殊殿。五方文殊殿，原来分布在东西南北中五个方台，清朝年间，五方文殊合塑于此寺正殿。从此，朝山僧侣和游客到此朝拜，而不必分别亲到五方台顶，免去了许多的路程。

离开黛螺顶，驱车去往龙泉寺。此寺位于台怀镇九龙岗山腰，九岭环抱，一泉东流，谓之九龙泉。相传，远古时代山中有九条龙作恶，文殊菩萨施展佛法，将其镇压在岭下。从此，在清澈泉水的底部隐隐可以看到九条小龙的身形，九龙泉因此而得名。人们争先恐后取泉水洗手洗脸，然后踏着一百零八级台阶登上龙泉寺。据说，这是吻合诵经用的一百零八个串珠之数，每登一个台阶等于拨一个串珠，登完台阶就会烦恼消除，祥瑞伴身。

此寺建于宋代，原是杨家将的家庙，后重建为寺院。大家在方台欣赏着汉白玉的牌坊，三门四柱，中高旁低，玲珑精美。每根柱子上都雕刻着佛像以及飞腾的龙凤等各种图案。导游说，这是冠绝五台山寺院的珍品，游五台山必到此处，否则会留下遗憾。

宋朝时奸佞当道，“金沙滩”一战宋军大败。杨五郎看破红尘，到五台山出家当了和尚。大家决定去亲眼看一下杨五郎的雕像。沿着石阶一路上坡，直走得每个人两腿发软、寸步难移，只好坐下来休息。几位游客从身边走过，听其中一位说:“大伙加把劲儿，前边就是杨五郎出家的地方了。”大伙儿一听，顿时来了精神，随着人群继续攀登。杨五郎的雕像在一圈儿矮墙之内，只见杨五郎骑着石马，拎着禅杖，昂首挺胸，双目圆睁，怒视北疆，一派神武将军盖世的无双气概。当年在抗辽战争中，杨家将大多战死沙场。到辽国布下天门阵时，除杨六郎父子外，几乎全是女将出征。在生死关头，杨五郎临危受命，再度披挂出山，大破天门阵，再次展现了镇关大将的英武。后人为纪念这位爱国将领，在五台山塑铸了杨五郎雕像。雕像矗立在风雨之中，杨五郎总是一副威武的临战姿态。

五台山由环绕分布的五座山峰组成，山势较为平缓，海拔在三千米左右；山顶多为平台，故而得名五台山。登上菩萨顶，这里有浓厚的佛教色彩，大殿里挂着唐卡，墙头上披着象征尊贵的黄色琉璃瓦。蓝天白云的日子，空气清新、天空湛蓝，洁白的云朵飘在山间之上。站在菩萨顶上，极目远眺五台，舒阔之景令人心旷神怡。每座山顶平台上都有寺庙，尤其是北台，那是五台山的最高峰，犹如一道天然屏障。历代大清皇帝对五台山垂爱有加，传说顺治皇帝曾舍弃皇位在五台山出家。

在北京北海和少林寺等景点，我们曾见识过众多的白塔，但无论是规模还是样式，与五台山的白塔相比，都只能是小巫见大巫了。五台山的白塔，伴随着佛国世界的晨钟暮鼓，显示着它的宏大与庄重。人们环绕白塔，虔诚地转动着法轮，一颗颗躁动的心瞬间就会沉浸在心若止水的佛性意境之中。

堂堂中华，地大物博；三山五岳，名山大川，各有其独特的诱人之处。而五台山的魅力就五个字——“圣洁而庄严”。

沙漠之旅

五月初夏，在这鲜花盛开的时节，我和两位朋友相约一起穿越毛乌素沙漠。

迎着艳阳，我们从延安出发，开车一路北行。崎岖不平的公路两边，一排排柳树映入眼帘。仔细观察，树干很粗壮，树冠的枝条茂密细长，是树干被砍截之后重新长出的枝条。眼前的大柳树就像戴着高帽子的英国皇家卫队士兵，既滑稽又威武。路上车少人稀，我们的车恣意驰骋。突然间，呈现在我们面前的是一望无垠的大沙漠。

越往北走，愈加感受到大漠的荒凉。坑洼不平的沙地上散落着几棵低矮的树木，夹杂着一些叫不上名字的植物。沙地里闪过一排排扦插的木棍儿，停车问一下当地居民，他们说这是户与户之间的土地分界线。原先是没有的，近年来油气开发部门不断开采油气，在土地补偿问题上经常发生纠纷，为了明确土地所有权便扦插了这些木棍。下午三点，我们走近沙漠边缘，沙漠景象逐渐清晰起来，只见沙丘此起彼伏，植物刚刚露出新绿，新修的柏油路延伸穿梭在沙丘之中。

一路北行，终于走进毛乌素沙漠腹地。这里没有树木，一条条起伏不平的沙坝尽收眼底。我和两位友人下车拍照，浩瀚的大漠背景让我们感受到它的壮观和坦荡。此时，我才真正体会到“大漠孤烟直，长河落日圆”的那份壮美。

站在高高的沙丘上，放眼望去，蔚蓝的天空、金色的沙海，心情会一下子沉寂下来，被大自然的壮美所折服。正当我们留恋这美景时，几位穿越沙漠的驴友停下车大声喊着：“你们快离开吧，傍晚有沙尘暴！”驴友的提示惊醒了我们，赶紧收拾行囊驾车北行。果不其然，当我们启程半小时后，西北方向的天边一片昏黄，沙尘暴真的来了。开车的老李神情严肃，手握方向盘不断加速前行。半个小时后，大风裹着黄沙顷刻间袭来，车子在风沙中狂奔……

视线终于清晰起来，我们逃离了沙漠腹地。公路两侧的树木和青草依稀可见……脱险了，每个人都长长舒了一口气。回首张望，只见远处黄沙漫天，天地浑然一片。惊魂未定的我们，真心感谢那些驴友的提醒。

落日之前，我们终于赶到了乌审旗。乌审旗几年前还是一个蒙汉杂居的小镇，地处偏僻，当地人以游牧为生。近几年油气开发给小镇带来了生机和活力。一排排拔地而起的楼房，宽敞整洁的城区道路，挺拔的行道树，一派江南风景。接待我们的是中石油的一位朋友。涉险穿越沙漠而惊魂未定的我们，能在朋友的办公室里喝上一杯热茶，心里感到十分惬意，他乡遇故知的温馨油然涌上心头。

朋友介绍说，乌审旗蒙汉杂居，以汉人居多，来乌审旗不体验一下蒙古族人的热情豪迈和餐饮文化是一种遗憾。正好他的司机是一位蒙古族小伙子，我们约好到他家做客。小伙子的家在市郊的一个小村子，刚到大门口我们就见到他的父亲，他叫乌尔特，长得魁梧彪悍，紫红色的脸庞，头发卷曲，是个典型的蒙古族汉子。

这是一个有二十多户人家的小村子，虽然叫村子，但户与户之间相隔甚远。走进乌尔特家，小院儿收拾得很干净，主人的妻子和女儿高兴地迎了出来，脸上挂满微笑。从正门走进，后边是厨房，右边是卧室，卧室里摆着几件整齐的家具。炕上铺着毯子，中间放一张桌子，桌子对面摆放一台彩电。落座后，女主人端上红砖茶，喝一口细细品味，有种说不出的味道，感觉通身温暖。主人家女儿拿出熟肉和酥油饼招待我们。一阵寒暄后，主人上了几盘菜，拿出酒来。女儿端着酒，唱起祝酒歌。几杯下肚，主人满脸红润，兴致勃勃地指派女儿邀请来邻居为我们唱歌，我们虽然听不懂歌词，但从优美的旋律里也深深体会到主人真挚的情感。

第三天，我们离开乌审旗，启程赶往银川。这是一个艳阳高照的有微风的天气，我们驱车慢行，沿途欣赏着沙漠边缘地区的自然美景。途经两个小村庄，村庄里树木很多，有杨树、柳树，还有沙枣树，让我们看到了这里人们治沙的成就和对绿色的向往。这些树木告诉我们，居住在沙漠边缘地区的人们，一代又一代在改良着自然环境，顽强地守护着他们的家园。我想，如果我们的国家能涌现出更多的治沙植树英雄“张喜旺”式的人物，那么，茫茫沙漠就会变成无垠的绿洲。

杨柳依依翠园湖

“五九六九，沿河看柳”。一个春日的早晨，我站在翠园湖的拱桥上，心中默念着流传千年的民谣，眺望湖边的柳树。初春时节，春寒料峭，万物肃然，还难以寻觅到春天的迹象，更难见到“万条垂下绿丝绦”的壮美情景。于是，我走下拱桥，沿着湖边去寻觅树枝上萌发的新芽。

一场春雨过后，天地之间变得清新如洗。我沿着林间小径走进湖边那一排排柳树之间，寻觅着春天到来的信息。仰首望去，那绿色的枝条上长出了鹅黄色的嫩穗，像一条条刚刚孵化出的毛毛虫。微风吹来，嫩叶随着绿色的枝条轻柔地飘摇起来，仿佛是在祝贺春天的到来。

翠园湖坐落在凤凰城的东北角，南岸紧傍永莘路，北岸是一个名叫五股道的百年古村。省城济南有“四面荷花三面柳，一城山色半城湖”之说，而翠园湖则是“一泓湖水四面柳，半湖荷花映日红”。湖边的柳树几乎无一例外朝湖水一侧倾斜着身子，像是在聆听湖水的心曲，聆听风吹杨柳的婆娑声，聆听鸟儿在树上拍打翅膀的吟唱。

穿行柳林，驻足柳下，欣赏着阳光用手臂拨开柳丝，枝条上熠熠生辉的样子。翠园湖的柳树传递给每一位光临者富有张力的内心世界。在这个绿意盎然的空间里，每个人都有着属于自己的诗与远方。在湖边漫步，优美的景色会引发人们的沉思和联想。就是在这方土地哺育出了众多的历史名人和革命英烈。张铨、李佐贤、赵长龄、岳振南，四大乡贤彪炳青史。曾任《大众日报》社社长的革命英烈李竹如，是山东省宣传部门在抗日战争中牺牲的最高职务的领导人之一。

翠园湖呈东西向长方形，有两座南北向石桥横跨湖上。位于湖东侧的是一座平桥，西侧的是一座拱桥。两座桥是湖上的风景。站在桥上俯视桥下的水面，鱼群在水中伴着阳光和垂柳的倒影游动戏水，意趣盎然。

每逢周末或节假日，大人们会带着孩子来桥上赏景观鱼。孩童们不停地向水面撒下鱼饵或小食品，一群群小鱼追逐抢食。忽有大鱼跃出水面，激起水花四溅，小鱼们便闻声逃去。有的孩子拽着大人到桥头下面去观赏鱼群，岸边的柳丝吹拂到头上或肩上，也吹拂到在水面翻上翻下的小鱼身上。此时此地，会让人想起西湖“花港观鱼”的情景。

凤凰城内建有多处公园和广场，供人们休闲娱乐。在这些场所里，每到夜晚灯火通明，彩灯闪烁，人流如织。此时，广场舞、太极拳、舞剑队等，伴随着优美的旋律，人们欢快地手舞足蹈，享受着美好的休闲时光。与城里这些火爆的广场相比，偏居一隅的翠园湖既没有那么热闹，湖边也没有灯光，只有桥头和远处的路灯从柳树缝隙中透过来的微弱光线似明似暗地笼罩在湖上，一片安静。白天为了生活而奔波的人们，到了晚上漫步在远离城市喧嚣的翠园湖边，享受着身心放松的时刻。湖边的石凳上，或对坐着一对对老夫妻，或围坐着几位老友，互相分享生活的酸甜苦辣，谈论着近日发生的新闻趣事。热恋中的少男少女们则坐在柳树下，互相依偎着说说悄悄话。散步的人们，不忍心打扰这些情侣，故意绕道而过。

湖边的柳树由于得到湖水的滋养，树冠密不透风，就像是一把把撑开的绿伞，是人们垂钓的好去处。天刚蒙蒙亮，成群结队的垂钓爱好者就已经在岸边的柳树下抢占一个个有利的钓位。一阵风雨袭来，钓友们纷纷撑起大伞，享受着雨中垂钓的乐趣。五颜六色的太阳伞，与翠绿的岸柳相映成趣，织就一道靓丽的风景线。那些爱好垂钓的上班族，白天无暇垂钓，晚间到湖边的柳树下过一把垂钓瘾。漂浮在水面上的光漂，岸边支架上闪烁的蓝光灯，还有树下草地上弥漫着的艾草和蚊香味，为夜间的翠园湖平添了一份灵动和神秘。

转眼间到了清明时节，湖边的柳树已经是绿柳如瀑。此时，岸柳便以“满街杨柳绿如烟，画出清明二月天”的婀娜身姿呈现在人们面前。翠园湖边的柳树，总是无风自舞，飘飘悠悠，似乎总是被阳光沐浴着，从来没有满面愁云过，始终散发着青春的光彩，给人以无限憧憬与遐想。

凤栖园感悟

牛年深秋的一天，我从微信上看到一则介绍凤栖园开园的视频。夹杂着方言的普通话虽然听起来有点儿别扭，但凤栖园被描述得美轮美奂，一下子勾起了我和家人们一睹凤栖园风采的强烈欲望。

提前吃过晚饭，我们一家迎着漫天的晚霞，驱车来到凤栖园南门。迎门那道石壁上，“凤栖园”三个大字赫然入目。先感受一下凤栖园的总体形象吧。我们从南门顺着环园林间人行道右行。人行道两侧，林木葱茏，高大的法桐在微风中卓立。法桐之间一棵棵墨绿色的松柏给人以庄重肃穆之感，树下的灌木丛里五颜六色的花朵争奇斗艳，似乎是在欢迎人们的到来。

凤栖园坐落在凤凰城西北角，南接利三路，北临滨港大道，东至津五路，西连凤凰路。周围的永利小区、东湖名郡等居民区大多是原来的城中村和城边村拆迁后搬迁到此居住的村民。

公园的东侧是一个半月湖，微风吹来，湖面上荡起层层涟漪。向着湖水侧着身的垂柳，似乎是在倾身与湖水握手。晚风拂动的枝条，悠然地荡来荡去，禁不住让人想起“春风杨柳万千条，六亿神州尽舜尧”的诗句。水面上一群群游弋的小鱼，还有时而飞起的野鸭和那些叫不出名的鸟儿们，引来孩子们一阵阵的欢呼与尖叫。

当走近公园东北角时，一阵阵孩子们的欢笑声随风传来。走近一看，才知道那是一处儿童游乐园。孩童们在滑梯、童车、假山和山洞处尽情玩耍，流连忘返。儿童乐园里那些站立在水草中的白天鹅、火烈鸟等飞禽和其他动物的雕塑灵动可爱、栩栩如生，孩子们不时地伸出小手，小心翼翼地去摸一摸，看看到底是真是假。

走过儿童游乐园，往西不远，看到了利津的共产主义思想播火人——李竹如的雕像。采用“根雕”技法，整个雕像既挺拔刚毅又慈眉善目，犹如深根扎地，融入民众。此时我才想起来，此处原是烈士陵园，李竹如和其他烈士就曾安葬在这里，他们的遗骸现在已经迁到了新建的更加宽阔肃美的新烈士陵园。

公园的西门，有一栋别具一格的小楼，矗立在公园西门和公园中心主建筑物之间。抬眼望去，“城市书吧”四个大字映入眼帘，隐约看到楼里面的工作人员在布置着书吧。过不了多久，书吧将开始接纳阅读者，凤凰城里又添了一个休闲读书的好去处。

凤栖园的西南角是一个城市运动之角。成年人篮球场、少儿篮球场、足球场、排球场一字排开。篮球场上生龙活虎的小伙子们，正在进行激烈的对抗赛，大声呼喊着队友接球传球；排球场上的姑娘们，正在练习着接球、传球、扣球，她们英姿飒爽的身影，彰显出青春健美的风采；足球场上一群儿童正在进行足球比赛，争球时撞得人仰马翻，爬起来又向前冲去。在这里，你会看到全民健身的缩影。

绕公园一周，回到起点，我们从南门径直走向公园中心的标志性建筑——双层回廊。走进回廊中心俯视地面，发现有一方石刻浮雕镶嵌在回廊的正中央。走近一看，那是一幅凤凰古城图。此图是按照史书记载雕刻而成，有朝京门、慕义街、东津渡、观澜门、洪济寺、永安街、城隍庙、书院等。如此精美生动的雕刻，让人们触景生情，心中油然联想起当年凤凰城的古老与繁华。

天边的太阳已徐徐落下，借着太阳的余晖和光亮，带着孩子们顺着廊梯走上顶层的回廊，去体验一把一览众山小的感受。登上回廊极目远眺，公园的东西南三面，高楼大厦，鳞次栉比，而公园的北邻，塔吊林立，新建的楼群正拔地而起。环视公园一圈，才发现公园呈正方形，四面临街，有东西南北四道出入之门，每个门风景各异，独具特色。

凤栖园平实而简朴，没有凤凰广场的宏大壮阔，没有晓月湖的精巧玲珑，也没有东津生态园的幽静，但它最大的特点是朴实而亲民。成人健身角、儿童游乐园、烈士雕塑、城市书吧、凤凰老城浮雕等等，都是居民们恋恋不舍的好去处。

暮色苍茫中，站在顶层的回廊上，向西北方向望去，昔日的村落，因村民搬迁入城而不复存在。一马平川的开阔地上，新修的宽阔马路向北、向西延伸而去，新的建筑群正在一天天长高。抚今追昔，让人感慨不已。

记得三年前，在动员村民搬迁的工地上，我遇到一位“80后”同事，他向我诉苦说，搬迁动员工作太难了，村民们纠结在故土难离的情感中。还有的人担心虽然能住进高楼大厦，也永远比不上人家城里人，总比人家城里的干部职工低一头。也有的觉得新小区坐落在城西，偏居一隅，环境条件肯定比不上城里的繁华地段。带着村民们众多的质疑，社区工作人员在请示了街道管委会和城建部门后，大胆地向村民们做出承诺：城市规划建设到哪里，基础设施就配套到哪里，不会有任何被遗忘的角落。村民们在半信半疑中，恋恋不舍地离开了世代居住的村庄，搬进新建的居民小区。三年过去，政府有关部门兑现了自己的承诺，按照统一规划落实了诸项配套措施。居民小区周围的环境，与城市中心的繁华地段没有任何差别。凤栖园的建成开园为小区居民们提供了休闲娱乐的好去处。随着居住环境的改善，社区工作人员积极引导这些城市的新居民自强自立，自尊自重，说文明话，办文明事，人人争做高素质的城市居民，人们的精神面貌随之提升到了一个新的境界。

突然，一阵高亢优美的旋律响起，打断了我的沉思。循着音乐向公园东侧的半月湖望去，只见彩灯闪烁，水雾冲天，啊，喷泉表演开始了，四面八方的人们向半月湖涌来。在美妙的音乐声中，一股股水柱喷涌而出，不断变换着形状和色彩。那五彩的曲线形水柱，像一群扭动腰肢的少女，婀娜多姿；那一丛丛从上往下洒落的水花，犹如直落九天的高山瀑布；那一棵棵树形伞状的雾花，让人们沉浸在“忽如一夜春风来，千树万树梨花开”的醉美意境。

半小时的喷泉表演结束了，人们纷纷离开半月湖。每个人脸上洋溢着情不自禁的兴奋。从衣着整齐的人群中，你分不出哪些是原来的城市居民，哪些是原来的村民。望着他们那昂首挺胸，悠然自得的样子，不由得让人想起著名小品演员孙涛挂在嘴边的那句话：“我骄傲！”

走近普陀山

作为一个旅游爱好者，我游历过四大佛教名山中的九华山、五台山和峨眉山，而出游普陀山的夙愿一直没能实现。没想到，一次偶然的机会，圆了我游普陀山的梦。

那是一个深秋时节，我们一行六人踏上了普陀山旅游的行程。

普陀山是舟山群岛中的一个小岛。它雄峙于杭州湾以东一百公里的莲花洋中，与著名渔港沈家门隔海相望，是中国四大佛教名山之一。因海上有仙山，山中藏佛，虚无缥缈，被称为“海天佛国”。它神奇、神圣、神秘，令无数香客游人为之倾倒，令人神往。

乘快艇驰往普陀山。潮湿的海水的腥气扑鼻而来，窗外海浪滔滔，天空乌云压顶，快艇在浪涛中颠簸，感觉刺激而又惊骇。远远望去，普陀山的倩影在浪涛中若隐若现。当快艇停靠岛边的时候，乌云散去，蓝天白云的缝隙间斜射出一道道刺眼的光亮。从惊涛骇浪中还没回过神来的我们，似乎是在穿越时空，一下子来到了一个神秘安然的清新世界。我想，这或许是菩萨对我们的感应和眷顾吧。

走过海印池平桥便是普济寺。普济寺规模宏大，建筑雄伟，占地面积三万七千多平方米，建筑面积一万一千四百平方米。平桥正对面为普济寺的山门，僧人游客从东门入西门出。山门东侧是钟楼，内悬大铜钟一口，西侧为鼓楼，每天清晨撞钟，傍晚击鼓，也就是人们常说的“晨钟暮鼓。”

普济寺是拜佛、祈福、许愿的佛家圣地，院内人来人往，跪拜祈福、虔诚上香者络绎不绝。院内香雾迷漫，充满着神秘色彩。我们虔诚地跪拜祈愿，祈求佛祖保佑，然后毕恭毕敬地献上粗香两炷。

到普陀山，一定要参拜南海观音。南海观音铜像，是普陀山标志性建筑之一，始建于 1996 年，1997 年农历六月竣工。当时的中国佛教协会会长赵朴初为“南海观音”题词。同年九月二十九日举行开光大典，该铜像成为“海天佛国”的象征。“千处祈求千处应，苦海常作渡人舟”的观音大士，是世上佛教信众的偶像。当人们驻足铜像下，仰望高三十三米高的观音铜像时，肃然起敬的感觉油然涌上心头。南海观音的一侧，矗立着一座善款捐赠功德碑，记录着海内外捐款人的名字和捐款数额。

当人们在功德碑前大发感慨的时候，突然有人喊：“快看啊，天空出现彩虹了！”大家的目光齐刷刷地向观音背后的天空望去，一道七色彩虹赫然挂在西北方向的天空，观音铜像正好坐于彩虹中间。驴友们说，观音铜像背后的彩虹，几年才能出现一次，有幸见到如此奇观的游客和信众，都会得到佛光的沐照和幸运的眷顾。大家听了之后，欢呼雀跃，互相击掌致意。

普济寺主管后勤的僧人，热情接待了我们，并安排斋饭招待我们。他把我们安排到招待省部级领导的雅间里，自动餐桌的直径约五米左右，看上去挺气派。当菜肴摆满餐桌的时候，人们感到十分惊讶，肴鸡、肉丸、糖醋鱼、红烧肉一应俱全。从大家惊讶的眼神中可以看出每个人的疑惑：这算是斋饭吗？在陪餐僧人的提议下，大家动筷品尝，入口后才知道，那些大鱼大肉都是面粉或糯米面加上色素做成的，我心里暗暗佩服厨师手艺的精湛，竟然达到了以假乱真的程度。

我们在青岛、深圳、大连等滨海城市的海边住宿过，也曾感受过海边风光和大海独特的声音，但在海岛上过夜还是第一次。夜深了，我们细听着大海的声音，沉浸在如诗如幻的意境中，慢慢进入了梦乡。突然，地动山摇般呼啸的风声震醒了睡梦中的人们，大家纷纷跑出房间，看看海边到底发生了什么！经理说，是上潮了。在月光的辉映下，烈风中大海翻涌起万道浪涛，汹涌咆哮着扑向海岸，然后将浪花重重地摔向海滩上的岩石……大约过了一个小时，天空中的月亮清晰起来，潮退了。啊，那是我们第一次见识的海之夜。

神奇的普陀山，是一个能让你的心情清静下来的地方。如果有一天你感到累了，迷茫了，想找个地方散散心，那就到普陀山来吧。

南昌纪行

飞机在六千米高空缓缓下降。机舱的音箱里传出温柔的女中音："各位旅客，大家中午好，飞机正在下降，五分钟后将降落在江西昌北机场。机场的室外温度是三十八摄氏度。"接着又用英文重播一遍。

五分钟后，飞机安全落地。走下飞机，一股热浪迎面扑来，感觉就像走进了一个大蒸笼，憋闷得喘不过气来。从"国内到达"的出口走出来，一群人马上围拢过来，有出租车司机、有宾馆业务员、有旅游公司导游，还有特产推销员。他们各自介绍着自己的服务项目，一时让人应接不暇。

我们原计划到庐山风景区消暑旅游，听说那儿靠近长江和鄱阳湖，气温比南昌低了十几度。几个出租车司机围着我们争相要送我们去目的地。身后有位司机悄悄拍了一下我的肩膀，向我出示了一本大红色的证书。我扫了一眼，荣誉证书上赫然印着一行烫金大字——"全国见义勇为模范"。我和同事互相点头示意，一起上了这位司机的出租车。

司机是位年轻的小伙子，十分健谈。得知要去庐山，他对我们说，到了江西不到南昌看一看那是一种遗憾。他建议我们到南昌住一宿，明天再去庐山。我们两个稍作商议，接受了司机的建议，车子向着南昌的方向急驰。

半小时后，我们到达赣江北岸，上了赣江八一大桥。车子在大桥上缓缓前行，司机向我们介绍：南昌的赣江上有五座大桥，其中最为人们乐道的就属八一大桥。大桥始建于1936年，原名中正大桥。1949年对大桥进行了改建，更名为八一大桥。因桥面过窄，车流拥挤，大桥不堪重负，1995年动工新建八一大桥。如今的八一大桥，是南昌赣江上最长的一座斜拉钢索桥。

正当我们听得入迷的时候，车子已行驶到大桥南头的桥头堡。下桥停车后，司机热情地说："我带你们去看一下桥头白猫黑猫的雕塑，听听关于猫的故事吧。"

跟随着司机的脚步，我们折返走上了桥头。在巨大的黑猫雕塑下，我们听了关于白猫黑猫雕塑的故事。八一大桥作为一座斜拉钢索桥，和其他的斜拉钢索桥一样，没有什么特别的地方。人们议论最多的是桥头雕塑。北岸桥头是一对铜铸的雄狮，分立桥头两边，十分威武雄壮。桥头塑狮，自不足奇。有特点的是南岸桥头雄踞的黑猫白猫两座巨型雕塑。雕塑底座比三层楼还高，每一个重达一百多吨。白猫用汉白玉制成，黑猫则取材于黑色花岗岩。黑猫站立，双目圆睁，爪下按一只招财鼠，眼似仍在寻鼠；对面的白猫也不示弱，呈弓身跳跃之姿，仿佛正扑向黑猫爪下的猎物。应当说，两只猫的雕塑栩栩如生，刻画出了非同寻常的意境。以猫作为建筑物的配套雕塑，据说在全世界独一无二。

从八一大桥南桥头下桥后，右转不远处便是滕王阁了。滕王阁坐落在老城区西部抚河与赣江的交汇处，依城临江，面对西山，与湖北黄鹤楼、湖南岳阳楼齐名。

来到滕王阁前方，抬头仰望，整座楼阁雕梁画栋，金碧辉煌，在蓝天白云衬托之下，显得高大巍峨。正门两边的大红柱子上有一副对联——“落霞与孤鹜齐飞，秋水共长天一色”。这是初唐著名诗人王勃写的《滕王阁序》中最有名的一句。这句出自天才少年之手的名句，让滕王阁名扬天下。

二楼正厅是《人杰图》壁画，描绘了欧阳修、曾巩、王安石等江西人引以为傲的杰出人物；三楼的浮雕《唐会乐园》更是美轮美奂，描绘了一幅幅盛世太平的景象；四楼的《地灵图》所展现的是庐山、鄱阳湖等名山大川的英姿。毛主席苍劲有力的草书“落霞与孤鹜齐飞，秋水共长天一色”则是四楼的点睛之作。

当晚霞映红天际，太阳即将落山的时候，我们住进了江边的一家宾馆。转眼已是夜幕降临、华灯初上，我们信步走到窗前，端详着城市的夜景。整个城市在夜色的笼罩下灯光闪烁，那一幢幢鳞次栉比的高楼大厦，闪烁着七彩的霓虹灯光。往楼下俯瞰，流动的汽车鱼贯而行，车灯闪烁着动感的光芒，丝毫看不出城市夜间的疲惫。

天色大亮之后，站在十六楼窗前俯视看去，一条条街道整洁而宽阔，车流顺着双向四车道缓缓前行。昨夜在街灯的霓虹中尚未看清的街道全貌，在清晨的日光中尽收眼底。

早饭过后，那位见义勇为模范司机又来找我们了。大家商量决定，午饭后启程去庐山。上午去参观八一广场。走进八一广场，首先映入眼帘的是八一起义纪念塔,塔身上刻着“八一起义纪念碑“几个金色大字。塔尖上是一面塑铸的红旗，旁边还有一支带刺刀的步枪。走下台阶，看到的是金水桥，桥两边的喷泉在音乐中舞动。再往前走，庄严恢宏的八一起义纪念馆矗立在眼前。纪念馆内海量的文物资料、图片和实物，让人们深深感受到红色文化蕴含的丰富内涵。我们犹如身临其境，不由得进入了那个军歌嘹亮、战火纷飞的年代。

一场计划外的红色之旅令人流连忘返，可是时间紧迫，只有恋恋不舍地离开这座充满红色记忆的英雄城市了。南昌，再见！车子缓缓开动，向庐山进发。回眸这座渐行渐远的城市，也不知道哪一天再来领略它的风采。唯一让我们确信的是，当再次踏上这座英雄城土地的时候，它一定是以全新的面貌来迎接我们。

夏日庐山行

孩提时代，爷爷就教我背诵“锄禾日当午，汗滴禾下土”“飞流直下三千尺，疑是银河落九天”等著名诗句，在入学前我就能熟练背诵，但至于诗的意境是什么、庐山在哪儿，就不知道了。读完小的时候，在语文课本上读到了《望庐山瀑布》这首诗，老师还给我们做了详细的讲解。自此之后，亲眼目睹一下“飞流直下三千尺”的壮观景象，成为埋在心底的愿望。

那年夏天，我们乘坐的飞机降落在江西昌北机场。在南昌住了一宿，简单游览了一下南昌之后，我们乘车朝庐山奔去，傍晚的时候抵达庐山风景区。在夕阳的余晖里，我们走在林间小径上，先体验一下走近庐山的第一感觉。连绵起伏的群山，被密密的森林覆盖。林间不时传来各种鸟儿响亮的鸣叫和婉转的呢喃声，软绵绵的微风吹拂着每个人的脸颊，让人顿感心旷神怡。站在一个小山包上向远处眺望，山下不远处有一处湖泊，在密林包围下时隐时现。问路人那是什么地方，驴友回答，那是景区有名的美庐湖。

天色渐渐暗了下来，大家急匆匆返回宾馆。有人下意识地打开空调，可空调的外罩上绣着一行字——“仅供冬季取暖用”。看了一下挂在墙上的气温表，标示着二十六摄氏度，而当天南昌市的气温是三十八摄氏度。

庐山的人文景观主要集中在牯岭镇。牯岭镇因山岭形似公牛而得名，是庐山地区的政治文化中心。当年我最先得知这个地名，是看了茅盾写的一篇《从牯岭到东京》的文章，也知道了庐山是众多政要和社会名流聚散进退的重要场所。厚重的历史文化和浓烈的现代政治色彩，诠释着庐山的底蕴和神奇。

崇山密林掩映着大量的别墅建筑群。别墅主要集中在东谷的长冲河岸边，其中最具代表性的要数“美庐”。美庐原为洋人别墅，后被宋美龄购得，蒋介石为之取名“美庐”。我们清早上山，游客鲜少。踏进院落，乔木参天，石阶寂寂，早已不复当年政要来往频频的显赫景象。

“美庐”往下一二里处是庐山大礼堂，即1959年的庐山会议旧址，门上槛那一行已经褪了色的“庐山会议旧址”字样依然醒目。摆在陈列框里的几页信纸，像一尊尊沉重的墓碑，无声地诉说着一位将军的正直与担当。

在庐山漫长的人文历史中，政治元素只占一小部分，它的历史文化渊源底蕴更为深厚。司马迁一句“南登庐山，观禹所属九江”则成庐山人文开篇。而后，又有陶渊明隐居山中，李白、白居易、朱熹、陆游也都曾莅临庐山。康有为、胡适、郭沫若等名人都是庐山的常客。20世纪80年代，张瑜、郭凯敏主演的《庐山恋》，更是让庐山名声大噪，蜚声海内外。

迎着清早的晨晖，我们沿着盘山台阶，艰难地攀登前行。上午九时左右，终于到达了仙人洞。仙人洞为庐山著名景点之一，位于锦绣谷的南端，在佛手岩下。远远望去，其洞口就像张开的大嘴，给人以幽深神秘之感。我们已经累得满头大汗，坐在仙人洞洞口品一杯庐山茶小憩。刚落座时，艳阳高照，晴空万里。两个小时之后，远处的山脚下浮现出白色的雾霾，并迅速向山顶蔓延，转眼之间仙人洞口被大雾裹挟，面对面坐着竟然看不清对方的脸。

中午的时候，我们在山上找到一家快餐店，午餐从简。在相邻的餐桌上，看到了令人啼笑皆非的一幕。一位游客拍着桌子让餐馆老板过来看看，然后大声指责老板说：“我们急着出发旅游，可饭都吃饱了，还有一个主菜没上来。”小老板说去查一下菜单。过了一会儿，服务员端了一盆汤菜上来，说是老板赠送的，并告知游客菜已经上齐了。游客说：“那盘石鸡呢？”服务员答复：“第二道菜就是石鸡。”游客说：“错，第二道菜明明是青蛙呀。”服务员问：“你确定吗？”游客说：“千真万确。”服务员说：“这就对了，我们这儿的石鸡，就是在山洞或是石缝里生长的青蛙，学名就叫石鸡。”那几位游客无言以对，尴尬地起身离开，身后引来一阵哄笑。

下午，我们到了湖岸林边，一幅大型板画吸引了大家的目光。走近一看，板画记录了毛泽东主席在庐山留影的情景。当年毛主席照相时坐的那种藤椅，还摆放在那儿。我们坐在藤椅上，摆着各种姿势拍照，戴上墨镜留影。无论摆出怎样的架势模仿主席的样子，怎么也找不到毛泽东主席那种冷眼向洋看世界的影子。

俗话说：“不到三叠泉，不是庐山客。”庐山因依临长江和鄱阳湖，常年云雾覆盖，雨水充沛，形成了千姿百态的大小瀑布，而最为壮观的当数三叠泉瀑布。它的泉水是从五老峰北崖口流出来的。由于山势险峻，从高处分为三级跌落，形成了三叠，因此得名“三叠泉”。站在半山腰的石板上，仰望飞流直下的白练，犹如脱缰的野马，飞奔而下，水声如鼓，震耳欲聋。当身临其境，一睹庐山瀑布的风采之后，才真切体会到李白“飞流直下三千尺，疑是银河落九天”的描述是多么的贴切和美妙啊！

在幅员辽阔的中华大地上，名山大川各有千秋。“三山五岳”中作为“三山”之一的庐山，以她山水相依、秀丽清凉、源远流长的古代文化和近现代浓厚的政治色彩而闻名于世，吸引着国内外众多游客前来一睹她的芳容。

我爱凤凰城

黄河尾闾，渤海之滨，百代古渡，千年凤凰名城。远接春秋遗迹，近承黄河积淀，土肥物丰，人杰地灵。随感而发——我爱凤凰城。

“小城故事多，充满喜和乐，若是你到小城来，收获特别多。看似一幅画，听像一首歌……”每当听到这首悠扬婉转的老歌，思绪便不由得随着歌声沉浸在对凤凰城的感怀与品味之中。歌中那美丽如画的小城，不正是我们所栖所依美丽凤凰城的真实写照吗！

黄河数百年的流淌和积淀，造就了黄河三角洲这块年轻而又神奇的土地。素有“凤凰城”美誉的利津县城，就坐落在黄河三角洲的顶端。据有关资料记载，利津古城北边有个高家村，南边有个官庄村，西边有个侯王村，东边是滔滔黄河。这座城市以大隅首为中心，辐射出四条大街，分别名为进贤街、太平街、慕义街和永安街。当时环城都是青砖高墙，坚固峻挺，建有东西南北四门，东门叫观澜门，西门叫朝京门，南门叫迎薰门，北门叫镇海门。当时，东、南、北三个门各有一条官道向外延伸，而西门的官道却是一分为三，犹如凤凰尾巴上的三根长翎。从高处俯视，利津古城的整体轮廓就像一只凤凰，头朝东，尾向西。所以，当时人们就给它冠名“凤凰城”。古代有位高人路过利津看到县城的布局后惊叹，利津城是头枕天河水，脚踏进京路，两翼有高官，尾后有王侯，占尽了好风水。不管当年的设计者是有意为之还是无意为之，居高处俯瞰利津古城，它确实像一只展翅翘尾、栩栩待飞的凤凰，确实是一处风水宝地。

到凤凰城去看一看，是我少年时的梦想。与小城的初次相识，是在 1966 年的初冬。那是我到利津二中就读的第一年，当时才 14 岁，跟着几个年龄大些的同学，从学校开好介绍信去省城串联。大家学着军人的样子，挎上叠得方方正正的背包，当天从学校步行到了县城。我们住进了县城唯一的一家旅馆，具体位置是在西关桥东五百米路北。简单吃过晚饭，大家拖着疲惫的步伐，相伴走在大街上，观赏凤凰城的夜景。逛了一圈儿才知道，我们所住的旅馆是在县城最繁华的一条街上，是西起西关桥东至大隅头的一条东西向街道。县委、医院、书店、银行、百货门市部、公检法等部门都在这条街上。县城最高大的建筑物——电影院，就在这条街的中心位置。街道两侧有几盏忽明忽暗的路灯，路面坑洼不平，偶尔有车辆经过，空中弥漫的尘土扑头打面。尽管如此，大家还是觉得县城比乡村气派。第二次进县城是在 1975 年春天。县里召开五类分子改造经验交流大会，村党支部安排我代表村里去大会上发言。九年后再进凤凰城，感觉县城有了变化，街道平整了许多，路灯也亮了。印象最深的是县城第一座楼房——县政府招待所正在建设中。但是县城一条街的格局没有变化，还是老样子。

改革开放的春风吹醒了神州大地，也开启了凤凰城腾飞发展新的征程。小城日新月异的发展巨变，是在进入新世纪以来的这些年。宽阔笔直的主街道，郁郁葱葱的绿化林带，五彩缤纷的灯饰彻夜流光溢彩，一幢幢、一排排鳞次栉比的高楼大厦透露着现代化城市的气息。过去一个不足两万人的县城，如今常住人口已突破八万。快速发展起来的凤凰城，不只是人们的宜居之城，也成为人们的精神家园栖息地。工作和居住在凤凰城的每一个人和我一样，心里都有一个共同的心声——凤凰城，我爱你！

我爱凤凰城的交通便利、四通八达。德龙烟铁路在城西斜穿而过，并设有利津站口；220 国道纵贯县城南部，向青烟威方向而去；城北的永莘路经刘家夹河渡口，向东北直达东营机场。县城北部的东吕高速和荣乌高速，直达青岛、济南和北京。利津黄河大桥开通，偏隅小城变为通衢要冲，东连齐鲁腹地，北抵京津都会。正在兴建的黄河东津大桥，在凤凰城东郊穿过，又一道交通大动脉呈现给世人。

我爱凤凰城的美景。经过几十年的不懈努力，勤劳智慧的利津人把凤凰城打扮得风姿绰约，透出一股现代化城市的气息。宽阔笔直的主街道，不断地向城外延伸，成块连片的高楼大厦群，矗立在绿地树林之中。城中角角落落花草掩映，贯穿城区的护城河波光粼粼，灯火辉煌的公园和广场供人们休闲娱乐、强身健体。人们尽情享受小都市的风情，凤凰小城不断步入现代化城市的新境界。城南区典雅精致的晓月湖，花草树木与湖水相映，令游人流连忘返；凤凰城东郊的东津古渡植物园，是各种树木汇集的绿色世界，一年四季郁郁葱葱；城东北角的东津生态园，繁花绿草、万木竞彩，河湖错落、流水淙淙，到了夜晚，彩灯闪烁，犹如仙境；城北的翠园湖，风吹涟漪波动，是垂钓者的最佳去处；城中心的凤凰广场，春观百花，夏沐清风，秋赏朗月，冬踏晴雪，奇花异木，流水潺潺，让人流连驻足、乐而忘返，为名城画卷再添光彩夺目的一笔。

我爱凤凰城的人杰地灵。千年凤凰古城培育了一批批人杰精英。他们的名字将永远与凤凰城熔铸在一起，为古城历史刻上浓重的一笔。文化名人和社会活动家张铨、李佐贤、赵长龄、岳振南，成为彪炳凤凰城史册的四大乡贤。革命英烈李竹如，为了人民的解放事业英勇献身。他的墓碑至今高耸在凤凰城烈士陵园，供一代代后人瞻仰怀念。爱国将领石敬亭、苎麻专家鄭云鶴皆声名远扬，永载青史。

我爱凤凰城烟火的味道。每个城市都有自己独特的味道。提起热干面人们立马就想起武汉,说到甜沫和把子肉大家就知道是在说济南。凤凰城的美味小吃,满大街角角落落里都有小摊和门店，品种繁多，最有名的当数远近闻名的利津水煎包。利津水煎包历经百年传承，长盛不衰，在县城经营的就有几十家之多，成为人们生活中不可或缺的美味食品，已被列入省级非物质文化遗产名录。此外，来自渤海和黄河的各种水产品，如黄河刀鱼、渤海梭子蟹、鲈鱼、梭鱼、对虾、黄河口大闸蟹等，也都是凤凰城的美味名吃。有名的黄河故道鲜鱼汤，将从黄河故道里捞出的草鱼、黑鱼、鲫鱼，鲤鱼，黄颡鱼等大火快炖，出锅后的鱼汤呈奶油般的乳白色，香味扑鼻。人们大快朵颐，尽享来自大自然的馈赠。

我爱凤凰城的慢生活。凤凰城里的老年人和孩子们享受着生活的慢节奏。在湖边、广场、生态园、树荫下，人们在慢悠悠地走路，都是悠然自得的样子。凤凰广场是城区人气最旺的地方，从早到晚人流不断。在广场上，或故旧相遇促膝晤谈，或恋人相邀湖畔顾影，亦有童叟嬉戏，其乐融融。在黄河岸边风景区的林荫下，吕剧、扬琴鸣锣开场，众戏迷听得如痴如醉。翠园湖边的垂钓者们撑起五颜六色的太阳伞，尽情享受着垂钓的乐趣。在凤凰城内慢慢地行走，你就会发现美尽在日常动人处。临街铺子里卖火烧的老人，总是不紧不慢地翻动着锅里的面饼子，卖肴肉的小摊主在路边或桥头，悠然地叼着香烟，等待着顾客的光临；露天烧烤店摆开一排排小饭桌，店主人热情地招呼着赶来夜餐的人们。此情此景，大有清明上河图再现人间的韵味。

我爱凤凰城的人文情怀。凤凰城历经千年积淀，古朴友善的民风代代传承，人文情怀浓郁感人。凤凰城里的人，看人的眼神清澈透明，传递出一股股温情暖意。我的慢生活也饶有兴味，主要内容是会三友（即文友、钓友和酒友）。写出一篇小文，邀来两三位文友，坐在黄河岸边的凉亭里，一边欣赏着黄河水滚滚东流去，一边斟酌文字，好不乐哉；天刚蒙蒙亮就接到楼下钓友的电话，下楼带上钓具上车就走；风雨天出行不便，邀几位酒友来家里一聚，重温一番压指和猜火柴的老游戏，海阔天空一番，微醉而散。

“黄河岸，渤海边，一望无际大平原。东津迎旭日，长堤柳如烟，百里锦绣展画卷……”伴随着铿锵有力的《利津县县歌》的旋律，勤劳坚毅的凤凰城人，必将铸造出小城更加美好的明天。

朋友，踏着《小城故事》的节拍，来凤凰城做客吧！

春临晓月湖

夕阳西下，晚霞满天，晓月湖笼罩在霞光的辉煌里。微风吹动着湖面，一层层的涟漪镶上了金边，闪烁着灵动的光芒。湖边的树林里，传来鸟儿叽叽喳喳的喧闹声，向人们宣示着倦鸟归巢，象征着家人团聚。晚餐后闲庭信步的人们，陆续走近晓月湖。

晓月湖公园坐落在凤凰城东南角，平面轮廓大致是个圆形。晓月湖公园的北侧是湖水，水面大抵占了公园面积的三分之一。晓月湖的周边建有高低不同的木质走廊，站在高层的走廊上，可以俯瞰公园全景，而从低层的走廊可以直达湖心亭。南侧公园的陆地部分，有内外两圈儿林荫小道，内侧的小道是孩子们的电动车通道，外侧的小道供人们散步。

晓月湖占地面积小，且水面也是一泓月牙形面积不大的湖水。本来称为小月湖公园比较贴切，可人们觉得定名为小月湖既土气又小气，缺乏诗和远方的韵味，于是定名为“晓月湖”。在整个晓月湖公园中，水面较小，确切地说，叫晓月湖公园比较适宜。

公园是在五年前建成开放的，开园的前两年，晓月湖公园天天游人爆满，一时间名声大噪，各项文化活动纷纷前来举办，想来此安排文艺演出活动还要提前预约。晓月湖亲眼见证了那些人声鼎沸、热气腾腾的日子。随着鼠年春节的来临，一场突如其来的疫情无情袭来，晓月湖自此陷入冷清、寂寞的境地，昔日那些欢欣热闹的日子戛然而止。

与同城豪华靓丽的凤凰广场、规模宏大的东津生态园、朴实无华的凤栖园相比，晓月湖虽年轻，但却是这些公园中人气最旺的。其主要原因是她身居宝地，占有优越的地理位置。

晓月湖的东、南、北三侧是盛世瀚海、锦绣凤城、上城裕园等居民小区，居民走出家门抬腿就进公园，茶余饭后，周末、节假日，人们便纷纷涌入公园放松一下心情。晓月湖的西侧是凤凰城文化艺术中心，那些工作累了的人们，到晓月湖走一走，浑身轻松释然。那些在文化艺术中心的阅读者们，读书时间久了，隔着窗户远眺一会儿晓月湖，眼睛顿时清亮起来，情不自禁地就走进晓月湖公园放松一下。

晓月湖的点睛之作，是位于湖中心的月牙雕塑。十几米高的一弯月牙矗立在方方正正的台座上，被一片荷花簇拥着。花朵与青铜色的月牙雕塑互相映衬，美得让人陶醉。

在朝霞或晚霞的映衬下，月牙雕塑的倩影倒映在湖水中。人们迷恋这般美景，纷纷倚靠雕塑拍照，留住这人与自然和谐相处的美好时刻。如此美景也引来无数摄影爱好者前来拍照，有的摄影作品还在省市级比赛中获得大奖。

2023 年的正月十四，恰巧是兔年立春第一天，听说落寞三载的晓月湖又迎来了昔日热闹的景象。怀着兴奋的心情，我带上小孙子，也到久违的晓月湖凑个热闹。

顺着低层木廊走近湖心亭，只见穿着讲究的几位长者，在大声诵读着什么。凑到近前一听，他们是在接龙吟诗。其中一位长者朗诵道："春风先发苑中梅，樱花桃李次第开。"另一位长者应声接道："鹰击长空，鱼翔浅底，万类霜天竞自由。"一位头戴瓜皮帽的长者，正欲接龙，抬头看到了我，喊着我的名字。我一眼认出，他是我中学时的数学老师，如今已是一位八十八岁的老人了，没想到在这种场合相见。我快步上前，紧紧拥抱了恩师。

我问老师："你们这是什么活动？"老师告诉我，他们这是在诵诗接龙，规则是每人诵读一首与春天、花朵和公园场景有关的诗词。老师告诉我，他们在图书馆一起浏览《明朝那些事》，看书看累了，才到公园里诵诗放松一下。我记下了老师的电话和住址，约定近日去家中看望他。

小孙子看到有人在湖边钓鱼，拽着我的手一定要去看看。钓鱼的都是些长者，身边大都是孙辈相陪。因为水体太小，根本没有大鱼可钓，偶尔钓到一条，也是些小鱼。要收竿了，长者就和孙辈一起将桶里的小鱼倒入湖里放生。老人对孩子说，小鱼的妈妈在等她的孩子们回家呢。孙辈点点头，高兴地跟老人回家。小孙子问我："爷爷，你钓的小鱼也放生吗？"我说："是啊，你没听到刚才那位爷爷说吗，小鱼的妈妈在深水里等它们呢。”

晚霞慢慢散去，夜幕降临。晓月湖公园里的音箱里，传出舒缓的古筝曲。灯光突然亮了起来，五颜六色的灯光，闪烁着温馨而神秘的光芒，与天上的星星交相辉映。吃过晚饭的人们正从四面八方走进公园，玩具摊儿、烧烤摊儿相继开张；一只只小风筝在空中飘来飘去；一辆辆电动童车在广场上追逐嬉戏……立春了，扑面而来的都是春天的气息。春山茂，春日明，人们的脚步开始变得轻松，心情也变得舒展起来。春日来临，春风似乎吹散了三年来所有郁闷和黯淡的情绪，这是独属于春天的喜悦，人和人，和而不同，美美与共。

晓月湖一角的广场上亮起了七色彩灯，阔别了三年的广场舞，在兔年立春的第一天开张大吉。随着优美的旋律，广场舞开始了，音箱里传出咏诵春天的歌声：“你走来，春也来，你来树就绿，你来花就开；春风进窗口，春雨洒楼台；留住春，留住你，留在我心怀……”

黄河从我面前走

——凤凰城滨河休闲旅游区撷景

黄河落天走东海，万里写入胸怀间。黄河是中华民族的摇篮，孕育了灿烂的黄河文化。从发源地到入海口，黄河所呈现的万里景观，向世人展示着黄河生态文化之美。

站在黄河大堤上，面朝黄龙入海的方向，左肩依着凤凰城，右侧便是川流不息的黄河。大堤与黄河之间，那是一望无际的黄河滩地，沃野铺展，阡陌纵横。不远处一座跨河长桥飞架黄河之上，远远望去，桥面上川流不息的车辆鱼贯而行。抬眼远眺，黄河缓缓东流，蓝天澄澈欲滴，白云悠然舒卷，树木葱茏，鸟语花香。一幅壮美的绿色生态画卷正在这里徐徐展开。

这里是位于黄河尾闾的凤凰城滨河休闲旅游区，属于三 A 级景区。它南起张滩险工，北至东津渡，浩浩荡荡十里有余。这里有独具特色的黄河口沿岸风光。在这里，灌木野花幽香，佳木秀林繁荫，冬至雪落冰封，春来万物萌发。

旅游区的景点，宛若一颗颗镶嵌在大河岸边的珍珠，在河水的映衬下熠熠闪光。打开相机，撷取这些美轮美奂的镜头吧。

童乐沙滩

不知是何缘故，平稳流淌的黄河水，在这里突然转弯向右岸冲去，右岸在激流的冲击下，土方不断塌落，左岸却凸显出一块百米方圆的沙滩，成为孩童们最痴迷的去处。星期天、节假日来临之前，那些学校里被困缚的“神兽们”，就吵着闹着让大人带他们去沙滩撒欢儿。沐浴着岸柳微风的吹拂，在缓缓东流的河水边，孩童们发挥着自己的想象力，有的垒城墙，有的挖地洞，有的围垒蓄水池……一个个满头大汗，一副泥猴的样子。小小沙滩虽远远不及青岛五四广场等海边沙滩那样壮阔，但孩童们自由自在释放天性的场面，却是胜过海边沙滩的独特一景。童乐沙滩不仅对孩童们有着巨大的诱惑力，还是大人们依此驯服孩子的法宝。小孙子和他哥哥争玩具哭闹不止，谁也说不服他。我凑到他耳边说了一句悄悄话，他立马破涕为笑，一副得意扬扬的嘴脸。很简单，我和他说的是，星期天带他去童乐沙滩。

林间剧场

无论是在艳阳高照的春秋季节，还是在烈日炎炎的夏日，河边的柳树林是人们聚集乘凉的好去处。无论是互助搀扶的老人，还是情意绵绵的恋人，在林荫下尽情享受着清凉而又安静的意境。附近村庄的庄户剧团和一些戏曲爱好者，也到柳林树下搭台唱戏。号称“栓老婆橛子”的吕剧开场了。《借年》《王定宝借档》《小姑贤》等传统吕剧剧目相继登台，那些“40后”“50后”的老戏迷们，直听得如醉如痴，不断地鼓掌叫好，忘记了吃饭，也忘记了按时回家。得知柳树林里人气爆棚的信息，县吕剧团及老年大学常青树艺术团也来凑热闹。那些年迈的老人，忘记了自己的年龄，随着台上的音乐手舞足蹈起来，仿佛又回到了那难忘的青春岁月。

绿荫幽径

大堤与黄河之间遍布高柳白杨，长风过林，树叶哗哗作响。宽阔的柏油路在林间穿过。巨大的树冠遮天蔽日，为徜徉在林间小路上的人们遮风挡阳。幽长的绿荫小径，两侧处处都是树的世界、花的海洋，一年四季变幻着不同的色彩，热情地迎送着每一位悠闲的来访者。春天，是绿荫幽径最美的季节，柳树发出嫩黄色的新芽，向人们报告着春天到来的信息；玉兰花、海棠花、迎春花竞相绽放，让人们尽享属于这个季节的浪漫。人们三五成群，在休闲步道上赏花、嬉戏，一张张脸庞幸福得像花儿一样。

观澜亭台

从黄河大桥到东津渡，弯弯曲曲的河岸边建有多处突出于岸边的观澜平台。平台由石头和水泥筑成，平台下是缓缓东流的黄河水，平台上是一幅幅白色的、造型奇特的张拉膜伞，巨大的伞盖覆盖着整个平台。

伞盖下的造访者大多是老年人。他们悠闲地安坐在排椅上，尽享朝看东流水、晚赏夕阳红的岁月静好。在杨柳依依、河风吹拂的美景里，他们海阔天空，谈古论今，说到热闹处，笑声随风飘荡在河面上。

偶有阵雨袭来，沿河赏景的人们便一股脑儿涌入观澜亭，老人和孩子们拥在巨伞下，顿时人声鼎沸，欢声笑语，场面热闹非凡。

傍河酒家

傍河酒家的招牌写着“观澜酒家”，酒家傍岸而居。落座于雅间或客厅的食客们，透过明净的玻璃窗远眺，黄河岸边的风景一览无余、尽收眼底。一边享用着佳肴美食，一边欣赏着窗外美景，那种感受不亚于安坐半山腰楼外楼中俯视西湖的那种惬意。

观澜酒家的美食独有两大特色。一是河中取材、就地烹饪。人们将网来的或是钓来的黄河鲤鱼、鲇鱼、黄颡鱼出售给酒家。大锅炖出的鲤鱼、鲶鱼鲜美可口，别具风味。红烧的黄颡鱼，则是下酒的佳肴。二是农家大锅炖。在院子的棚荫里，墩两口大铁锅，用木柴做燃料。农家土鸡、大鹅，当地农户散养的猪羊一应俱全。或单炖，或混炖，按客户的要求取材下锅。灶火噼里啪啦烧起来，大锅里散发出的香味在院子里弥漫着。食客们早已准备好碗筷，只待美味出锅。

观澜酒家是一处平房小院儿，院子的周围是茂密翠绿的竹林。远远看去不见房屋，只看到袅袅升腾的炊烟。为了让远处的人们看到竹林中的酒店，店主人在竹林中竖起高高的竹竿，杆顶上挑一面三角形带锯齿边的旗子，上面绣有四个篆字——“观澜酒家”。此情此景，不由得让人们想起唐代诗人杜牧的诗：“千里莺啼绿映红，水村山郭酒旗风。南朝四百八十寺，多少楼台烟雨中”。

东津古渡

东津古渡在南北朝时即已有之，距今已有千年之久的辉煌历史，是古代乃至现代连接大清河及黄河两岸的交通枢纽。利津县志记载，当年的东津渡东达青莱，北连山海，更是连接北京、天津及东北三省的交通要地，也是凤凰城八景之一的东津晓渡。东津渡的繁华鼎盛时期，千帆竞进，百船汇集。在东津渡出入的各种木帆船五百多只，大型载重拖船二百余艘。东津渡是近代鲁北地区有名的水旱码头，曾有“北有铁门关，南有东津渡”之说。当地船只在这儿装货出海，外地船只在这儿泊船卸货。抗日战争和解放战争时期，这里是渤海军区与晋冀鲁豫军区联系的军事通道。1947 年，陈毅、张云逸等率部队在此渡河，转战西去。东津渡在抗日战争和解放战争中作出了巨大贡献。

随着现代化交通设施的建设，加之黄河水流量的不稳定，繁华兴盛了一千余年的东津渡，终于在 20 世纪 80 年代初结束了它的历史使命。伫立在东津渡旧址，抚今追昔，感慨万千。东津渡虽不再盛景依然，但它对当地经济发展的不朽贡献，以及留给后人们的那些可歌可泣的传奇故事，会被浓墨重彩地载入凤凰城的发展史册。

当“保护母亲河”不再是一句口号，而是黄河沿岸亿万人民的实际行动时，母亲河的美好未来指日可待。可以想见，未来的母亲河，将会以全新的面貌呈现在世人面前。

时空穿越“秦直道”

陕北的山，山连山。造物主将满世界的山都堆在了这里，抬头是山，赖以生存的还是山。

21 世纪初，我们与胜利油田大明公司合作，来到陕北的群山中一个叫中国桥镇的地方开采石油。这是国家允许民营资本可以介入开发的区块。

从延安市甘泉县钻前办拿到井位图，用 GPS 定位器测定了井位的经纬度交叉点，选一个风和日丽的日子，准备开钻。开钻的那一天，钻前办和县里的文物部门的人突然赶到现场，让我们立即停钻，说是井位定在“秦直道”上了。

在陕北的大山里，为了尽快了解当地情况，我们结识了一些当地的朋友。其中有一位朋友叫张焱，笔名“三火”。张焱身体高大健壮，和我们山东人在一起，看不出他是陕北人。他圆圆的脑袋，留一头齐刷刷的毛寸，上唇留着密密的黑胡须，酷似鲁迅的样子。他是一级厨师，在宾馆做大厨。令人想不到的是，此人多才多艺，写得一手好文章，是一个地地道道的陕北通。一个初秋的早晨，张焱应邀来到我们项目部，滔滔不绝地向我们讲起“秦直道”的前世今生。

他告诉我们，陕北的大山里隐藏着全国重点文物项目——“秦直道”。“秦直道”俗称“皇上路”“圣人条”，是秦始皇命蒙恬监修的一条军事性通道。此道宽三十至五十米，长达七百多公里，始建于公元前 212 年至公元前 210 年，享有“世界公路鼻祖”的美誉。

“秦直道”南起陕西咸阳，北至九原郡，穿越整个鄂尔多斯地区，把京卫和边防连接起来，是联系中原和北方的一条重要交通干线。

百闻不如一见。我们坐上越野车立即出发，张焱作为向导坐在副驾驶座位上，车子沿着山区小路前行。张焱不停地向我们介绍着大山里的情况：几十年前，陕北的黄土高原植破坏严重、山体裸露，大量黄沙被狂风卷入黄河，形成了泥沙俱下的状况。随着国家“限耕禁牧”政策数十年的落实和实施，山变绿了，水变清了，陕北一带处处呈现出绿水青山的勃勃生机。

行约五公里，到了一个叫方家河的小村庄。我们依稀看到洛河对面的山崖上刻有“秦直道”三个硕大的红字。行至山坡的平缓地带，我们走到了立着“秦直道遗址”五个大字的导游宣传牌前。

在我们的想象里，“秦直道”是一条笔直宽阔的山间土路。但到现场一看，与之前的想象大相径庭。这里已经找不见当年“秦直道”宽阔雄伟的影子，就连人正常行走都很困难。顺山势望去，隐约可以看出“秦直道”的轮廓走向。

当年“秦直道”就是在这里顺坡下山，直抵洛河边。河上建桥一座，当地人称“圣马桥”，是“秦直道”上唯一的一座桥梁。“桥镇”这一名称就是因这座桥而来的。

张焱对我们说，在这儿看“秦直道”，只能通过山腰上的夯土层探明这里是直道经过的路径，要看清河两岸直道的走势脉络，到对岸的山顶上观测角度最好。不仅可以看到直道的走向轮廓，还能到安家沟村看到秦代的陶器。于是，我们跟着张焱兴致勃勃地蹚过洛河，直奔安家沟村。

坐落在洛河岸边的安家沟村，是一个十余户人家的小村子，村舍零星地分布在山根下。走进一户有三孔窟洞的农家院，窟洞门口一侧摆放着几个沾着泥土的瓦罐。蹲下来仔细观察，瓦罐呈灰色，敞口，罐腹微鼓，平底。据这家农户的主人说，瓦罐是在建院墙挖沟槽、夯实地基时挖出的。

像瓦罐这样的陶器，村里几乎家家都有收藏。我们跟着张焱登门索骥。一户人家的窑洞一角，摆放着瓦罐、瓦钵等大小不等、造型各异的陶器。其中一个小敞口，细颈阔腹。在瓦罐的颈部，模糊地烙着“秦出”两个繁体字。张焱告诉我们说，文物专家已多次到村里鉴定陶器，确认这些瓦罐瓦钵为秦代制器。

散落在安家沟村的陶器，多数出自被盗的坟茔里。盗墓者只拿走认为值钱的物件，陶罐等陶器一般就抛弃在墓地里。安家沟村北有一座高山，叫做脑畔山。登到山腰处，便可清晰地辨认出“秦直道”在洛河两岸的走向。远远望去，当初的路面上，已植满半抱粗的各种树木，但刀削般的土崖依然清晰可见。登上山顶，眼前一片疮痍，到处是被盗的坟坑，被风吹日晒的黄土泛着白色，仿佛在讲述着什么。

据专家考证，在安家沟脑畔山与方家河后山遍布着上百座秦代墓，埋葬的大都是在开拓“秦直道”和在洛河造桥时牺牲的秦代将士。有的坟茔里面还有青铜器饰件等，应该是级别较高的军官。

站在高高的山顶上，已难以看到两千年前宽阔恢宏的“秦直道”及架在洛河上的桥。然而，刀劈斧剁般的土石崖犹在，佐证着当年修筑“秦直道”时恢宏惨烈的场面，也印证了史书所记载的秦始皇“乃使蒙恬通道”，于两年多的时间内打通“秦直道”的史实。

当年桥镇段“秦直道”，作为整个“秦直道”浩大工程的一部分，它就像长城上的烽火台一样，是为了防止、抵御外来侵扰，维护疆域安全。二千多年后的今天，“秦直道”虽已无从恢复原貌，但它作为中华民族维护领土完整统一的历史见证，其功绩是毋庸置疑的。

起风了，“秦直道”上郁郁葱葱的树木随风摆动，原本静止的一切瞬间灵动了起来。在轰鸣的林涛声中，我们仿佛回到了两千多年前“秦直道”上军旗猎猎、铁骑奔流的年代。面对连绵起伏的群山和浩瀚的林海俯瞰林海中时隐时现的“秦直道”遗迹，人们会不禁感叹：“秦直道”不仅是史书记载，更不是民间传说，它是永远彪炳中华文明史册的历史真实。

翠园湖，掀起你的盖头来

夕阳西下，晚霞满天。不知是哪个地方下了雨，炎炎夏日的傍晚，一阵阵清凉的微风习习吹来。吃过晚饭，小孙子拽着我的手，让我带他到公园去玩儿。孩子的请求就是命令，实难抗命不从。开车带上小孙子，按照孩子的指引，走近了公园。

公园里的停车场以及周边的大路小路已经停满了车辆。自行车、电动车、农用三轮车、豪华轿车一辆挨着一辆，转了几圈儿硬是没找到一个车位。最后，终于在公园一公里之外停了车。走上湖中心的拱桥，向四周环看，到处是灯光的世界、攒动的人头，不同调门的音乐在空中飘荡。此情此景，我的脑海里一下子浮现出当年参观南京夫子庙的情景。南京古城，秦淮河边，六朝古都金陵的名胜古迹在夜晚七色彩灯光的映照下时隐时现。秦淮河从夫子庙前穿过，河上两座相近的小桥彩灯闪烁，游船从桥下穿过，伴着琵琶声的吴侬软语弥漫在河面上。“爷爷，你想什么呢，带我去看小鹿吧。”我的思绪一下子回到了眼前。当我们走近公园里的标志性建筑九龙柱的时候，这才恍然大悟，原来这是凤凰城的翠园湖。翠园湖坐落在凤凰城的东北角，湖南侧是几个互不相连的居民小区，湖北岸是一个名叫五股道的百年古村。翠园湖的前身是两个互不相连的自然塘湾，21世纪之初，周边几个新建的居民小区相继动工，在这里挖土垫地基，原有的两个坑塘不仅连接了起来，还向四周扩展了数百亩，自此定名为翠园湖。翠园湖呈东西向长方形，湖中间有一座南北向拱桥横跨，拱桥左右两侧的不远处，还有一座小拱桥和一座平桥。“拍照了，爷爷。”小孙子大声地喊着我。定睛一看，草地上有三只麋鹿模型，体内的灯光将麋鹿照得通体透明。逼真的形体，宛如草原或森林里的真鹿一样。

跟随着小孙子的脚步，我们来到了凤凰园。一对闪闪发光的凤凰，栩栩如生，展翅欲飞的样子着实令人喜爱。山羊园里的几只小山羊，紧随大山羊身后，似乎是在啃食着鲜嫩的绿草。小孙子拽了拽我的手，指着不远处说："爷爷，爸爸妈妈接我来了。"随即向我摆摆手，跟着爸妈挤到人群里去了。我走进岸边的六角亭，在石凳上坐下来，点一支香烟小憩，脑海里回顾着关于翠园湖的印记。翠园湖定名之初，很少有人光顾。每天早晨和夜晚，偶尔有人在环湖小道上散步，多是些初恋的情侣，再就是喜欢晨练或晚练的体育健身达人。翠园湖是垂钓者们的迷恋之地，湖边那一把把撑开的太阳伞，五颜六色，与湖边的垂柳相映成趣。远远望去，那是一道靓丽的风景线。

六角亭下设有石桌石凳，那是我和几位文友经常光顾的地方。我们坐在亭下谈古论今，讨论诗文。在凉风习习的六角亭下环顾四周，美景入目。湖面上涟漪层层，湖岸边杨柳依依，一对对大鹅和水鸟像小船一样，悠闲地漂浮在水面上。偶有大鱼跃起，惊得芦苇丛里的野鸭和鱼鹰腾空飞起。

虎年初春，与几位文友一起到翠园湖踏青，寻觅春天到来的信息。一位文友感慨地说，这么一个安静悠闲的去处，鲜有居民光顾，实在可惜。写一篇散文推介一下翠园湖吧。我欣然接受了这个任务，草就散文一篇，题目叫《杨柳依依翠园湖》。散文在《凤凰城文学》发表之后，关于翠园湖的话题遂在网络平台上热传。一位爱好朗诵的文友还配上音乐动情地朗诵。一时间，曾经"养在深闺人未识"的翠园湖人气大涨，光顾者络绎不绝。

翠园湖的日趋火爆，引起了城管和文旅部门的关注。两部门纷纷派人前来考察，并将提升改造翠园湖列为城市建设十件实事之一。虎年岁末，提升改造工程隆重开工，至兔年初夏，提升改造工程接近尾声。人们目睹翠园湖的华丽转身，迫不及待地从四面八方涌入翠园湖。烈日炎炎的夏日，大家走近翠园湖，尽享湖边微风吹拂的清凉。夜幕下的翠园湖，到处是灯光的世界。湖沿上橘黄色的条形灯光带，把湖的轮廓勾勒得一目了然;湖面上的三座跨桥，遥相呼应，闪烁着不同色彩的光芒;岸边的草地上，造型各异的彩灯引来一群群孩童围观。彩球灯、葵花灯、风车灯，在不停地转动着，给公园披上神秘的色彩；湖南岸的六角亭和对岸的四角亭灯火通明，亭影倒映在湖面上。孩童们最爱聚集的地方，是位于湖边方台上的小喷泉。喷泉在灯光的映照下，变换着各种迷人的色彩。喷泉中心的雕塑是一个半开口的巨型贝壳，孩子们沿着喷泉底座的台阶拾级而上，依靠贝壳拍照留影。沉静了一天的翠园湖，当夜幕来临的时刻，这里便是戏曲的天地、音乐的海洋。在九龙柱广场的东北角，那是一个西洋乐队的组合，电吹管、萨克斯、长号、圆号一起合奏着《回家》《西班牙斗牛士》等悠扬欢快的世界名曲；广场的西南角，那是由二胡、笛子、扬琴演奏者组成的民族乐队；公园的西南侧，是吕剧专场，观众多为中老年妇女，她们听着、看着《借年》《凤还巢》《姊妹易嫁》等经典剧目，忍不住小声哼唱着，如醉如痴地陶醉在吕剧世界里；沿着湖边一字儿排开的，是放着高亢音乐的音箱，喜欢唱歌的人们，可随意拿起话筒一展歌喉。当我在广场一角欣赏民族乐队演奏的时候，忽有鼓掌声和叫好声传来。走近一看，才知道这里正进行民间艺术表演。舞龙的，玩儿灯的，跳舞的，踢毽子的，令人眼花缭乱，目不暇接。最为诙谐有趣的是《猪八戒戏驴》。八戒扮演者身穿八戒的衣服，腆着个大肚子，肩扛齿耙，一举一动酷似电视剧《西游记》中的猪八戒。那头跟在八戒身后由人扮演的黑驴，亦步亦趋模仿着八戒的动作，一会儿打滚，一会儿走十字步，惟妙惟肖。八戒朝驴屁股上踢了一脚，那头驴一个急转身，照准八戒的屁股猛踹一脚，疼得八戒捂着屁股转圈儿。如此幽默滑稽的场面，让观众们笑得前仰后合。眼见围观的人越聚越多，八戒和小黑驴向大家展示绝活儿。八戒把一只皮球抛向空中，一个后空翻后，皮球稳稳落到他的肚皮上；小黑驴也不甘示弱，指示八戒将皮球高高抛向空中，然后，两个 360° 就地打滚，仰面朝天将皮球牢牢抱住。

曲径通幽的环湖步道是人们散步小憩的好去处。步道的柏油路面上刷了淡橙色的防滑漆，路中央画有黄、蓝、绿三道线条，走上去既美观又舒适。步道在连绵的树林中穿过。白天，路两边高大的法桐遮阴罩凉；处于丛林中层的红叶李、木槿、海棠，拥拥揉揉，密不透风，顺手可以触摸到不同颜色的花朵；树下的草地上，凤仙花、打碗碗花，还有那些叫不上名的小花，宛若一方方铺就的花地毯。到了夜晚，步行道两侧变换着不同色彩的灯柱灯光不停地闪烁。步行道旁的排椅上，安坐着走累了的老人，或是一对对热恋中的情人。

“九龙柱”是翠园湖的标志性建筑。“九龙柱”的底盘为正方形，龙柱为圆形，对应“天圆地方”之说。底座的四面分别有一块长方形的石材雕板，雕刻着不同的内容。南侧雕板上刻着“河清海晏”四个篆字，古朴典雅，韵味十足；东侧雕刻的是《河清海晏》的译文；西侧雕板，刻着龙的图案和龙的传说；北侧雕板，则是龙生九子的介绍。九龙柱的顶端，分别蹲坐着龙的九子，面朝着九个不同的方向。站在高高的九龙柱底座上面，湖面的微风吹拂着头发和脸庞。俯瞰湖边广场，灯火辉煌，乐曲声震耳欲聋。尽情享受轻松愉快时刻的人们迷恋着这欢乐的场面，久久不愿离去。此情此景，不由得让我想起“平安中国”四个字。是啊，没有绝对的岁月静好，岁月静好的背后是有人在站岗、放哨，有人在负重前行。

当兔年盛夏来临的时候，翠园湖提升改造工程接近尾声。游船码头已经建好，待游船到位之时，当湖面上漂着一只只小船，当少先队员们高唱着《让我们荡起双桨》时，我想，翠园湖是否可与首都的北海公园相媲美呢？施工中的安全隔离墙正在陆续拆除，“犹抱琵琶半遮面”的翠园湖，当盖头掀起的那一刻，人们会看到她出水芙蓉般的惊艳和美丽。

走近路遥

20 世纪 90 年代初，我在乡镇工作。秋雨淅沥的一天，我在办公室梳理近期工作重点和远期工作规划，一位同学冒雨而至，开门便说："我今天是来给你送书的。"我淡然一笑："你看我这种情况，还有空儿看书吗？"同学认真地说："你试试看吧，我觉得你能读完这部书。"他从塑料兜里拿出书递给我，封面上写着《路遥全集》。人至中年，工作和家庭事务压在身上，再去认真地读一部书，对我而言几乎不可能了。可同学极力向我推荐这部书，自有他的道理。我想一探究竟。

夜深人静，打开台灯，翻开散发着油墨香味的新书，看完第一页便似乎又找到了当年捧书夜读的感觉。未曾想到，轻易不被打动的我，被书中的故事吸引。之后几天，但凡有时间我就拿起这本书读。书中主人公不畏艰难，与命运抗争的进取精神，深深震撼着我。

该当与路遥有缘。21 世纪初，我们与胜利油田大明公司合作，到陕北大山里做项目，住在甘泉县一个叫中国桥镇的山村里。甘泉县在延安的南侧，为延安市所辖。出发前忽然记起路遥的《人生》《平凡的世界》就是在甘泉县城完稿的。当时我正好重读《路遥全集》，很想到写作基地看一下书中所描写的川上、塬上、群山、洛河。

炎炎夏日，一阵狂风暴雨过后，高压线受损，停电了。无奈之下点上蜡烛，只能在窑洞里度过一个寂寞的黑夜。突然一辆摩托车开至窑洞门口停下，一看，是陕北当地的文友。他叫张焱。张焱写得一手好文章，经常在当地的《甘泉》《美文斋》《延安作家》等文学刊物上发表文章和诗词。他把一包花生米和一只肴鸡往茶几上一放，从怀里掏出一瓶酒，然后对我说："停电了，咱们小酌一杯，今夜陪你侃大山。"文友相聚，话题自然离不开读书和诗文。他一把拿起放在床头的《路遥全集》："今天咱们就聊聊路遥的事吧。"张焱滔滔不绝地打开了话匣子。

路遥的童年是在苦难中度过的。艰难的日子没有击倒路遥，反而激发了他努力进取的斗志。小学毕业后，他就要考初中。父母觉得家里供不起一个上初中的学生，不支持路遥去考初中。经路遥软磨硬泡，父亲说：“只要你能考得上，家里就供你上学。”其实，父亲从心里不愿看到路遥考上。可没想到的是，路遥却以全县第二名的成绩考上了延川县中学。学是考上了，但报名费成了一大难题。在家里人犯难时，路遥去找了热心的村支书。村支书卖了家里一些粮食，终于凑足了路遥的学费。路遥在自传体小说《早晨从中午开始》中写道：“村里那些面黄肌瘦的老人，拿上家里的黄面馍馍，颤颤巍巍地走到我的面前说，孩子啊，拿上去求功名吧。”路遥吃着百家饭读完了初中。

正当我听得入迷，文友张焱怕我听厌倦了，突然把话题一转说道：“我同学的小姨在甘泉招待所干过服务员，对路遥的写作和生活知道得很详细，有意愿去访问一下吗？”我表示赞同。我们的驻地离甘泉县城二十公里的样子，正常情况下开车半小时就到。电话联系后，第二天早上我们沿洛河一路北上。道路坑洼不平，二十公里的路程走了近一个小时。在县城郊区的一处窑洞里，我们见到了当年的那位服务员。说明来意后，服务员将当年路遥在甘泉招待所的写作和生活情况介绍给我们：“当年我是负责他那个窑洞的服务员，起初，他行为怪异，总感觉这个人不正常。因为一到深夜路遥就一个人摸黑到洛河岸边发呆，一站就是几个小时。我怕他出什么意外，就向领导做了汇报。领导说，他这是在创作构思，不要打扰他。领导的话我似懂非懂，只好点头应诺。”

一部厚厚的《路遥全集》我不但读完了，而且隔一段时间就利用空闲时间又重读一遍。那一行行、一句句朴实而又感人的文字，时常令我眼眶湿润。印象最深的是那篇《一生中最高兴的一天》，贫苦的父亲为了家人能过一个好年，下狠心买了几斤猪肉，因满足了家人的愿望而“洋洋自得”。这份简单的快乐，让人无比动容。路遥的作品就是这样，没有多少华丽的辞藻，但真实有力量。他的文字深深扎根在这片黄土地上，扎根在老百姓的生活中。他的文字是那么有感染力，那么能激励人，以至于受到许多人的喜爱。

夏夜的黄昏，路灯下萦绕着斑驳的树影，迎着半明半暗的夜色，我和几位文友拜访路遥书院。这是埋藏心中许久的夙愿，此刻赴约，顿感庄严与肃穆。这是一座三面环山的小城。踏着晚风的旋律，穿过绿树丛荫的街道，一步步踏上青石台阶，那一刻，我突然感觉到路遥先生的文字精神，即像牛一样劳动的精神，让我心疼落泪。在古老的苍松翠柏下，被微风吹拂的叶子哗哗作响，那是路遥先生在天之灵轻轻拍手欢迎我们吗？20 世纪 70 年代末至 90 年代初，路遥先生曾多次来到甘泉采风创作，其中，《人生》和《平凡的世界》第三部都是在这里完成的。成就固然是先生自己取得的，但他也成就了甘泉，成为这座美丽县城的文化地标。伫立在路遥先生的雕像前，我肃然起敬，感慨万千。路遥的代表作中，我最先读的是《人生》。《人生》这部佳作就诞生在眼前这座路遥书院。《人生》中的一段文字，一直烙印在我的心中："太阳刚刚落山，西边的天上飞起了一大片红色的霞朵，除过山尖上染着一抹淡淡的橘黄色光芒，川道两边大山浓重的阴影已完全被暮气笼罩，空气也有些凉森森了……"这段文字真实地写出洛河川夏日的傍晚，农间田地的美丽景象。先生笔下的情景是发自心底的诉说，似在写景，其实，骨子里那是对甘泉，对大山和田地，对梦想生活的热爱。"像牛一样劳动，像土地一样奉献"是路遥先生的座右铭，也是他一生的精神写照。中央电视台节目主持人董卿在《故事里的中国》中曾说："人们说，作家生命的长度是用他的作品来决定的。"夜访路遥书院，我总觉得路遥还活着。他的精神会一直照耀着、温暖着、指引着平凡的我们。

在路遥的作品和其执着的创作精神感召下，我渴望着进一步接近路遥，去探究路遥的精神世界是怎样炼成的。那年的腊月底，我们乘公司的越野车准备回山东老家过年。文友张焱赶来为我们送行。他对我们说："你们从青银高速回山东，正好路过清涧县，去看看路遥的纪念馆吧。顺便买上一些产自清涧的优质小枣，见识一下著名歌唱演员王二妮的故乡，也到清涧看一下毛泽东主席的不朽词作《沁园春·雪》的创作之地。"按照他的指引，我们在清涧县城停车驻足，给亲朋好友买上几份清涧小枣，然后到陕西省榆林市清涧县高杰村袁家沟的一座大桥上，站在刻有"沁园春·雪"的巨幅牌匾下拍照留念。

本以为走近路遥，仅限于走近他的文字，但这次难得的机会，却让我们亲临清涧县路遥纪念馆，在这里了解到了这位苦难作家的传奇一生。清涧县路遥纪念馆位于清涧县石咀驿镇王佳堡村，这是路遥出生的地方。纪念馆的对面就是路遥曾经住过的地方。院子里长着几棵枣树，在枣子成熟的季节，前来参观的人们可随手摘几颗品尝，也会想象到当年路遥站在院子里摘枣的情景。见物思情，那一刻我觉得离路遥更近了。纪念馆的讲解员对我们说，来自全国各地的路遥迷涉及各行各业，有政府官员、专家学者、商界名流、青年学生，甚至还有一些外国友人。他们有的泪洒现场，有的沉思凝望，有的久久不愿离去。

路遥，不仅是黄土高原的文化地标，更是中华大地上一枚金光闪闪的文化名片。引用诗人臧克家的一句诗作为文章的结尾吧：“有的人活着，他已经死了；有的人死了，他还活着！”

风起黄河口

初秋的早晨，空气湿润，微风习习。起早的人们都感受到久违的舒适和惬意。采风团乘坐的豪华中巴，迎着初升的太阳，在宽阔的柏油路上向着目的地——“黄河入海口”急驰。公路两侧的树木、芦苇丛和庄稼地，都顺着风向向后倒去，环顾四周，到处是一望无际的绿色世界。

驶近黄河口，中巴车缓缓前行，在一处石壁前停住。石壁是这里的地标，上面镌刻着五个鲜红的大字——“黄河入海口。”五个大字出自垦利区刘宝麟老师之手，字体端庄沉稳，凸显魏碑风韵。

这就是黄河入海口自然保护区了。采风团一众成员并排站在石壁前拍照留念。留住这难忘的美好时刻。

站在黄河故道的观景台上，秋日的阳光毫无遮挡地泼洒下来，给人们以饱满的温暖感。凭栏远眺，颇有心旷神怡之感。

向西望去，原来的河道早已被芦苇、狄子、蒲草、柽柳等野生植物所挤满，呈现出一望无垠、蓬蓬勃勃的样貌，已想象不出当年滚滚黄河水奔流入海的壮阔情景了。

中巴车缓缓行驶在自然保护区的腹地，四周鲜活灵动的景象不时让人们发出惊呼：“看，那是白天鹅，那是野鸭子，那是丹顶鹤……”人们兴奋的样子如同刘姥姥进大观园，满眼都是惊奇。正如诗人们赞美的那样：“这是一片神奇的土地。这是一处大河入海的壮美景观。”人们坐在车里，隔窗观景，总有一些惊喜撞击着眼球。一对对、一群群的鸟儿，扇动着翅膀突然从草丛中飞起，让人觉得眼前这片大地就像是魔术师的一个口袋，鸟儿就是他手中的道具。

众多鸟儿在这里栖息、繁衍、聚集，是黄河三角洲最为鲜明的特色。导游介绍说，保护区内现有鸟类三百余种，其中国家一级保护鸟类有丹顶鹤、东方白鹳等二十余种，国家二级保护鸟类灰天鹅等六十余种，各类鸟儿的总数量达百万之多。这里还是东北亚内陆和环太平洋鸟类迁徙的重要“中转站”和越冬繁殖之地，被誉为“中国东方白鹳之乡”和“中国黑嘴鸥之乡”

这里不仅是鸟儿的天堂，而且也是植物的王国。这里是中国沿海地区最大的温地自然保护区，拥有各类植物八十余种，有华北地区面积最大的刺槐林。这里有独具特色的各种稀有植物，如柽柳、芦苇、盐地碱蓬等。独特的生态环境，得天独厚的自然条件，造就了黄河口“新、奇、旷、野”的美学特征。

漫步在“鹰击长空，鱼翔浅底，万类霸天竞自由”的美妙世界里，扑面而来的是轻拂脸颊的微风和野味十足的清新空气。闭上眼睛体味一下身处自然景观中的感受，心灵深处顿时宁静如水。远离了城市喧嚣的你，一切纠结与烦恼得以释然，所有那些不快随风飘然而去。步行在木栈道上，映入眼帘的美景让你陶醉。秋日的芦苇已是白茫茫一片，笔丛相互依偎，微风吹来，恰似一道道白色的海浪。苇絮随风在天空中悠悠飘荡，天地间形成一种“芦花飞雪”的壮丽景色。

徒步跋涉在大美湿地之中，人们似乎忘记了疲乏，每个人还是那么兴致勃勃、意犹未尽，打开话匣子向人们介绍黄河入海口的特色景点：这里的“河海交汇”是一道天然奇观。涨潮的时候，海浪顶住黄河水，形成一道黄蓝分明的交汇线，景象尤为奇特壮观；远望楼属“十大齐鲁文化新地标”之一站在高高的观景平台上，可以远眺黄龙入海，这是黄河口渤海边独特的一大景观。湿地公园水洲相间，小船在水道中悠悠穿行。人们赤脚坐在船沿上，双腿打水而过，尽享与大自然亲密接触的欢欣与快乐。“泥滩捉蟹”是孩童们喜爱的游戏。星期天、节假日，这里是孩子们的世界，孩子们提上小桶，手握小耙和铲子，尽享挖泥捉蟹的乐趣。

穿越自然保护区，人们返回到远望楼。举目远眺，目光恋恋不舍地向自然保护区告别。站在远望楼上，目送黄河奔流入海，心中生出许多联想和豪迈的情愫。此时的心情与李贺的“男儿何不带吴钩，收取关山五十州”不同，与苏轼的“大江东去浪淘尽，千古风流人物”不同，那是无法描述的激昂，是因为生活在黄河三角洲的人们，为拥有一条这样的河流而倍感庆幸和自豪，也是因为能够居住在这方神奇的土地上而感到骄傲。

当大家登车返程的时候，中巴车的音箱里响起歌声，那是阎维文高亢而又清亮的歌声：“翻开史书缺了半页，就写黄河口。又苦又涩的故事，转了几回头。吹起唢呐少了半音，就唱黄河口。又细又紧的纤绳，直往心里扣。年年岁岁撒一张网，生生死死喝一壶酒。黄河口上唱黄河，船夫的歌声永远刻在你胸口。”

“黄河之水天上来，奔流到海不复还。”河清海晏，天幕浩朗。一路前行，沿着黄河故道遇见海。

荞麦花开山坡下

初秋的夜晚，窗外淅淅沥沥下着小雨。捧一杯香茗，打开电视机听听歌曲和音乐。电视屏幕上是王二妮唱着《荞麦花》那首甜甜的歌:“唱起你的时候我想起了家，又是细雨清凉凉地下。漂泊的心中温馨的牵挂，我那小小的荞麦花。你在那山坡坡上长啊，开在故乡的山洼洼……”

优美动听的旋律深深地感染着我，也点燃了心中那根回忆的引线，思绪一下子飞到陕北大山里那一片片荞麦花的世界里。与荞麦花相遇，是在陕北大山做项目的那些日子里。我们的彩钢房立在山坡的一块草地上，山下不远处的窑洞里住着一户村民，每天早晨和晚上，都能看到窑洞的炊烟冉冉飘向空中。每到此时，我们都会想到“白云生处有人家”那句古诗。在一个温暖的秋日里，我们走进窑洞与主人攀谈。主人姓朱，叫朱家富，老两口膝下有一儿一女，儿子随父母在大山里种地放牧，女儿住在县城姑母家里读高中。老朱说，林业管理站聘他为护林员，方圆五里之内的林木都归他看管。除去能领到不算高的工资外，林业站批给他二十亩地由他耕种，种些玉米、土豆、荞麦等作物。听说我们没见过荞麦长什么样，老朱领我们走进了他的荞麦地。

农历的八月正是荞麦花盛开的时节。走进荞麦地，我们有幸一睹荞麦花盛开的风采。在不算高的荞麦植株上，稠密的小花随风摇曳，一股淡淡的清香扑鼻而来。荞麦花是多姿多彩的，有淡紫色的、粉红色的，但主色调是白色。目力所及，白茫茫一片，如霜似雪，给人以纯净圣洁的感觉。身在花丛中，感慨涌心头。脑海中闪现出北宋诗人王禹偁的诗:“棠梨叶落胭脂色，荞麦花开白雪香。”俯瞰荞麦枝头，蜜蜂嗡嗡飞旋，不时驻足花蕊，吮吸花蜜。微风吹来，荞麦花瓣飘落在地上，让人叹息鲜花生命的短暂。一来二去，我们和老朱一家成了好邻居、好朋友。我们从驻地引来电缆，为老朱家送来了光明，一家人告别了蜡烛和油灯。有了电的日子让老朱一家人兴奋得不得了。平时闷头闷脑不善言谈的老朱，天天哼着陕北民歌，像是换了一个人。他婆姨说："老朱平时整天说不了几句话，像个闷驴一样，跟他这么多年了，从没见他这么高兴过。"

花落花开，转眼又一个仲夏来临。老朱牵上他的黄牛，把荞麦地翻耕一遍，准备播种荞麦。一天中午，老朱突然来到我们驻地，说是要和我们商量一件事。没等我们开口询问，老朱对我们说："我把荞麦地翻耕好了，给你们留了五亩。你们那么喜欢荞麦花，也学学怎样种植荞麦吧。"我们本来就有这个想法，听他这么一说，真是不谋而合。立秋的那天傍晚，一阵雷声过后，瓢泼大雨从天而降，荞麦种子也随即播种落地，只待小苗出土。既然选择了种植荞麦，那就从学习荞麦的种植和管理知识入手。打开百度，关于荞麦种植的知识映入眼帘。荞麦为蓼科，属一年生草本植物，最早起源于中国，栽培历史悠久。荞麦生长期短，耐旱，耐瘠薄，适合北方地区种植。荞麦一般选在八月初播种，不同地区的种植时间略有差异。内蒙古东部地区六月中下旬播种，九月底收获。而甘肃、宁夏地区则在七月上旬播种。荞麦在我国种植历史悠久，栽培经验丰富，只要管理到位，就能产出优质高产的荞麦。夏种秋收，有耕耘必有收获。当农历八月悄然到来，我们终于迎来了荞麦花盛开。站在我们种植荞麦的土地边上，向不远处的一片片荞麦地眺望，那是一片花的海洋，唯美的享受加之荞麦即将收获的喜悦，挂在每一张幸福的笑脸上。老朱见我们如醉如痴的样子，笑了笑说："这点儿荞麦地不算啥，改天我带你们去观赏数万亩荞麦的大场面，那才叫一个震撼。"

一个风和日丽的秋日，我们坐上越野车，直奔目的地定边县。老朱坐在副驾驶座上当向导。从甘泉县出发，穿过志丹县、吴旗县，车子开进了定边县境内。定边县位于陕西省最北部，为榆林市所辖，是黄土高原与内蒙古高原的过渡区。定边县有十大特产，排在第一位的是马铃薯，山东人俗称土豆或地蛋，当地人叫"洋芋。"因种植面积大、品质优良，定边县被农业农村部命名为"中国马铃薯特产之乡"。

排在定边县十大特产第二位的是荞麦。全县荞麦种植面积三十多万亩，名列全国各地之首。八月初正是定边县风光最美的时节，漫山遍野的荞麦花热烈地盛开着，给整个大地铺上了一层粉白色。一眼望不到边的粉色和白色，在层层绿叶的衬托下婀娜多姿，令人目不暇接。放眼望去，无垠的花田中花朵摇曳在微风里，翻滚着彩色的浪花。白的、粉的、红的，是那么艳丽、那么耀眼、那么芬芳，给这里的山川大地增添了无限的色彩和生机。在返程的路上，老朱对我们说："陕北的大面积荞麦种植，是由当地的自然条件决定的。山脚下的土地凸洼不平，没办法引水浇灌，只能等夏末和秋初下一场大雨才能播种，实则是人种天收，也是一种无奈的选择。陕北的荞麦品质好主要有两个原因，一是昼夜温差大，二是不打农药，绿色纯天然，所以成为出口国外的热门产品。"听了老朱的一席话，我们想起了达尔文的那句名言："物竞天择，适者生存。"也被陕北人民的勤劳和智慧所深深打动。

转眼到了深秋时节，荞麦如期收割、脱粒、收藏。为了庆祝荞麦丰收，老朱邀我们到他家赴荞麦宴。老朱的婆姨麻利地鼓捣了几个菜，让老朱陪我们小酌。不大一会儿，几样荞麦食品端上桌来。老朱的婆姨一样一样向我们介绍：有荞面做的面条、荞面凉粉、荞面饼、荞面饸饹等等，再配上猪油做的酸菜卤和榆林大烩菜，瞬间，浓郁的香气便弥漫在整个窑洞里，让大家胃口全开、食欲大增。荞麦那种淡淡的清香成为每个人终生难忘的味道。老朱的婆姨特别健谈，边陪我们吃饭边说起她的荞麦经："姥姥教我的第一个谜语是三块瓦，盖个庙，里面住个白老道。谜底便是荞麦。因为荞麦的果实呈立体三角形状，谜语中所说的'三块瓦'指的就是荞麦皮。没等我们插话，老朱的婆姨又说道："荞麦皮的重要用途就是装填枕头。用荞麦皮装填的枕头冬暖夏凉，清热解毒，养脑安神，而且还有解除疲劳的功效。"老朱的婆姨讲得头头是道，我们似懂非懂地不停点头。

我们在陕北的大山里度过了五个春秋。合作项目到期，我们恋恋不舍地与朱家富一家道别。回到山东老家后，我们向朋友们推荐不含糖的荞面食品，市面上用荞麦面加工的食品也越来越多，荞麦面食品成为朋友们的最爱。国庆节那天，我收到朱家富女儿发来的微信，一张全家福下面附有一段文字："叔叔您好，非常怀念与您一起观赏荞麦花的日子。现今的荞麦面已不仅仅是老百姓餐桌上的食物，还作为绿色无糖食品已经摆上了大城市人们的餐桌，还作为外贸出口的重要商品走出了国门，老百姓的钱包也由此鼓了起来。待荞麦花盛开的时节，期盼您再来赏花，我们全家在大山里等您。"

跋

我坚信，所有的文学作品都循依着作者的人生经历，在作品中会集中透射出作者的人生观、价值观。

千万不要被一些表象的东西所迷惑。譬如，看上去粗犷豁达、雄浑刚健的崔吉明先生，有谁会想到，其思想感情和内心世界会是如此的细腻而婉约。典型的山东汉子形象，竟有着柔情似水、缤纷灿烂的万般情怀。

应当说，崔吉明的人生曲线是艰难困厄的。儿时的挣扎与辛劳、迷茫与无奈，把一个本该属于高等学府的莘莘学子打造成了具有铮铮铁骨的、党的农村基层好干部。直到若干年后退了休，他突然发现，自己幼时那个藏在心底的文学梦竟始终未曾泯灭，于是，他仗着干过文化站长、县委秘书，有一定的文字功底，重新拿起笔，而他人生阅历中的每一次奋争与努力，这时候都成为他文学创作取之不尽的素材。

乡情与乡愁，既是崔吉明散文作品永恒的主题，又是萦绕在他心中浓得化不开的家乡情结。黄河岸边的那个不起眼的小村是他永远的牵挂。爱它，最好的方式就是用笔去记录它，让它流芳百世。浓浓的乡情让下洼割草推石油不再是沉甸甸的回忆，而是作为那个年代特有的符号被记录下来；浓浓的乡情让烧秋逮鱼扒地瓜被赋予了整整一代人再也无法割舍的童趣；浓浓的乡情让年集年画年味对如今的年轻人来说简直就是蒙上了一层神秘的面纱。其实，崔吉明写乡情的散文绝不仅仅满足于客观记录和表情达意，对社会现象的无限关照，让他无时无刻不在思考这样一种社会现实无数的年轻人已“逃离”了农村，仅凭留存下来的孤寡老人、妇女儿童是支撑不起新农村建设这座大厦的。大柳树的失落与衰败绝不是个案，它在中国的广大农村具有普遍性。老六叔无奈与浑浊的眼神似乎在叩问这位曾经的乡镇党委书记：今后农村的出路在哪里？……无尽的乡情始终伴着悠荡在他心里的那份乡愁并诉诸了笔端。乡愁，来自崔吉明对故土的热爱和依恋，我们从他重回故里流露出来的淡淡愁绪中，从他散文思想的脉络里看到了一位农村基层干部的责任感。或许，崔吉明想把这些逝去的岁月化作无尽的乡愁，连同自己独立的思考，一同融入自己的作品，以慰藉自己的心灵。

细腻的感情，黄河的情怀。若归纳崔吉明散文最典型的特点，我赞赏他海纳百川的性格和气度，可我更感佩作品中无处不流淌着的情感的涓涓细流。《炉火温情》中熊熊燃烧的炉火，温暖着乡亲们的身体，世风日下人情淡薄中透出一丝亮光。但凡崔吉明写“情”的散文，每每读之，总让我禁不住掩卷沉思一会儿。一方面，他的散文勾起我对往事的追忆，显然作品已与读者产生了共鸣，尤其是同龄人，他的人生经历，已然烙印下时代的印记；他对社会投入的感情，也是那一代人永远抹不去的情思。另一方面，我更惊叹吉明兄那些令人心驰神往、销魂荡魄的细节描写以及作品中对节奏的把控。细细品读崔吉明的情感散文，如潺潺小溪浸润着读者的心田，其思想之自由放达、感情之细致入微、文笔之朴素自然，自成一家。

门前的这条大河实在是带给了他太多的喜怒哀乐、酸甜苦辣，崔吉明的散文对黄河投去了许多眷顾的目光，举手写作便是黄河，信手拈来皆成文章，作者的黄河情怀溢于言表。大河曾阻挡了他去昌乐换地瓜干儿的去路，大河也滋润了家乡嗷嗷待哺的农田。他对黄河倾注的每一点滴笔墨都是骨子里对家乡的不舍与眷恋。而今，在“传承黄河文化，讲好利津故事”的大环境下，我想，崔吉明恰恰用自己的行动践行了这份责任。

文学是滋养心灵、教化人心的精神产品。在我看来，崔吉明写亲情的文章是这本集子中的精品。建华主席在序中亦对此倍加推崇，可我更青睐并欣赏文字背后所反映的作者本人的道德品质。俗话说“文如其人”，读文，然后知其人，其人其品自有判断。如果自己又不善其身，又何以用其作品教化他人。我分析，在极度困难的年月里，身为众多兄妹中的长兄，崔吉明自然多了一份责任担当，同时也锻炼了他刚毅坚韧的品性。再加上父母遗传给他的善良朴实的基因，辅以后天读书明理的文化素养，中国传统文化中的因子在崔吉明身上映现出来。得益于家庭环境的影响和自强自律的品行，在家中他是父母的好儿子、弟妹的好大哥、妻子心中的好丈夫、儿孙的好长辈。他笔下的父亲母亲、姑母姐姐，甚至老六叔表哥、玉兰婶子，人物刻画栩栩如生、随心跳跃，这些用温暖包裹而成的亲情散文最能打动人心，也展现了他扎实的驾驭文字的能力。亲情，人人有，可是孝道，不一定每个人都能遵守，不一定都能做好。在写自己的父母长辈时，看似不经意间娓娓道来，实则字里行间充盈着饱满的爱意与孝心，温情的文字让读者体味到大写的“和谐”。

实话说，我和崔吉明在工作中的交集并不多，我在省委宣传部供职时，他在一个偏远的乡镇担任党委书记。那时吉明兄热情豪放，做事风风火火、干脆利落，而且酒量过人，三五杯不倒，是典型的性情中人。真正走进崔吉明内心，还是在读了他的文字之后。读着读着，我发现其作品中贯穿的一根主线映射出作者的本质——善良的人性、阳光的心态及浪漫的思想。即使在那个人性被扭曲的年代里，面对命运多舛、求学不顺，他依然故我地保持着心中的那份善良，坚守着自己的清白操守和道德观念。广播站宋玉美站长当年送给他两本稿纸和五十斤粮票，他对此一直念念不忘、牢记在心。他知道，知恩图报是做人的底线。他把一次次生命磨难中的自强不息，自觉不自觉地渗入到自己的作品中，以其睿智和深邃给读者以启迪与感染。他阳光的心态体现在作品中，没有困顿和抱怨，有的只是勇往直前、斗志昂扬，这种积极的心态才是人生最可宝贵。小小的年纪就去帮军马场收秋，不写嫩肩挑重担，却把看坡摸鱼撵兔子写得活灵活现、幽默诙谐，俨然把一场辛勤劳作当成了童年趣事来写；危机四伏、汹涌险恶的战凌洪，在崔吉明笔下，一桌“麻雀筵”大餐，顿时化惊涛骇浪为春风化雨；去陕北高原打井采油，一只布谷鸟寄托了对家乡的无尽情思，文章意境令人遐想……浪漫主义情怀不正是源于他思想的浪漫吗？

爱国爱家乡，是崔吉明散文的另一类主题。他走遍了祖国的名山大川，走到哪里，游记就写到哪里，满满的正能量和健康向上的生活态度。我断定，崔吉明在写凤凰城、翠园湖、凤栖园时，一定是用自己一颗滚烫的心蘸着喷薄而出的热血写就的，这些熟悉的地标早已如影随形般融进了他的日常生活中。

我也是个写东西的人，作为一名作者，我一直心怀一个概念：作者的灵魂、感悟和意识是高度融合的，倘若你的作品能感动别人，那一定是你的灵魂通过你的感悟和意识与读者产生了高度契合，以至于触动了读者的某一根神经，进而才打动了读者。从这层意义上讲，《流年似河》中那些让读者刻骨铭心的篇什，除去作者所特有的生活阅历或许吻合了一大批同龄者心绪外，最可感动读者的，应该就是作者灵魂中彰显出来的那种积极向上的精神。尽管作者的写作方式和创作风格以低调叙述为主，不事张扬，也没有什么群情激扬的语言，可这种润物无声、潜移默化的表现形式分明更具穿透力和文学力量，它穿透人的心灵，直达人的灵魂。

张吉山

2023 年 6 月于凤凰城

后 记

拙作《流年似河》即将出版，看着书桌上摞着的书稿校样，想起这些年来在写作上走过的路，心潮涌动，百感交集。

我生长在黄河左岸的一个村庄，这里有黄河泥沙淤积的土地，浩浩荡荡，恢宏而广袤。明初，先祖一路跟着大清河走，最终落脚于大河尾闾。他们在这块荒凉而又肥沃的新淤地上开荒播种、繁衍生息。先民世世代代傍河而居，与河为伴，一代又一代面朝黄土背朝天，筚路蓝缕，自强不息。故乡黄河口，有我永远抹不去的依恋和记忆。于是，我拿起拙笨之笔，将这些悲喜苦乐的经历诉诸文字，结集出版，奉献给黄河口的父老乡亲。

有人说，有花蕾必有花开，心里有花，迟早都会开。或许我心里有个文学的花蕾始终没有开放。当年在县委机关从事文牍工作，写报告做总结，还算说得过去。后来到乡镇任职，终日与乡亲们打交道，那是我熟悉的环境，无须做调整，便迅速融入到百姓之中，大有如鱼得水般的愉悦。忙碌的生活节奏、繁乱的工作事务使我应接不暇。于是我不得不离别写作，埋头于本职工作中去了。直至离开了工作岗位后居家赋闲，心中那颗文学创作的花蕾才又开始萌动。

《流年似河》是我的第一本散文集，记录了自己从孩提到年迈的亲身经历。这些文字是我生命的痕迹与标记，所收散文以故乡为原点，以时间为经线，记述了我半个多世纪的人生经历和思想感悟。家乡的风土人情、生活的艰辛与喜乐，在书中多有表现。

乡愁与感恩是我写作的动力和源泉。而立之年，我离开了那个绿树掩映的小村庄，进入了县城生活。尽管故乡曾一度贫穷不堪，可是在无数个梦里，满满的都是故乡的情景。村前小河里的莲叶和映日的荷花，还有村前堤坝下那棵布满沧桑痕迹的大柳树，时时萦绕在我的心头。如今，故乡已经没有了“接天莲叶无穷碧，映日荷花别样红”的景致，就连儿时玩耍嬉戏的小河沟也再难觅踪迹。那棵见证了村庄变迁的大柳树在加宽大堤时被砍伐。回到故乡，因不见了大柳树，我时常有些迷茫。迷茫中我写就了《村前有棵大柳树》，也算是对大柳树的心祭。

爱上语言文字，算来应是在我的中学时代。我先后师从马炳杰、李景玉、王长亭三位语文老师。他们在课堂上绘声绘色地讲述着每篇文章的时代背景、中心思想、段落大意、写作手法等，自己听得如醉如痴，期盼着下一节语文课尽快到来。鉴于我对语言文字的热爱与执着，王长亭老师对我关爱有加，经常约我到他办公室“开小灶、吃偏食”。就读高中时，我写了一篇有关一位优秀村支书的文章，王老师让我在课堂上朗读，然后将文章贴到了学校大门口的橱窗里。得益于老师们的谆谆教诲，我的语言文字水平有了一个较为扎实的基础。时光匆匆流逝，转眼春秋几十载，那份对老师们的思念，却时时翻涌在脑海中。

感谢故乡那些对我一路呵护、助我成长的可敬可爱的亲友。我把表哥在狂风巨浪中替我推车上船的场景写在了《下洼推石油》里；把数九寒天住马车店时，六叔和表哥在冰冷的夜间，宁可自己冻着，也把棉衣搭在我被子上的时刻，写在了《去昌乐换瓜干》里；把放电影的同事，还有一路相随的几位至情好友，一并写进了《朋友一生一起走》里。我动笔写稿是从给广播站供稿起步的，起初的那些涂鸦粗糙不堪，编辑们一遍遍修改，直至最终采用。是他们帮助我提高了写作水平，《广播站情缘》里记下了他们的名字，表达了我的感激之情。

《流年似河》的结集出版，是用温暖包裹而成的。在创作期间，周围的朋友给了我极大的鼓励和安慰。每一篇文章在网络平台发表，总有知名或不知名的朋友点赞、留言、转发，用他们曾经经历的乡村生活给我以启发，甚至给我出题目。这让我更加自信。正是朋友们的首肯和支持，才让我痴迷于写作而篇什不断增多。

感谢我的父母和其他家人。在《刻钢板的日子》里，我叙述了一度处于迷茫无助境况的自己，听了父亲的嘱咐，学会了坚韧，在逆境中加以历练；在我大学梦断，人生处于低谷的时候，是母亲的抚慰让我在困境中奋起；每逢遇到困难和挫折的时候，是姐姐在背后支持我前行。

感谢我的妻子和晚辈们。每当我走进书房，打开桔黄色台灯的时候，妻子就端到我面前一杯热茶，然后把孩子们安顿好，给我一个安静的环境；大儿子经常提醒我不要干得太累，要珍爱自己的身体；小儿子是我写作的助手，帮我打印文稿，修改文章；咿呀学语的小孙子，悄悄溜进书房，把一块巧克力塞进我的嘴里……

感谢所有的文友为我这部文集的出版提供的帮助和支持。“东津文艺”主编宁德华，历时五个多月，完成了对初稿的篇章设置、文句修改及归类整理；原东营市文联副主席李建华，为文集撰写了序言；原中国银行利津支行曲德胜行长帮助理清了提升文集质量的思路，并为文集初步拟定了书名；利津县作协张吉山主席对文集提出了中肯的修改意见，并为文集作跋。此外，杨永基先生题写了书名，孟凡俭先生提供了文集的几乎全部插图。值此文集出版之际，对提供热情帮助的文友们不再一一详述，在这里一并记下他们的大名：李建林、李俊三、张林渠、许建华、李泽花、崔光、郭忠瑞、王宝国、薄立华。

早已仙逝的父亲、六叔，还有我的启蒙老师们，待到《流年似河》付梓之日，却看不到这本书了。但我相信，他们泉下有知，会感受到我的思念，收下我的感恩。在这个意义上说，他们依然活着。

木心曾说：“如欲相见，我在各种悲喜交集处。”我想，读书读到心中悲喜交集而产生共鸣，就是读者与作者的一种相见或者相逢吧。文字的情丝把作者和读者牵连在一起，共同享受拙作带来的沉思和惬意，那是作者最大的慰藉。

崔吉明

2023 年 6 月于凤凰城